Annemarie Pieper

Frag nicht, wo die Blumen sind

Annemarie Pieper

Frag nicht, wo die Blumen sind

der blaue reiter

©2019 der blaue reiter
Verlag für Philosophie
Siegfried Reusch e. K.
Göttinger Chaussee 115 • D-30459 Hannover
info@verlag-derblauereiter.de
www.verlag-derblauereiter.de
Gestaltung: s+p mediendesign, Stuttgart
Titelbild: Unter Verwendung einer Fotografie von Werner Seltier
Druck: Offizin Scheufele, Stuttgart
ISBN: 978-3-933722-66-9

Bibliografische Information der Deutschen Nationalbibliothek
Die Deutsche Nationalbibliothek verzeichnet diese Publikation in der Deutschen Nationalbibliografie; detaillierte bibliografische Daten sind im Internet über http://dnb.dnb.de abrufbar.

Inhalt

Simon

Simon war ein unerwartetes, spätes Kind. Geboren mit einer äußerst empfindlichen Haut, schrie sich der Säugling die Seele aus dem Leib, wenn die Windel gewechselt werden musste. Feuerrot glühte es zwischen den wild zuckenden Beinchen und den Pobäckchen. Der Kinderarzt meinte, es handle sich um eine Windeldermatitis. Aber all die Salben und Öle zur Bekämpfung des juckenden Ausschlags hatten keinen Erfolg. Es schien, als wehrte sich die Haut mit Verbrennungssymptomen gegen die Ausscheidungen des Körpers.

Simons Mutter versuchte anfangs, ihren schreienden Sohn mit sanftem Streicheln zu beruhigen, doch sie merkte rasch, dass jede Berührung seiner nackten Haut, selbst vorsichtiges Kitzeln der Fußsohlen, das Gegenteil bewirkte. Das stoßweise Schreien ging in ohrenbetäubendes Dauergebrüll über. Nachdem sie festgestellt hatte, dass er auf einfache Baumwollmaterialien weniger heftig reagierte als auf Pampers, kaufte sie voluminöse Mullballen, aus denen sie Windeln zurechtschnitt. Eine Watteeinlage sorgte für flauschigen Rückhalt von Nässe und Exkrementen. In der Folge bildete sich die aggressive Rötung des Intimbereichs in ein zartes Rosa zurück.

Das Kind schrie weniger, aber schon die kleinste Falte im Bettuch oder Kopfkissen ließ es so lange quengeln, bis sich jemand erbarmte und die Unterlagen glatt strich. „Mein kleiner Prinz auf der Erbse", murmelte die Mutter besänftigend und strich sachte über die federleichte Daunendecke, mit der sie den Kleinen zudeckte. Damit war es jedoch nicht getan. Das Kind vertrug auch keine Wolle auf der Haut. In der kalten Jahreszeit wurde sein Geschrei wieder lauter, weil es fror. Seine Mutter mühte sich ab, es mit Sachen aus den unterschiedlichsten Materialien zu wärmen. Vergeblich. Das Geschrei steigerte sich nur noch. Es schien, als ob der durch die Anstrengung nass geschwitzte Säugling sich durch sein Brüllen Wärme zu verschaffen suchte. Bis eines Tages die Großmutter sich über das Bettchen beugte und beschwichtigend auf ihn einredete. Doch es waren nicht ihre Worte, sondern ihr Schal, der ihn zum Verstummen brachte. Die kleinen Finger griffen zielsicher nach den Fransen und ließen sie nicht mehr los. Die Großmutter nahm ihren Enkel hoch und wickelte ihn behutsam in das voluminöse Tuch. Zum ersten Mal nahm sie den Anflug eines Lächelns in dem verweinten Gesicht wahr.

Von nun an wurde das Kind in Kaschmir gehüllt, und endlich herrschte Stille. Der Großvater lachte. „Entweder ist der Kleine ein Ziegenliebhaber, oder er weiß schon mit drei Monaten, was Qualität ist", sagte er schmunzelnd. „Für ihn ist anscheinend nur das Teuerste gut genug. Aber vielleicht hat ja der alte Dichter Sophokles Recht. Der hat nämlich behauptet, es sei das Beste für einen Menschen, gar nicht erst geboren zu werden, und das Zweitbeste, jung zu sterben. Wenn das stimmt, dann hat Simon sich mit aller Kraft dagegen gewehrt, geboren zu werden. Und da ihm das nicht gelungen ist, schreit er nun seinen Frust heraus."

Die Großmutter blickte skeptisch. „Ja, die Geburt war schwer, aber Iris ist ja auch schon achtundvierzig. Bei einer Spätgebärenden darf man sich nicht wundern, dass es so lange dauert, bis das Kind da ist. Und im Übrigen finde ich den Spruch deines alten Weisen ziemlich seltsam. Nicht geboren zu werden, ist doch keine Option."

„Ja, ja, das stimmt. Aber er meinte wohl, das Beste sei, gar nicht erst gezeugt zu werden. Enthaltsamkeit oder Verhütung stehen schließlich bis zu einem gewissen Grad in unserer Macht. Wie man Kinder wirksam verhindert, weiß doch jeder aufgeklärte Mensch."

Iris war sich nicht sicher, ob diese Bemerkung ihres Vaters einen versteckten Vorwurf gegen sie enthielt. Obwohl Simon nicht geplant war, betrachtete sie die Schwangerschaft nicht als ein Versehen, sondern als eine zwar unwahrscheinliche, doch höchst willkommene Nebenfolge einer heftigen Verliebtheit, die ein abruptes Ende gefunden hatte.

Als er etwa sieben Jahre alt war, begann sich Simons Verhalten zu normalisieren. Zwei voneinander unabhängige, ganz verschiedene Begebenheiten führten zu einer Veränderung seiner Art, auf die Dinge zu reagieren. Eigentlich hatte seine Mutter ihn zum Skifahren in die Berge mitnehmen wollen. Aber er weigerte sich beharrlich und stimmte schließlich zu, mit den Großeltern an die Nordsee zu fahren. Es war ein klirrend kalter Winter, und ein eisiger Nordostwind fegte die wenigen Spaziergänger vom Strand in ihre warmen Behausungen. Fasziniert starrte der Junge auf die sich auftürmenden Eisschollen und den breiigen Sulz, den das Meer mit trägen Wellenbewegungen ans Ufer schwappte. Vorsichtig ging er über den gläsern schimmernden, spiegelglatten Sand so nah wie möglich an den Meeressaum heran, und urplötzlich spritzte aus dem körnigen Eisbrei eine dünne weißliche Fontäne ihm mitten ins Gesicht. „Das Meer spuckt mich an", dachte er erstaunt, in einer Mischung aus Belustigung und Empörung. Fast war er versucht, zurückzuspucken. Doch dann besann er sich. Das Meer kann nicht anders. Ich schon. Er wischte sich die frostige Nässe mit dem Handrücken ab und spürte in dem schneidenden Wind ein scharfes Brennen auf den von der Gischtspucke getroffenen Hautpartien.

Dieses Erlebnis erzeugte in ihm zum ersten Mal ein wenn auch vages Bewusstsein von Freiheit. Er fühlte sich diesem mächtigen Gewässer überlegen, weil er eine Alternative hatte. Er konnte in einem zweiten Anlauf etwas anderes wollen als das, was er spontan wollte. In der Folge bestätigte sich diese Einsicht. Er brauchte nur einen winzigen Moment lang die Zeit anzuhalten, um zu verhindern, dass er blindlings und ungestüm auf eine vermeintliche Provokation reagierte. In diesem kurzen Innehalten dachte er: „Ich kann auch anders."

Und schon war eine Distanz da. Nicht immer schaffte er es, einen reflexartig gestarteten Gegenschlag abzubremsen und von seinem ersten Wollen Abstand zu nehmen. Doch mit der Zeit gelang es ihm immer besser, mögliche Alternativen zu überdenken und sich gegen einen Gefühlsausbruch zu entscheiden. Er begriff, dass er sein Potenzial nicht ausschöpfte, wenn er seinem ständigen inneren Brodeln Erleichterung verschaffte, indem er sich in seinem Verhalten vom Muster eines Vulkanausbruchs leiten ließ. Eigentlich, so fand er, konnte die Natur überhaupt nicht wollen, sie musste tun, was sie tat. Er hingegen hatte eine Wahl.

Ein zweites Erlebnis, das etwa ein halbes Jahr später stattfand, erweiterte sein Freiheitsbewusstsein nachhaltig. Er fand nämlich eine Möglichkeit, den kurzen Moment, in dem er sich für eine Alternative entscheiden musste, beliebig lang auszudehnen und so Zeit für eine ruhige Abwägung von Vor- und Nachteilen zu gewinnen. Auf einer seiner Radfahrten, die er unternahm, um seiner umtriebigen Rastlosigkeit Herr zu werden, entdeckte er auf einer Wiese am Ortsrand einen kleinen Zirkus. Das Zelt war schon fast vollständig aufgebaut, aber die Zirkusleute hatten offenbar eine Pause eingelegt und sich in die halbkreisförmig um das Zelt herum angeordneten Wohnwagen zurückgezogen.

An der Schmalseite des Wiesenrechtecks fiel ihm ein etwa fünfzehn mal fünfzehn Meter großer Sandplatz ins Auge, auf dem sich ein Elefant und zwei Dromedare – oder waren es Kamele? – aufhielten. Der Elefant stand ruhig in der Sonne und schwenkte nur seinen Rüssel hin und her. Die beiden Dromedare hatten sich hingelegt und drehten ihre Köpfe mal hierhin, mal dorthin, während sie gemächlich wiederkäuten. Als die Tür in einem der Wohnwagen aufsprang und ein junger Bursche heraustrat, setzte sich der Elefant in Bewegung. Er stampfte gemächlich, aber zielstrebig über die Wiese auf eine Stelle zu, an der ein Rohr aus dem Boden ragte. Der Bursche machte sich daran zu schaffen, und als er mit einem kräftigen Schub das Ende des im Gras verborgenen Schlauchs an das Gewinde angeklickt hatte, war der Elefant bei ihm angelangt. Neben dem kompakten, schwerfälligen Tierleib wirkte der lang aufgeschossene, schlaksige Körper des Jungen wie ein verkümmertes Exemplar der Evolution, das sich mangels Masse nicht mehr lange auf der Erde würde halten können.

Der Bursche griff nach dem Schlauchende, drehte den Wasserhahn auf und richtete den Strahl auf den Elefanten, der erst die eine Breitseite, dann in langsamer Drehbewegung das Hinterteil, den Rücken- und den Nackenbereich, schließlich die andere Flanke zum Abspritzen präsentierte. Zuletzt zielte der Junge auf die Brust und das Maul unterhalb des Rüssels, bevor er den Wasserhahn zudrehte. Der Elefant hatte sich bereits abgewendet und stampfte zu den Dromedaren zurück. Inmitten des Sandkarrees blieb er stehen und begann mit dem Rüssel Sand aufzunehmen, den er mit anmutigem Schwung nach hinten über sich warf. Wieder und wieder tauchte er den Rüssel in den feinen Sand und beförderte ihn zielsicher über die nassen Körperpartien. Die Dromedare wendeten unwillig den Kopf ab, wenn eine Staubwolke sie erwischte, aber als Wüstentiere an Sandstürme gewöhnt, ließen sie sich dadurch nicht aus der Ruhe bringen.

Simon beobachtete über seinen Fahrradlenker gebeugt den Elefanten. Hatte er sich zuerst unwillkürlich geschüttelt und kratzen wollen, als er die Sandfontänen auf die grau geriffelte, feucht schimmernde Haut des Tieres niedergehen sah, begriff er plötzlich, dass der Elefant sich auf diese Weise abtrocknete. Er hat eine genau so empfindliche Haut wie ich, dachte er. Wenn er sich von der Luft trocknen lässt, bekommt er wahrscheinlich einen Sonnenbrand. Eigentlich seltsam, verwunderte er sich, nennt man diese Ungetüme nicht Dickhäuter? Aber auch eine dicke Haut konnte offensichtlich an der Oberfläche äußerst sensibel sein. Je länger er dem Treiben des Elefanten zusah, desto ruhiger wurde Simon. Er spürte eine tiefe Verbundenheit mit diesem Koloss, der bedächtig, in gleichmütiger Gelassenheit Sand über sich warf, in einer gezielten und zugleich spielerischen Bewegung.

Von nun an ließ Simon, wann immer er sich bedrängt fühlte, seinen inwendigen Elefanten aufmarschieren und sich mit Sand bestäuben. Das funktionierte, wo immer er ging und stand. Er zog sich in sich zurück und schaute seinem Elefanten zu, dem Auf und Ab des Sand werfenden Rüssels, der dadurch die Außenhaut schützte und zugleich die Verletzungen seiner seelischen Innenhaut mit einem Pflaster versah. Noch etwas war Simon klar geworden. Auch der Elefant konnte nicht anders. Wie das spuckende Meer befolgte er Gesetze, die er nicht selbst gemacht hatte. Demnach war auch der Elefant nicht frei, eben weil er keine Wahl hatte.

Simon war klar, dass das Meer nicht wirklich spuckte, sowenig wie der Elefant gezielt Hautpflege betrieb. Es war vielmehr seine, Simons Interpretation, die er den Dingen nach Maßgabe seines Selbstverständnisses unterschob; aber genau genommen konnte er nicht davon ausgehen, dass sie tatsächlich wie ein Mensch handelten, nach Absicht und Plan. Obwohl man nichts Objektives über die Natur der Dinge erfuhr, wenn man ihre Abläufe wie eine menschliche Handlung deutete, schien ihm die Annäherung an die Welt unter Zuhilfenahme von Verstehensmustern, die sich in der eigenen Lebenswelt bewährt hatten, nützlich. Denn sie machten das Fremde vertraut und verrieten zugleich viel über die Perspektive, aus welcher jemand das, was um ihn herum geschah, beurteilte.

Der Großvater zum Beispiel war Althistoriker. Er tat sich schwer mit Leuten, die von einer idealistischen Position aus utopische Entwürfe der besten aller Welten entwickelten, völlig ahistorisch und ohne Erdung in den Zeitläuften. Aber Großvater Matthias hatte auch Mühe, die Einkaufsorgien von Frau und Tochter zu begreifen, wenn doch die Kleiderschränke gut gefüllt waren mit Sachen, die noch Jahre vorhalten würden. Andererseits war ihm klar, dass die Menschen seit jeher Vorräte anlegen mussten, um in Dürreperioden zu überleben. Doch horteten sie das für ihren Lebensunterhalt Notwendige mit Augenmaß und Verstand. Der schiere Überfluss schien ihm nicht sinnvoll. Simon war oft der einzige in der Familie, der zuhörte, wenn der Großvater weit zurückging in die Vergangenheit, manchmal gar bis zu den Anfängen der Geschichte der Menschheit, um nachzuweisen, dass etwas angeblich Brandneues schon eine lange Tradition hatte, die sich bis in uralte Zeiten zurückverfolgen ließ. Nur dass meistens das Alte für ihn sinnvoller war als das hoch gepriesene Neue.

Simon kam zu dem Ergebnis, dass für den Großvater alles mit allem zusammenhing und deshalb nichts isoliert für sich betrachtet werden konnte. Es gab nichts prinzipiell Neues unter der Sonne, keine Brüche, sondern nur Übergänge, Entwicklungen und Abfolgen, die allerdings nicht unmittelbar als solche vor Augen lagen, sondern meistens mühsam historisch rekonstruiert werden mussten. Simon merkte rasch, dass auch der Großvater sich zu abstrusen Hypothesen und gewagten Spekulationen verstieg, um Lücken zu schließen, die es in seinem geschlossenen Weltbild nicht geben durfte. Was Simon jedoch zu Beginn seiner Teenagerjahre am meisten in den Bann schlug, waren die alten Mythen, die der Großvater häufig als Beweismittel für die Richtigkeit seiner Überlegungen heranzog. Simon litt mit Prometheus unter dem Geier, der sich an dessen Leber gütlich tat. Zwar hatte der Großvater ihm erklärt, dass diese grausame Strafe der Götter ein Sinnbild für die Gewissensbisse sei, die sich einstellten, sobald man ein Gebot übertreten, ein Tabu verletzt habe: „Wenn dein Gewissen dich beißt, ist das ein Zeichen dafür, dass du etwas getan hast, was du nicht hättest tun dürfen. In dir sitzt ein Richter, der dich zwickt und zwackt, wenn du ungehorsam bist, und letztlich bist du selber dieser Richter, der zwischen Gut und Böse unterscheidet."

Aber Simon interessierte sich weniger für die ethische Instanz, die in ihm zu nagen beliebte, wenn er ungehorsam war, als für die Figur des Prometheus, der an einem Felsen angekettet hing und die Attacken des gefräßigen Geiers nicht abwehren konnte. Manchmal lag er die halbe Nacht wach, wälzte sich auf den Bauch, um den peinvollen Schnabelhieben zu entgehen, bis ihm einfiel, dass der Geier sich auch vom Rücken her Zugang zur Leber verschaffen konnte. Erst als er sich daran erinnerte, dass Prometheus dem Geier ja nur tagsüber als Futterquelle diente und nachts die Leber wieder nachwuchs, wurde die nächtliche Pein erträglicher. Die alten Griechen waren doch schlau. Kein anderes inneres Organ würde den Hunger des Geiers überleben. Das Herz konnte ebensowenig nachwachsen wie die Nieren, der Magen und die Gedärme. Aber die Leber hatte die Fähigkeit, sich selbst zu erneuern, was allerdings dazu führte, dass die Folter nie endete, jedenfalls nicht für einen Unsterblichen. Simon begriff, dass die Aussichtslosigkeit der Lage die eigentliche Qual des Prometheus ausmachte und nicht so sehr die Herumpickerei des Geiers, die freilich äußerst schmerzhaft war, aber bei Einbruch der Dunkelheit aufhörte. Im Vergleich mit Prometheus empfand Simon seine eigenen Ausgangsbedingungen als durchaus komfortabel. Immerhin konnte er sich seiner „Leber", seiner Haut nämlich, erwehren und in Notfällen gar aus der Haut fahren, um sich gegen Zudringlichkeiten von außen zu schützen. Und nach seinem Tod wäre das Hautproblem endgültig gelöst. Aber vielleicht hatte ja auch Prometheus sich einen inneren Elefanten zugelegt, der unablässig Sand über die körperlichen und seelischen Verletzungen warf. So lange er seinen Rüssel betätigte, war er unverwundbar und trotzte der Hoffnungslosigkeit, mit der die Götter ihn zermürben wollten.

Der Großvater hatte rasch gemerkt, dass sein Enkel sich nicht für die kriegerischen Ereignisse in der Antike interessierte. Gewalt stieß ihn ab, obwohl der Junge ständig Krieg führte gegen Berührungen aller Art und erst recht Abwehrkämpfe gegen körperliche Auseinandersetzungen mit den Schulkameraden. Er wollte einfach in Ruhe gelassen werden und rastete nur aus, wenn ihm jemand zu nah auf die Pelle rückte. Dann allerdings schlug er um sich, rücksichtslos und mit einer Kraft, die man dem zarten Körper gar nicht zugetraut hatte. Doch mit der Zeit wurde er ruhiger, wohl auch deshalb, weil die meisten, mit denen er Umgang pflegte, seinen Wunsch respektierten, dass er nicht angefasst werden wollte. „Du bist ein wandelndes *noli me tangere*", pflegte der Großvater scherzhaft zu sagen, „ein Blümchen ‚Rühr mich nicht an'", fügte die Großmutter lächelnd hinzu. Simon nickte, doch als seine Mutter noch eins draufsetzte: „Du bist ein Tabu", musste er erst im Lexikon nachschlagen, was sie meinte, weil er nicht sicher war, ob sie ihn als Paria bezeichnet hatte, worunter er einen Aussätzigen verstand.

Jedenfalls verschonte ihn der Großvater mit Thukydides und den anderen antiken Geschichtsschreibern, die vor allem über Feldzüge berichten. Stattdessen las er schon dem Fünfjährigen die Schriften Homers vor, die *Odyssee* und nach einigem Zögern auch die *Ilias*, obwohl der Kampf um Troja mit einem ziemlichen Gemetzel verbunden war. Zehn Jahre später vertiefte sich Simon in die antiken Dramen, weil er im Zusammenhang mit dem Ausdruck „freudscher Versprecher" auf das Wort „Ödipuskomplex" gestoßen war und sich nach einer langwierigen lexikalischen Recherche über Freuds Theorie mit Sophokles' Tragödie beschäftigt hatte. Er war halt doch der Enkel seines Großvaters: Erst mal die Quellen studieren.

Simon wuchs praktisch mit Büchern auf. Seine Mutter war Inhaberin einer Buchhandlung, in der er schon als Säugling, gebettet in eine mit Samt ausgekleidete Wiege, unter den Regalen mit den gelben Reclam-Heften seinen Standort hatte. Nicht dass er sich daran erinnerte, aber er kannte Fotos, auf denen ein Kleinkind wie gebannt auf die Bücherwand starrte, anstatt wie zu erwarten den üblichen Krimskrams von Holzkugeln, Glöckchen und Stofftieren zu fixieren, die auf einer galgenähnlichen Vorrichtung über seiner Wiege baumelten. Jedenfalls führte er seine Vorliebe für eidottergelbe Gegenstände auf diesen frühkindlichen Anblick zurück, der ihm eine riesige Sonne erschloss, ohne seine Augen zu blenden und seine Haut zu verbrennen.

Später, als er zu krabbeln und schließlich zu laufen begann, überließ es ihm seine Mutter, selbst zu entscheiden, wo er sich aufhalten wollte. Da die Buchhandlung nicht sehr groß und jede Ecke durch hoch über Kopf angebrachte Spiegel einsehbar war, konnte Iris sorglos ihren Geschäften nachgehen, während Simon, seine Kaschmirdecke hinter sich herschleifend, ziellos durch den Laden streifte und es sich am Ende vor irgendeinem Regal bequem machte. Er pflegte immer nur ein einzelnes Buch herauszuwuchten, das er sorgfältig wieder auf seinen Platz zurückbeförderte, bevor er zum nächsten griff. Es gab keine Kinderbücher in Iris' Laden, aber das schien ihm nichts auszumachen. Auch vermisste er in Büchern keine Bilder. Er blätterte sich einfach durch die Seiten mit den krausen schwarzen Reihen hindurch, hielt manchmal inne und beäugte ein Blatt genauer, fuhr mit einem Finger am Rand entlang und drehte auch schon mal das Buch um seine Achse, bevor er die Seite umschlug. Iris hatte den Eindruck, dass ihr Sohn in der Anordnung der Buchstaben Figuren oder Skizzen entdeckte, die ihn faszinierten. Hin und wieder lachte er laut auf, dann wieder runzelte er missbilligend die Stirn, als wäre er auf etwas Ungehöriges gestoßen.

Im Alter von etwa vier Jahren begann er mit den Büchern zu sprechen. Verwundert blickten die Kunden auf das vor sich hin redende und gestikulierende Kind, in der Meinung, es könnte schon lesen. Doch Simon erzählte den Büchern Geschichten. Alles, was er irgendwo aufgeschnappt hatte, sprach er in das aufgeschlagene Buch hinein und füllte die Seiten mit seinen Erlebnissen. Iris fand nun, dass es höchste Zeit war, ihren Sohn mit Gleichaltrigen zusammenzubringen, damit er lernte, mit anderen zu sprechen, anstatt vor sich hin zu monologisieren. Sie meldete ihn im Kindergarten an, was sich jedoch als Fehlschlag erwies. Das einzige, wofür Simon sich interessierte, waren die herumliegenden Mal- und Märchenbücher, die er rasch durchblätterte, bevor er sie sorgsam in das dafür vorgesehene Regal einordnete. Als er endlich ein Buch entdeckte, das viel Text und wenig Bilder enthielt, zog er sich zufrieden in eine Ecke zurück, um es Seite für Seite zu besprechen.

Die Großmutter holte ihn aus der Kita wieder heraus und graste mit ihm die Kinderspielplätze ab. Sie schob ihn zwischen die herumtobenden Kinder in der Hoffnung, dass er sich von ihnen verleiten ließe, die Rutsche oder das Klettergerüst auszuprobieren. Aber er stand nur herum, beobachtete zwar, was die anderen Kinder trieben, machte jedoch keine Anstalten, sich daran zu beteiligen. Iris nahm ihn achselzuckend wieder mit in die Buchhandlung, und er war glücklich. Mit fünf Jahren konnte er plötzlich lesen. Wahrscheinlich kam es allen nur so vor, als sei die neue Kompetenz mit einem Schlag entstanden, während es in Wirklichkeit ein längerer Prozess war, in dessen Verlauf ihm die Übereinstimmung zwischen geschriebenen und gesprochenen Wörtern aufgefallen war. Jedenfalls las er nun all die Bücher, mit denen er zuvor geredet hatte. Für ihn machte es keinen Unterschied, ob es sich um einen Roman, um ein wissenschaftliches Sachbuch oder um religiöse Literatur handelte. Iris' Befürchtungen, er könnte sich unendlich langweilen, als er schulpflichtig wurde, erwiesen sich als unbegründet. Die Wörter, die er nur lesen, aber nicht schreiben konnte, in ihre Einzelbuchstaben zu zerlegen und aus den Buchstaben wiederum Wörter zu bilden, verlangte seine ungeteilte Aufmerksamkeit.

Dass er seinen Klassenkameraden in den folgenden Jahren immer eine Nasenspitze voraus war, kümmerte ihn nicht. Einzig im Sportunterricht ließ er sich auf einen Wettbewerb ein, nicht weil er der Beste sein wollte, sondern weil er merkte, dass seine Kräfte wuchsen, wenn er sich mit anderen messen konnte. Ob er dann am Ende als Sieger aus einem Wettkampf hervorging oder nicht, spielte für ihn keine Rolle, außer dass er seine Schwächen zu verbessern und dadurch seine Unterlegenheit zu korrigieren suchte.

Die Pubertät ging an Simon nicht spurlos vorbei. Er registrierte das Chaos in seinen Lenden und das aufschießende Begehren, das jedoch rasch wieder verebbte, sobald er sich Erleichterung zu verschaffen suchte. Intensives Reiben bekam seinen Intimstellen ebenso wenig wie seiner Haut insgesamt, so dass Lust und Qual sich gegenseitig blockierten. Das Wort *Leidenschaft* verstand er wörtlich: Es bezog sich für ihn auf eine emotionale Gemengelage, die Leiden schafft. Indem er sie nach Möglichkeit mied, fuhren seine Gefühle nicht mehr Achterbahn, und trotz fehlender Höhen und Tiefen pendelte sich sein Wohlbefinden in ruhigen Gewässern ein.

Simons Großvater hätte es gern gesehen, wenn der Enkel sich nach dem Abitur dem Studium der Geschichtswissenschaften zugewendet hätte, aber Simon suchte nach anderen Herausforderungen. Da die Großeltern, beide in den Neunzigern, kurz nacheinander starben, blieb ihnen die Enttäuschung über Simons Entscheidung, es mit Gott aufzunehmen und Theologie zu studieren, erspart. Mutter Iris, inzwischen Mitte sechzig, schloss ihren Buchladen, der ohnehin kaum noch etwas abwarf, und nutzte das väterliche Erbe, um auf Reisen zu gehen, während Simon sich im Haus der Großeltern einrichtete. Iris war zwar etwas verwundert über Simons Studienwahl, aber irgendwie schien es ihr durchaus logisch, dass ein so beziehungsscheuer, sich selbst genügender Mensch wie ihr Sohn sich am liebsten mit einem Wesen beschäftigte, das ebenfalls keines anderen bedurfte, um vollumfänglich es selbst zu sein. Sie hoffte nur, dass er dabei in einer vergleichbaren Weise kreativ würde wie sein Alter-Ego, möglichst aber etwas zustande brächte, das eher dem Paradies als dieser unheilvollen Welt glich.

Vielleicht vermisste Simon nach dem Tod des Großvaters aber auch bloß eine Vaterfigur. Iris war unschlüssig, ob sie ihm von seinem Erzeuger erzählen sollte, nach dem er sich noch nie erkundigt hatte. Sie fragte ihn, in Gedanken um Worte ringend, die der Tatsache, dass er die nicht beabsichtigte, von ihrer Seite her jedoch höchst willkommene Folge einer großen Liebe war, die Spitze nahmen. Simon schaute sie verwundert an: „Mein Vater? Aber das weiß ich doch schon lange. Großmutter hat es mir gesagt, als mal ein Bild von diesem Dirigenten in der Zeitung war. Sie fand, dass ich ihm ähnlich sähe."

Iris fragte verdutzt: „Welcher Dirigent? Dein Vater hatte mit Musik nicht das Geringste am Hut. Er war Buchhändler wie ich, für einen Schweizer allerdings ein etwas schräger Typ."

Jetzt war Simon verblüfft, hatte er doch dem berühmten Dirigenten nachgeforscht, um zu verhindern, dass er ihn eines Tages versehentlich umbrächte. Der Ödipus-Komplex hatte ihn lange nicht losgelassen. Und obwohl es ihm ausgeschlossen schien, dass er in Versuchung käme, wie der mythologische Ödipus seine Mutter zu heiraten, wollte er es nicht darauf ankommen lassen. Vielleicht hatte sie sich ja wegen ihres Alters mit einer von dem Dirigenten befruchteten Eispende einer fremden Frau beglücken lassen, um schwanger zu werden. In dem Fall war die Annahme, er könnte unwissentlich seine biologische Mutter zur Frau nehmen, nicht abwegig. Dies ließ sich wirksam nur verhindern, indem er seinem Vater aus dem Weg ging.

Jetzt war wieder alles anders. Aber es schien offensichtlich, dass Iris seine leibliche Mutter war. Und diesem neuen Vater nachzuschnüffeln, hielt er für unergiebig. Er konzentrierte sich auf sein Theologiestudium, driftete aber bald schon ab in die alten Sprachen, wobei besonders die hebräischen Schriftzeichen ihn entzückten. Darüber geriet der Inhalt der Bibeltexte an den Rand seines Interesses, zumal er schon lange größte Zweifel an den Prädikaten hegte, die dem christlichen Gott zugeschrieben wurden. Dass es mit dessen Allmacht nicht weit her sein konnte, durfte man ihm nicht anlasten. Denn da er seine Geschöpfe mit Freiheit ausgestattet hatte, folgte daraus, dass sie wählen konnten, und das wiederum ermöglichte es ihnen, den göttlichen Willen zu missachten. Adam und Eva waren dafür das beste Beispiel. Gott hatte sich mit der Schöpfung also selbst mattgesetzt. Er konnte die Menschen nicht daran hindern, in ihr Verderben zu rennen, ohne sein Ziel einer freien Schöpfung preiszugeben. Damit war jedoch seine Allmacht dahin, gewichen einer Ohnmacht, die ihn handlungsunfähig machte.

Das Prädikat der Allwissenheit sprach erst recht gegen einen Gott. Wer allwissend ist, sieht auch alles voraus, was geschehen wird. Der Blick in die Zukunft hätte jedes halbwegs vernünftige Wesen daran gehindert, die Weichen für derart katastrophale Zustände zu stellen, wie sie die Geschichte verzeichnete. Gott hatte offensichtlich nicht einmal Überlegungen von der Art angestellt, wie sie heutzutage in ethischen Technikfolgenabschätzungskommissionen gang und gäbe waren, um einen potenziellen Super-GAU zu vermeiden. Da er aufgrund seiner Allwissenheit auch nicht hoffen durfte, dass ein Endknall ausbliebe, konnte er auch hier nur ohnmächtig zusehen, wie die Welt auf ihren Untergang zusteuerte.

Blieb noch die Güte. Aber selbst dieses Prädikat wurde nach Auschwitz von Theologen, Philosophen und Schriftstellern in Frage gestellt. Ein Gott, der solche Gräueltaten zuließ, entwertet sich selbst. Simon ließ es auf sich beruhen, ob es einen Gott gab oder nicht. Nach einer erneuten Lektüre des Romans *Die Pest* von Albert Camus war er wie dieser davon überzeugt, dass es keine Rolle spiele, ob Gott existiert oder nicht. Wenn er existiere, umso schlimmer für ihn, denn ein Gott, der den qualvollen Tod unschuldiger Kinder in Kauf nehme, verdiene diesen Namen nicht. Väter schienen irgendwie durch Abwesenheit zu glänzen, wenn ihre Kinder in Not gerieten. Deshalb beunruhigte es Simon nicht weiter, dass ihm der himmlische Vater ebenso fern, ja gleichgültig war wie sein irdischer.

Der Fund auf dem Dachboden

Das Interesse an seinem Vater änderte sich, als Simon auf Dokumente stieß, die seine Herkunft in ein neues Licht stellten. Kurz nach dem Tod der Großmutter musste er, übersät mit Windpocken, eine Zeit lang das Haus hüten, um weitere Ansteckungsfälle zu vermeiden. Seine Mutter, die sich in der letzten Zeit immer öfter auf eine Insel in der Nordsee zurückzog, um möglichst viel Natur und wenig Menschen um sich zu haben, wie sie sagte, bot ihm an, zurückzukommen und ihn zu pflegen. Er beschwor sie jedoch zu bleiben, wo sie war. Er käme gut zurecht. Lebensmittel würden ihm, teils verzehrfertig, vor die Haustür geliefert, und Großvaters Getränkekeller sei ohnehin randvoll, zwar überwiegend mit Wein und Bier, aber auch Alkoholfreies fände sich in ausreichendem Maß. Er verschwieg die hässlichen Pusteln auf seinem Körper und führte keine Klagen über den unerträglichen Juckreiz, aber seine Mutter wusste es auch so. Sie riet ihm beiläufig, Lederhandschuhe überzustreifen, oder sich aus der Apotheke Silikonfingerlinge kommen zu lassen, um Kratzattacken ihre unheilvolle Schärfe zu nehmen. Ein guter Rat, wie er feststellte.

Um sich abzulenken, begann er das Haus zu inspizieren. Bisher hatte er nur das Wohnzimmer im Erdgeschoss in Beschlag genommen und das daneben befindliche Gästezimmer als Schlafgemach benutzt. Die großväterliche Bibliothek im ersten Stock des Hauses diente ihm als Informationszentrum, in dem er seine Computer installiert hatte, den Laptop auf dem behäbigen Stehpult, das vor dem Fenster dräute, aus dem der Blick über den üppigen Garten schweifen konnte. Das an die Bibliothek angrenzende Schlafzimmer der Großeltern hatte er leer räumen lassen, aber noch nicht möbliert. Ihm schwebte eine Art Atelier oder Werkraum vor, in dem er seinen Hobbys nachgehen konnte, die er allerdings erst noch ausfindig machen musste. Falls er überhaupt auf Dauer hier wohnen wollte.

Nun nahm er sich den Dachboden im zweiten Stock vor, der aus zwei geräumigen Zimmern bestand, die bis unter die Dachschrägen vollgestopft waren und dem durch die Luken andrängenden Licht den Weg versperrten. Der erste, einigermaßen übersichtliche Raum enthielt, wie ihm ein flüchtiger Blick zeigte, Gestelle mit Aktenordnern, in denen der Großvater von Steuerunterlagen über Sitzungsprotokolle bis hin zu seinen Vorlesungsmanuskripten über Jahrzehnte alles gesammelt hatte, was er als lebenslänglich bewahrenswert angesehen hatte. Den zweiten Raum konnte Simon erst betreten, nachdem er eine Unmenge Gerümpel entsorgt hatte, das den Zugang versperrte. Kleidersäcke, deren Inhalt er nicht näher untersuchte, bereitete er für die Sammlungen vor. Lampenschirme, zerbrochene Stühle und abgewetzte Sessel, deren Federspiralen den Bezugsstoff durchstochen hatten, hackte er ebenso in handliche Stücke wie diverse Beistelltischchen und ein Bettgestell. Vier Matratzen, die noch ganz passabel aussahen, sich aber sehr hart anfühlten, lehnte er zur Entsorgung an das Treppengeländer. Eine wurmstichige Kommode, in deren Schubladen verschimmelte Bierdeckel und zusammengeklebte Wachstücher vor sich hin moderten, fiel nach einem kräftigen Tritt gegen die Rückwand umstandslos in sich zusammen. Ein hohes Möbelstück, das ihm seinen von Spinnennetzen verunstalteten Rücken zuwandte, erwies sich als eine Vitrine, deren blinde Spiegel ihn in dem trüben Licht wie linsenlose Augen anstarrten. Erstaunt nahm er die verstaubten Porzellanfigürchen und matt gewordenen Glastierchen heraus. Wahrscheinlich lauter Nippes, aber sicherheitshalber würde er seine Mutter einen Blick darauf werfen lassen. Für den Fall, dass dieses Zeug für sie einen gewissen Erinnerungswert besaß. Die zerlegten Teile und den übrigen Krimskrams deponierte er in dem leeren Schlafzimmer im ersten Stock. Er würde Container für den Abtransport kommen lassen.

Als Letztes wandte er sich einer schwarzen Lacktruhe mit verrosteten Messingbeschlägen zu, die hinter dem ganzen Unrat zum Vorschein kam. Da hätte eine Leiche drin Platz, dachte er belustigt, bevor er das Beil in Aktion treten ließ. Mit einem wuchtigen Schlag sprengte er das Schloss ab und öffnete den Deckel. Ein Stapel muffig riechender Kissen und Decken kam zum Vorschein, die er in Müllsäcken verstaute. Ganz zuunterst entdeckte er einen mit rotem und braunem Bast umwickelten Kasten, der mit einer brüchigen Kordel verschnürt war. Sollte das etwa Großmutters Schatzkiste sein? Er hob sie heraus und stellte sie erst einmal auf dem Treppenpodest ab. Mit beträchtlichem Aufwand stieß er das verklemmte Dachfenster auf, und ein Schwall frischer Luft vertrieb den abgelagerten Mief aus der Kammer. Den Dreck würde er an einem anderen Tag beseitigen.

Simon war so erschöpft, dass er sich ins Bett legte und sofort einschlief. Er verschlief das Abendessen und wachte nach einer traumlosen Nacht ohne Jucken und Kratzen erfrischt auf. Die Windpocken schienen auf dem Rückmarsch zu sein, auch wenn seine Haut immer noch einem Kirschkuchen mit Streuseln glich.

Die Schatzkiste hatte doch einiges Gewicht, so dass er unwillkürlich an Goldbarren und Schmuck dachte. Nicht dass er dergleichen gebraucht hätte. Die Großeltern hatten ihm ein beträchtliches Vermögen hinterlassen, das ihm auch nach Abzug der Erbschaftssteuern ein sorgenfreies Leben ermöglichte. Aber Gold war halt doch etwas Besonderes.

Gespannt knotete er die Kordel auf und hob den Deckel. Zuoberst lag ein Stapel Briefe, verschnürt mit einem graublauen Wollfaden. Darunter befand sich ein dickleibiges, in dunkelrotes Leder gebundenes Buch, auf dem in goldenen Lettern das Wort „Familien-Stammbuch“ prangte. Zuunterst stieß er noch auf eine Handvoll Ansichtskarten und zwei größere Briefumschläge, von denen der eine leer zu sein schien, sowie auf eine Uhr und eine Handvoll Abzeichen, die er nicht näher in Augenschein nahm, weil sein Blick magisch von dem Briefbündel angezogen wurde. Die ungewohnte Sütterlinhandschrift auf dem ersten vergilbten Briefbogen, den er herauszog, faszinierte ihn, und wie immer, wenn ihm unvertraute Schriftzeichen begegneten, fuhr er mit den Augen an ihnen entlang, liebkoste sie gleichsam optisch und ließ ihre Eigenarten auf sich einwirken, ohne ihre Bedeutung zu ergründen. Das spitze Auf und Ab mutete ihn irgendwie gotisch an, streng, schmucklos und ohne Schnörkel. Keine romantische Gefühle weckende Schrift, sondern eher die eines mit spitzer Feder schreibenden Kritikers.

Erst nach einer Weile merkte er, dass er die mit Bleistift geschriebenen Texte doch lesen konnte, zwar nicht flüssig, aber geschmeidig, indem er den Sinn der unleserlichen Wörter aus dem Kontext erschloss. Doch bevor er sich dem Mitgeteilten widmen konnte, blieb er an der Anrede hängen: „Liebste Schicki". Sein Blick wanderte zur Unterschrift des Absenders: „Dein Dich liebender Micki". Schicki und Micki, Laura und Matthias. Omama und Opapa. Er spürte ein Kichern in seinem Hals aufsteigen. Zwar kam aus irgendeinem Teil seines Gehirns die Botschaft, dass auch seine Großeltern einmal in jugendlichem Alter ein Liebespaar gewesen waren, aber wie die meisten jungen Leute empfand er das Geschlechtsleben der vorangegangenen Generationen aus ihm unerfindlichen Gründen als unsäglich peinlich.

Also gut, Schicki und Micki. Jetzt füllte unbändiges Gelächter seine Kehle. Er fühlte sich an ein Spiel erinnert, das er mit seinem einzigen Freund, Florian, oft spielte. Florian war kurz vor dem Abitur von der Schule abgegangen, obwohl er ein guter Schüler war. Er fand sich einfach zu alt, um sich weiterhin als Pennäler mit Lernstoff abzugeben, der ihn nicht die Bohne interessierte. Als Mitglied eines jungen Teams, das eine Werbeagentur gegründet hatte, konnte er seiner Fantasie freien Lauf lassen. Flotte Sprüche waren sein tägliches Brot. Ihm zuliebe achtete Simon auf die Reklamesendungen im Fernsehen, die sie auf absurde Weise miteinander zu kombinieren pflegten.

„Spucken Sie Blut beim Zähneputzen?", fragte Florian feixend. „Dann leiden Sie wahrscheinlich unter Hämorrhoiden", antwortete Simon todernst.

„Pflegen Sie Ihren After mit Hamamelis-Salbe, und Ihr Zahnfleisch wird es Ihnen danken." „Plagt Sie Juckreiz an den Schienbeinen?" „Dann ist Ihre Haut inkontinent. Essen Sie Kürbiskerne, und der Druck auf die Blase lässt nach. Dann wird auch Ihre Haut wieder wasserdicht."

„Leiden Sie unter Schwindel und Vergesslichkeit?" „Dann sitzen Schleimmonster in Ihren Bronchien. Vertreiben Sie diese mit Abführtropfen, und Ihre kleinen grauen Zellen sind wieder fit."

„Haben Sie Probleme mit dem Stuhlgang?" „Dann empfehlen wir einen Hustenlöser, und es flutscht wieder."

Wer als Erstes lachte, hatte verloren. Einmal trat Simons Mutter just in dem Augenblick ins Zimmer, als Florian fragte: „Haben Sie Mundgeruch?" „Pfui Teufel", sagte Iris, „dann sollten Sie schleunigst Rizinus nehmen, damit die schlechte Luft wieder den korrekten Weg nach unten nimmt."

Florian lachte schallend, während Simon verdutzt seine Mutter anstarrte. Er musste übersehen haben, dass sie eine frivole Ader hatte. Florian ging nach solchem Werbepingpong mit frischen Ideen beschwingt in sein Studio, obwohl er keine Medikamente, sondern Autos, Möbel und Tapeten anzupreisen hatte.

Simon befasste sich wieder mit „Schicki" und „Micki". Seine Heiterkeit legte sich schlagartig, als er die Ansichtskarten und die zerfledderten Briefumschläge zur Hand nahm. „Feldpost" stand auf allen oberhalb des Namens „Laura Kelterborn" und der darunter vermerkten Düsseldorfer Adresse. Es handelte sich offensichtlich um Karten und Briefe, die der Großvater in den Kriegsjahren an die Großmutter geschrieben hatte. Simon grübelte eine Zeit lang über die Namen nach. Schicki passte hervorragend zur eleganten Erscheinung seiner Großmutter, die, ganz im Gegensatz zu ihrer eher burschikosen Tochter Iris, Wert auf geschmackvolle Kleidung legte und das Haus nie ungeschminkt verließ. Auch das etwas Verruchte, das dem Namen „Schicki“ anhaftete, traf auf die Großmutter zu, wenn man ein Auge dafür hatte, dass sie immer etwas Schräges unter ihre Accessoires zu mogeln pflegte, sei es ein Seidenschal mit anzüglichen Motiven, sei es eine mit winzigen glitzernden Maikäfern besetzte Haarspange oder eine muschelförmige Clutch mit einem Seepferdchen als Clipverschluss. Simon schmunzelte, als er sich an die länglichen, edel wirkenden bronzefarbenen Ohrgehänge erinnerte, die sie gelegentlich bei einem festlichen Anlass trug. Erst bei näherer Betrachtung entpuppten sie sich als zwei nackte Männerkörper, die, an den Füßen aufgehängt, kopfüber von den Ohrläppchen herabbaumelten.

Schicki ging also in Ordnung, aber Micki? Simon konnte sich kaum vorstellen, dass dieser gediegene, stets etwas steif und förmlich, wenn auch nicht linkisch auftretende Professor jemals auf den Namen „Micki“ gehört hätte. Auch der respektvolle, immer auf einen gewissen Abstand bedachte Umgang des Ehepaars miteinander ließ nicht vermuten, dass sie je ein so flottes Liebespaar gewesen waren, das sich mit Schicki und Micki anredete. Aber Simon musste einräumen, dass zwischen diesen Briefen und dem Zeitraum, in dem er seine Großeltern gekannt hatte, mehrere Jahrzehnte lagen, praktisch fast ein halbes Jahrhundert. Sie waren ja bei seiner Geburt schon über siebzig gewesen.

Er kehrte zu den Briefen zurück und zählte sie vorsichtig durch, um die mürben Umschläge nicht zu beschädigen. Drei

Dutzend waren es, chronologisch geordnet. Außerdem ein Dutzend Post- und Ansichtskarten. Neulich hatte er einen Literaturkritiker in einer Fernsehsendung über neu erschienene Bücher sagen hören, er wolle keinen Roman mehr lesen, in dem auf dem Speicher vergilbte Briefe aufgetaucht seien, aus denen der Autor seine Inspirationen schöpfte. Simon pflichtete ihm bei, dass dieser „Trick" mittlerweile etwas abgedroschen sein mochte, erinnerte sich jedoch gern an das erste Buch des großen dänischen Philosophen Søren Kierkegaard, das 1843 unter dem Titel *Entweder/Oder* in Kopenhagen erschienen war. Es enthielt den Briefwechsel zwischen einem allen sinnlichen Genüssen aufgeschlossenen Ästheten und einem den Sinn der Moral betonenden Ethiker. Angeblich gefunden hatte die Unterlagen ein Mann namens Jakob Eremita, der auf einem Trödelmarkt einen alten Sekretär erstanden hatte, in dessen erst später entdecktem Geheimfach sich die Papiere befanden. Der „Trick" war also uralt, aber disqualifizierte dies die darauf basierende Geschichte?

Simon ließ den Blick über die vor ihm ausgebreiteten Briefe wandern. Solche Zufallsfunde würde es bald nicht mehr geben. Wer schrieb nach der digitalen Wende noch Briefe mit der Hand auf Papier? Abgesehen von bereits textlich gestalteten Kondolenzbriefen und Glückwunschkarten. Oder wer schrieb noch eigenhändig Tagebücher wie die vorangegangenen Generationen, deren technische Ausrüstung aus Bleistiften und Kladden bestand, später vielleicht einer klapprigen Schreibmaschine, deren Typen sich leicht verhakten, vor allem wenn die Farbbänder sich verhedderten. So ein altes Vehikel stand noch in den großväterlichen Regalen, eingeklemmt zwischen einem vorsintflutlichen Vervielfältigungsgerät, das mit Wachs-Matritzen funktionierte, und einem Telefonapparat, vor dessen schwerem Hörer die Hand zurückzuckte. Mit den digital gespeicherten sprachlichen Hinterlassenschaften der heutigen Generationen würde man es in den kommenden Jahrhunderten um einiges leichter haben. Aber das, so fand Simon, war ein Verlust. Keine noch so ausgefallenen Schriftarten konnten die Eigenarten individueller Handschriften ersetzen.

Simon machte sich an die Lektüre. Er begann mit den Ansichtskarten, die Micki vom 25. Mai 1940 bis zum 10. Januar 1941 an Schicki geschrieben hatte. „Schütze Micki" meldete den Einzug seines Bataillons in die Kaserne in Kulm an der Weichsel und etwas später den Umzug von dort in das etwas südlicher gelegene Bromberg. Simon holte sich einen Atlas aus der Bibliothek und fand die beiden Orte im heutigen Polen. Die Postkarten zeigten auf der Vorderseite beschaulich anmutende Schwarz-Weiß-Fotos der beiden Städte, und auch die rückseitigen Texte, unterschrieben von Micki und „unbekannterweise" mehreren Kameraden, vermittelten nicht den Eindruck, dass Soldaten für den Krieg tauglich gemacht wurden, sondern hatten eher einen touristischen Anstrich. Zwar war einmal die Rede davon, dass sie „viel Dienst" machen müssen, aber dann wieder sind sie im Ausgang auf Besichtigungstour und haben sich „gut mit Zigaretten eingedeckt". Wie die Ausbildung an den Waffen und die Einübung in den Kampf gegen feindliche Truppen vonstattenging, ließ sich daraus nicht erschließen.

Im Grunde konnte sich Simon den Großvater überhaupt nicht mit einem Gewehr in der Hand, geschweige denn in einer Gefechtshandlung vorstellen. Sein historisches Interesse an Kriegshandlungen, speziell in der Antike, schien Simon immer eher theoretischer Natur. Ob der Dreißigjährige so anders gewesen war als der Achtzig- und Neunzigjährige, den er gekannt hatte? Oder war es der Ausnahmezustand des zweiten Weltkriegs, der einen jungen Mann komplett umkrempelte, später aber wieder in seine alte Prägung zurückfinden ließ? Micki jedenfalls schien eine robuste Natur gewesen zu sein, vielleicht sogar etwas abenteuerlustig und durchwegs gut aufgestellt, wenn man den an den Rand der Karten gekritzelten Kommentaren der Kameraden Glauben schenken durfte. Er hielt den Trupp bei Laune.

Dieser Eindruck verstärkte sich noch, als Simon die nächsten sechs Karten las, die von Ende September 1940 bis Mitte Januar 1941 datiert waren und aus Frankreich kamen, abgestempelt in Le Havre, danach in dem etwas nordöstlicheren Küstenstädtchen Fécamp. Er wunderte sich über die Verlegung des Bataillons dorthin, fand in Mickis Texten aber keine Anhaltspunkte für die Gründe des Wechsels. Doch von der Küste war der Weg zu den Kanalinseln nicht weit, auf denen Opapa zuletzt stationiert gewesen war. War es Guernsey? Oder Jersey? Simon kramte in seinem Gedächtnis nach einer vagen Erinnerung. Sark war es, wie er meinte. Über die Kriegsjahre war in der Familie fast nie gesprochen worden. Es hieß, Opapa sei 1946 aus englischer Kriegsgefangenschaft zurückgekehrt, nachdem er den alliierten Siegermächten noch eine Zeit lang als Dolmetscher gedient hatte.

Und dann fiel Simon plötzlich ein Ereignis wieder ein, das ihn mächtig verstört hatte. Sie saßen, da war er vielleicht vierzehn Jahre alt, zu viert beim Mittagessen, als die Düsseldorfer Sirenen zu heulen begannen: ein bloßer, vorher in sämtlichen lokalen Medien angekündigter Probealarm. Omama schoss von ihrem Stuhl hoch, der krachend umfiel, und starrte mit weit aufgerissenen Augen zum Fenster. Gleichzeitig war Iris mit einer blitzschnellen Tauchbewegung unter dem Tisch verschwunden. Opapa erhob sich gemächlich, stellte den Stuhl wieder hin und scheuchte seine Tochter aus ihrer Deckung. Als sich alle wieder um den Tisch versammelt hatten und warteten, bis die Sirenen Entwarnung signalisierten, schien es Simon, als ob das Esszimmer unter dem Bombardement eines mächtigen Herzklopfens vibrierte.

„Nur keine Aufregung, Mädels, der Krieg ist vorbei“, sagte Opapa begütigend.

Simon hatte seine Großmutter noch nie so wütend gesehen. Sie fauchte regelrecht: „Sei du bloß still. Dir ist ja auf deiner lächerlichen kleinen Insel, wie hieß sie noch? Sark?, nichts passiert. Mit zwei linken Händen ein paar Unterstände bauen und außerhalb der Gefahrenzone gemächlich das Kriegsende abzuwarten, ist keine Kunst."

„Ja, ich hatte großes Glück", bestätigte Opapa gelassen, und damit war für ihn die Sache erledigt.

Aber Simon war so aufgewühlt, dass er nach längerer Unterbrechung zum ersten Mal wieder die Hilfe des Elefanten benötigte. Lang ausgestreckt auf dem Sofa in seinem Kinderzimmer ließ er mit geschlossenen Augen seinen inneren Elefanten gemächlich zur Wasserquelle trotten, die reinigenden Fluten über seine Haut prasseln, um dann wieder und wieder mit dem Rüssel Sand aufzunehmen, den er schwungvoll nach hinten über sich warf. Erst als er im Rüssel so etwas wie Muskelkater verspürte, stellte er erschöpft den Trocknungsvorgang ein. Er hatte sich wieder beruhigt.

Seine Bitte um Aufklärung scheiterte sowohl bei der Großmutter als auch bei der Mutter. Beide taten ihre Schreckensreaktion als Lappalie ab, er solle sich keine Gedanken machen, das sei ein bloßer Reflex gewesen. Opapa erbarmte sich schließlich, fügte aber als gewissenhafter Historiker bei seiner Erklärung gleich hinzu, dass er alles nur vom Hörensagen wüsste. Kurz vor Kriegsende wären Großmutter Laura und ihre Schwester Waltraud an die Ostsee gereist, nach Swinemünde. Die Kinder, Iris und ihr etwas jüngerer Cousin Gerhard, hätten Keuchhusten gehabt, den sie dort auskurieren sollten. Opapa wusste nicht mehr genau, wie lange sie sich dort aufgehalten hatten, er meinte sechs Wochen mindestens. Bei der Rückreise blieben sie dann wochenlang in Berlin hängen, weil sie wegen der alliierten Luftangriffe aus der abgesperrten Stadt nicht herauskonnten. Ständig heulten die Sirenen, vor allem nachts war es gefährlich. Omama schlief nur mit Kopfhörern und fuhr sofort aus dem Schlaf hoch, wenn die Musik unterbrochen und ein bestimmter Code – „ich glaube, er lautete ‚Gustav Adolf'" – ständig wiederholt wurde. Das war das Zeichen, dass die Engländer im Anflug auf Berlin waren. Noch bevor der Sirenenalarm losschrillte, hatten die zwei Frauen ihre Kinder aus den Betten gerissen und die Tasche mit ihren Papieren an sich gerafft, hasteten vier Stockwerke hinunter in den Luftschutzkeller, wo sie sich eng mit den anderen Hausbewohnern zusammendrängten. Oft mussten sie mehrmals am Tag, vor allem aber nachts, diesen Weg nehmen.

Opapa legte eine Pause ein und sah Simon nachdenklich an. „Deine Mutter war damals vier Jahre alt, als in einer Nacht das Haus von einer Bombe getroffen wurde und über den Leuten im Keller zusammenbrach. Den gewaltigen Krach kannst du dir sicher vorstellen. Es muss die Hölle gewesen sein, obwohl Gott sei Dank alle rechtzeitig unten waren und niemand zu Schaden kam. Doch sie waren gefangen in dem Schutzraum, ohne Licht und alle schwer traumatisiert."

Simon wagte kaum zu atmen, so beklommen machte ihn das Geschilderte.

„Dann entdeckten sie im Licht einer Kerze einen schmalen Spalt", fuhr Opapa fort, „den die Bombe oberhalb der Kellerwand zur Straße hin gerissen hatte. Bis in die Morgenstunden mühten sie sich, der Reihe nach auf einem Stuhl stehend, ab, den Spalt in dem dickem Mauergestein mit bloßen Händen zu vergrößern. Die Nase nur mit einem Schal notdürftig vor den Staubwolken des pulverisierten Mörtels schützend, häuften sie den herausgebrochenen Schutt in einer Ecke auf, was die ohnehin beengten Platzverhältnisse noch mehr einschränkte. Als das Loch groß genug war, schoben sie die zierliche Iris Zentimeter für Zentimeter nach oben durch. Mit hocherhobenen Armen, als wollte sie einen Kopfsprung ins Wasser machen, tauchte sie auf dem zerstörten Bürgersteig auf, mit dem Auftrag, Hilfe zu holen."

Simon zitterte. Er meinte zu spüren, wie das grobe Gestein über die Haut des kleinen Mädchens schrammte und seinen schmalen Körper zusammenpresste, während es, selbst bewegungsunfähig, aus dem dunklen Verlies ans Licht gedrückt wurde.

„Und was hat Mama dann gemacht?", fragte er endlich, als Großvater von der Toilette zurückkam.

„Laura hat erzählt, dass sie von dem Loch weggekrabbelt ist und erst nach einiger Zeit zurückkehrte. Sie rief hinab: ‚Alles kaputt, niemand da, nur ein Arm und ein Fuß ohne Schuh und jemand ohne Kopf.' Im Chor brüllten sie aus dem Keller immer wieder, sie solle Hilfe holen. Iris hätte sich dann neben das Loch gesetzt und zu schreien begonnen. Ununterbrochen schrie sie in einem durchdringenden hellen Ton, der sich anhörte wie eine durchgedrehte Sirene. Es kamen dann tatsächlich Leute, die mit einer Spitzhacke das Loch erweiterten und die Eingeschlossenen nach und nach aus ihrem Gefängnis herauszogen."

Wieder versetzte sich Simon in das Kind, das seine Mutter gewesen war, als sie in der zerbombten Straße nur Leichenteile und Trümmer vorfand, eine tote Welt wie in einem apokalyptischen Endszenarium, in dem sich die Menschheit selbst ausgemerzt hatte. Er hätte dringend wieder seines Elefantentrostes bedurft, hörte aber der Schilderung des Großvaters geduldig zu, wie die beiden Frauen mit den Kindern kurz vor dem Einmarsch der Russen in Berlin aus der Stadt entkommen waren. Tante Wally, die Simon als das genaue Gegenteil von Omama in Erinnerung hatte, etwas füllig, sehr mütterlich, immer lustig und vergnügt, Tante Wally also hatte mit ihren letzten Schmuckstücken einen älteren, zur Flucht entschlossenen Mann bestochen, sie mitzunehmen. Er hatte den Auftrag, einen Lastwagen mit einer Ladung Kartoffeln und Gemüse nach Magdeburg zu fahren, um dort die hungernde Bevölkerung mit Nahrungsmitteln zu versorgen. Verstaut in einem groben, muffigen Kartoffelsack, mit je einem Kind zwischen den Beinen, traten die beiden Schwestern die Rückreise ins Rheinland an. Zwar konnten sie sich an die Rückwand der Fahrerkabine anlehnen, aber sie waren so eingeklemmt zwischen den faulig riechenden Säcken, dass ihnen auf der rumpelnden Fahrt die Glieder abzusterben drohten.

Noch größer als die Angst zu ersticken war ihre Sorge, die Kinder könnten während der Kontrolle bei der Ausfahrt von Berlin zu schreien beginnen. Doch sie spürten wohl die Angespanntheit ihrer Mütter und verhielten sich ruhig. Sie hörten scharfe Kommandos, an der hinteren Rampe wurden probeweise ein paar Säcke geöffnet, aber der Gestank der vergammelten Lebensmittel hatte anscheinend eine so abschreckende Wirkung, dass der Fahrer angebrüllt wurde, er solle machen, dass er weiterkäme. Sie wurden dann noch einmal kurz angehalten, jemand stieg auf die Ladefläche und kam den Frauen bedrohlich nahe, ohne sie jedoch in ihrer Tarnung zu entdecken.

Der Fahrer gab Gas und fuhr eine Ewigkeit lang weiter, bis er endlich anhielt und ihnen aus den Säcken heraushalf. Verdreckt und erschöpft setzten sie ihren Weg in der Fahrerkabine etwas bequemer fort, die schlafenden Kinder auf dem Schoß. Hin und wieder brauste ein Luftwaffengeschwader über sie hinweg. Ob Freund oder Feind, war schwer auszumachen und letztendlich nur am Bombenhagel identifizierbar, der manchmal ganz in der Nähe niederging. Sie mussten Umwege über verwahrloste Äcker und Felder fahren, wenn die Straßen aufgerissen waren. Und auch die Städte, die sie passierten, wiesen Bombentrichter auf, die ganze Stadtteile in Ruinen verwandelten. Opapa zeigte Simon auf einer Landkarte die Route, die das Fünfergespann von Magdeburg über Hildesheim, Paderborn und Dortmund genommen hatte. Der Sprit reichte bis kurz vor Wuppertal. Dort ließen sie den Laster mit seiner mittlerweile bestialisch stinkenden Fracht einfach stehen. Der Fahrer verabschiedete sich mit einem kurzen

Händedruck, kehrte aber nochmals zurück und drückte Tante Wally ihren Ehering in die Hand. „Die Kette und das Armband sind genug", brummte er und verschwand endgültig.

Tante Wallys Ehemann war gleich am Anfang des Krieges kurz nach der Hochzeit gefallen. Von seinem Sohn, der erst ein halbes Jahr nach seinem Tod zur Welt kam, hatte er nicht einmal gewusst. Tante Wally ließ beide Eheringe zusammenschweißen, um ihren Status als Kriegerwitwe herauszustreichen. Sie steckte sich den Ring kommentarlos, aber tief bewegt, wieder an den linken Ringfinger, und zu Fuß machte sich das Vierer-Grüppchen auf den Weg in die Stadt, die Kinder zu müde zum Quengeln, die Erwachsenen froh, bald am Ziel zu sein. In Tante Wallys kleiner Wohnung direkt an der Wuppertaler Schwebebahn ruhten sie sich ein paar Tage lang aus, bevor Omama im Nachbarhaus einen Soldaten auf Heimaturlaub ausfindig machte, der seine Freundin in Düsseldorf besuchen wollte. Sie versprach ihm einen wertvollen Teppich, wenn er sie und Iris mitnähme. Und so knatterten sie auf einem schrottreifen Motorrad, Iris eingeklemmt zwischen dem Fahrer und ihrer Mutter, nach Hause.

Keinen Tag zu früh, denn am folgenden Morgen fuhren der Bürgermeister und ein paar beherzte Bürger mit einer weißen Fahne den anrückenden amerikanischen Truppen entgegen. Mit ihrer Kapitulation retteten sie die Stadt vor weiterer Bombardierung und massiver Zerstörung. Die Amis zogen durch die Stadt und besetzten leerstehende Wohnungen. „Und Iris", sagte Opapa schmunzelnd, „sah zum ersten Mal in ihrem Leben einen Neger. Damals ging diese Bezeichnung noch als politisch korrekt durch. Sie hat mir selbst erzählt, dass sie total verblüfft über diesen groß gewachsenen, wie schwarze Schuhwichse glänzenden GI war, der sie aus kugelrunden Augen freundlich anblickte und beim Lachen ein riesiges schneeweißes Gebiss entblößte. Er schenkte ihr Schokolade, eine für die Vierjährige damals noch unbekannte Köstlichkeit. Jeden Tag prüfte sie ihre Haut, in der Hoffnung dass sie sich infolge des Schokoladengenusses ebenso schön dunkel färben würde."

Simon lachte. „Das hat Mama wirklich geglaubt? Und ist der Typ dann gegangen, ohne den beiden etwas anzutun?"

„Laura hat gesagt, dass er nach Hitler-Devotionalien gefragt hätte, und ob sie noch ein Exemplar von *Mein Kampf* hätte. Er gab sich, als sie verneinte, mit verschiedenen Abzeichen zufrieden, die sie noch aus ihrer BDM-Zeit besaß. Damit zog er dann ab."

„Was hast du damit gemeint, dass Omama und Mama traumatisiert waren?", wollte Simon noch wissen.

„Ja, weißt du, es gibt schlimme Ereignisse, die werfen Schatten auf die Seele. Und manchmal brennen sich die Schatten so ein, dass sie auch dann nicht verschwinden, wenn längst alles wieder gut ist. Sobald etwas passiert, das an durchlittene Ängste erinnert, wie die Sirenen zum Beispiel, ist man umstandslos wieder in alte Zeiten versetzt und macht all das Schreckliche noch einmal durch."

Die ominösen Briefe

Simon kehrte zurück in die Gegenwart und wandte sich wieder dem Briefbündel zu. Seltsam, dass er sich so genau an das Gespräch mit Opapa erinnern konnte. Eine Weile hatte er Omama und seine Mutter beobachtet, ob es vielleicht noch andere Auffälligkeiten gab, die sich auf die Kriegsjahre zurückführen ließen, es dann aber aufgegeben, weil er fand, dass es ihn eigentlich nichts anging. Doch auch jetzt befiel ihn wieder ein tiefes Unbehagen, ja ein körperliches Unwohl, sobald er die Berliner Ereignisse, über die Opapa so lebendig zu erzählen wusste, als sei er selbst dabei gewesen, in seinem Gedächtnis aufrief. Es musste daran liegen, dass das Gehörte sein Bild von den beiden wichtigsten Frauen in seinem Leben veränderte. Klar, er bewunderte die Tapferkeit, mit der sie in schweren Zeiten ihr Leben gemeistert hatten. Aber es irritierte ihn, dass nach so vielen Jahren ein harmloser Sirenenalarm sie immer noch derart aus der Fassung zu bringen vermocht hatte.

Simon zog wieder den Atlas zu Rate und entwarf die möglichen Routen, über die das großväterliche Bataillon an die französische Nordküste gelangt sein konnte. In Le Havre waren die Soldaten in einem Hotel gegenüber dem Bahnhof untergebracht. Micki berichtet am 29. September 1940 von schweren Bombardements in der Nacht. Und auch am 6. Oktober teilt er mit, er habe als U.v.D. *bis 3 Uhr im Tunnel gestanden. Dann bin ich wieder zum Hotel gegangen. Gerade war ich hier, da ging das Bombardement wieder los bis um 6 Uhr. Dann habe ich bis 7 Uhr geschlafen.* „Wer hat hier wen bombardiert?“, überlegte Simon. Er musste unbedingt ein Buch auftreiben, das ihm Aufschluss über die Kriegsschauplätze und Luftkämpfe gab.

Auf einer vier Tage später datierten Ansichtskarte ist die Kirche von Goderville abgebildet, und Micki schreibt von einem

„Himmelfahrtskommando". Zusammen mit österreichischen Kameraden aus Graz müsse er ab 16 Uhr Wache schieben, einerseits sei es furchtbar langweilig, andererseits könnte jeden Moment eine Bombe ihnen den Garaus machen. Eine explosive Situation also. Auf fast allen Karten sind Ein-Kilogramm-Päckchen erwähnt, deren fünf bis sieben „Dein Frechdachs Micki" abgeschickt habe. Über den Inhalt konnte Simon nur raten, bis er auf den Hinweis stieß, dass die restlichen drei Hemden in Kürze abgeschickt würden. Schickte Micki etwa seine Wäsche von der Front zu Omama, die sie dann in sauberem Zustand retournierte? Mit der Hygiene schien es ja unter den Soldaten nicht weither gewesen zu sein, dachte Simon, nahm den Gedanken angesichts der Umstände aber sogleich zerknirscht zurück. Andererseits verwunderte es ihn, dass es für die Soldaten keine Trupps, die für die Wäsche zuständig waren, oder etwas dergleichen gegeben hatte.

Mickis nächste Karten kamen mit den üblichen Wünschen zu Weihnachten. Dann wurde es interessant. Ein Telegramm der Deutschen Reichspost, adressiert an Soldat Kelterborn, meldet am 10. Januar 1941: *Ein Maedel ist angekommen Mutter und Kind sind gesund Herzl Glueckwunsch = Waltraud.* Iris hatte das Licht der Welt erblickt. Doch vom Vater keine Reaktion. Die auf denselben Tag datierte Karte hatte er offensichtlich vor dem Empfang der Nachricht von der Geburt seiner Tochter abgeschickt. Sie zeigte die Karikatur einer stark übergewichtigen Frau im Badeanzug, die feixend ihren hilflos die Hände in die Höhe reckenden Mann mit brachialer Gewalt unter Wasser drückt. Darunter der Text *Enfin! Il boit d'l'eau!!!* Simon lachte schallend. Wie unpassend: Dort ein neues Leben, hier eines, das ersäuft wird. Micki bedankt sich für 10 RM, ein Buch und einen Schlafanzug, den er gegen die Kälte gut gebrauchen könne. Diskret weist er darauf hin, dass er monatlich 50 RM in Empfang nehmen dürfe. Simon fragte sich, wie viel nach heutigen Maßstäben eine Reichsmark wohl wert war. Und woher die „allerliebste Schicki" das Geld für ihren Micki nahm. Bezahlte etwa die Wehrmacht die zurückgelassenen Ehefrauen für die Kriegsdienste ihrer Männer?

Zwischen Januar 1941 bis Anfang Juni 1942 klaffte eine Lücke in Mickis Korrespondenz. Simon umkreiste mehrmals den großen Esszimmertisch, auf dem er sämtliche Karten und Briefe chronologisch, dem Datum des Poststempels entsprechend, ausgebreitet hatte. Es gab innerhalb der Lücke nur eine kurze Nachricht vom 26. November 1941, in der Micki seine Verlegung nach Detmold/Lippe mitteilt und dass er noch keinen Dienst machen müsse. Er bittet dringend um Zigaretten, da vor Ort keine zu bekommen seien. Danach fehlte wiederum bis zum 3. Juni jegliche Korrespondenz. Simon vermutete, dass Micki einige Monate Heimaturlaub hatte. Dennoch fehlten Briefe aus der Zeit vom Dezember 1940 bis Anfang Juni 1942. Sie schienen verloren gegangen zu sein. Oder waren sie der Zensur zum Opfer gefallen?

Wieder fragte sich Simon, warum ein Bataillon, das doch mehrere Truppenverbände umfasste, einfach so über eine recht weite Strecke verlegt wurde. Und weshalb nach Detmold, wenn Micki laut Opapa doch ab 1941 auf Sark stationiert war? Oder hatte er das falsch behalten? Simon beschloss, seine Lektüre am nächsten Tag fortzusetzen. In seinem Kopf herrschte eine Verwirrung, die er auf seine mangelnden Kenntnisse über den zweiten Weltkrieg zurückführte. So genau hatte man ihm in der Schule die Kriegsführung im Allgemeinen und die militärischen Truppenbewegungen im Besonderen nicht erklärt. Streng genommen war davon nie die Rede gewesen. Er fühlte ein diffuses Unbehagen, beunruhigt durch Ungereimtheiten, die er jedoch nicht dingfest zu machen wusste. Weshalb hatten die Großeltern nie über diese Zeit mit ihm gesprochen, wenn doch gerade Micki, der spätere Geschichtsprofessor, sich auf Kriege spezialisiert hatte? Überhaupt, warum hatte Simon nie gehört, dass die beiden sich mit „Schicki" und „Micki" anredeten? Oder doch? Er setzte die Suchmaschinen in seinem Gedächtnis auf die Fährte, und dann war die Erinnerung schlagartig da. Es musste nach der Jahrtausendwende gewesen sein, drei, vier Jahre vor dem Tod der Großeltern. Da war er um die vierzehn, fünfzehn und hatte Omama ein paar einfache Badelatschen besorgt, weil sie wegen ihrer dünnhäutig gewordenen Fußsohlen im Garten nicht mehr barfuß umhergehen, aber auch kein festes Schuhwerk anziehen mochte. Simon konnte sich nicht zwischen knallroten und giftgrünen Exemplaren jener Gummischlappen entscheiden, die nur mit einem Steg zwischen großem und benachbartem Zeh am Fuß festgehalten wurden. Er nahm beide mit, und da Omama spontan auf die grünen tippte, nahm er, da er die gleiche Schuhgröße hatte, die roten.

Sie klemmten sich die Schlappen unter die Füße und marschierten im Gleichschritt hintereinander laut lachend und gestikulierend durch den Garten, immer im Kreis herum, Simon vorneweg, Omama dicht hinter ihm, mit beiden Händen auf seinen Schultern. Angelockt durch das sich steigernde Gelächter erschien Iris oben auf dem Balkon und klatschte ebenfalls lachend den Takt. Plötzlich stand Opapa auf der Terrasse und beobachtete das mittlerweile in gewagte Schlangenlinien übergegangene rot-grüne Vierfüßlergespann. Als es auf ihn zusteuerte und vor ihm mit einer abrupten Kehrtwendung abdrehte, sagte er: „Schicki Micki Flip-Flops." Er sagte es nicht besonders laut, aber jedes Wort einzeln hervorstoßend. Seine Miene wirkte versteinert. Simon, der sich eigentlich nur wunderte, dass sein Großvater überhaupt wusste, was Flip-Flops sind, verlangsamte den Schritt, als er den Druck auf seinen Schultern spürte, mit dem Omama ihn zum Anhalten nötigte.

„So etwas gab es damals noch nicht", sagte sie ruhig, aber Opapa hatte sich bereits abgewendet und zog sich wieder ins Haus zurück. Mutter Iris, die nicht verstanden hatte, was ihr Vater gesagt hatte, schüttelte den Kopf und ging ebenfalls hinein. Nur Omama stand geistesabwesend mitten im Garten und starrte auf ihre Füße. Alle Fröhlichkeit war aus ihrem Gesicht gewichen, und Simon meinte einen Moment lang, Schatten auf ihrer Seele zu sehen, ohne zu wissen, welche schmerzlichen Erlebnisse sie hervorgerufen hatten.

„Schicki Micki Flip-Flops" murmelte Simon wieder und wieder vor sich hin. Im Nachhinein hatte er den Eindruck, dass Opapa mit den Namen etwas heraufbeschworen hatte, das bei seiner Frau Trauer auslöste, bei ihm selbst hingegen einen tiefen Groll verriet. Hatten sie sich im Lauf der Zeit als Liebespaar verloren? Oder war etwas passiert, das Schicki und Micki ein für allemal in die Vergangenheit verbannte, so dass allein Laura und Matthias übrig blieben? Worüber Simon den ganzen Abend grübelte, während er lustlos ein karges Abendessen zu sich nahm und unaufmerksam einen alten Krimi aus der Inspector-Barnaby-Serie verfolgte, war sein Verhältnis zu den Großeltern, die so selbstverständlich zu seiner Kinderzeit und seiner Jugend gehörten, dass er sich nie Gedanken darüber gemacht hatte, wer sie eigentlich waren, bevor es ihn gegeben hatte. Omama liebte er, und zweifellos war er der einzige, der ihre Kühle zu überwinden vermochte. Wenn er sie ärgern wollte, bediente er sich der rheinischen Sprache: „Omma, komma her, Omma lommer jonn." Er wusste, dass er sie damit auf die Palme brachte, und wartete lachend auf ihren Tadel an einer so plebjischen Ausdrucksweise.

„Aber Omma, die Kelterborns stammen doch alle aus dem Bergischen Land, und da spricht man halt so."

„Ich nicht", kam ihre spitze Erwiderung. „Wir Freiligraths haben unsere Wurzeln im Hannoverschen."

„Ach, sei doch nicht so etepetete", gab er grinsend zurück. „Du willst doch wohl nicht behaupten, dass du was Besseres bist als Opapa und der ganze Kelterborn-Clan."

Damit hatte er sie regelmäßig mundtot gemacht, zur Versöhnung sprach er sie wieder so an, wie sie es ihm beigebracht hatte. Sie wollte nicht mit „Großmutter“ angeredet werden, sondern eben mit „Omama“, mit der Betonung auf dem O. „Ich bin die olympische Mutter, die Oligarchin in unserer Familie“, lautete ihre Begründung. Welche Rolle Opapa spielte, der selbstverständlich auch mit einem betont langen O angesprochen wurde, ließ sie dahingestellt sein. Und Mutter Iris durfte nicht „Mamma“ gerufen werden, sondern „Mama“ mit der Betonung auf der zweiten Silbe. „Schließlich sind wir keine Proleten, sondern gebildete Leute. Das soll man auch hören“, erklärte Omama ihrem Enkel schon als Kleinkind.

Simons Verhältnis zu Opapa gründete sich auf Bewunderung. Zwar hatte er den Professor nie im Hörsaal erlebt, aber auch nach der Emeritierung unternahm Opapa noch viele Vortragsreisen. Manchmal durfte Simon mitkommen, der dann einen ganz anderen Großvater erlebte als daheim: einen weltgewandten, historisch beschlagenen, rhetorisch geschulten und klug argumentierenden Gelehrten, der nicht nur in Fachkreisen, sondern auch beim breiten Publikum sehr geschätzt wurde. Simon konnte sich nicht erinnern, dass Omama ihn je begleitet hätte. Sie pflegte die Zeitungsberichte über seine öffentlichen Veranstaltungen durchaus zu lesen, legte sie aber dann kommentarlos beiseite. So wie sie auch Talkshows, in denen er zu Gast war, einschaltete, sich aber nicht an den Diskussionen beteiligte, mit denen Simon und seine Mutter sich am heimischen Bildschirm in die Gesprächsrunden einmischten, gelegentlich auch Äußerlichkeiten wie den gut sitzenden Anzug und die Krawatte lobten. Opapa hatte in modischer Hinsicht Geschmack, was er keineswegs seiner Ehefrau verdankte.

Wenn Simon es recht bedachte, hatte sich die Großmutter doch durchweg recht lieblos gegenüber ihrem Mann verhalten. Womit hatte er das verdient? Florian hatte einmal gemeint, die „Omma“ hielte ihren Mann an einer zu kurzen Leine. Das habe dazu geführt, dass er emotional etwas unterbelichtet sei und seine Lendenkontrolle übertrieben habe. Er, Florian, könnte nur hoffen, dass der „Oppa" sich an seinen Assistentinnen oder Studentinnen schadlos gehalten habe. Dies wiederum konnte Simon sich nicht vorstellen. Aber jetzt kam es ihm in den Sinn, dass genau dies vielleicht der Grund für Omamas Interesselosigkeit an den Aktivitäten ihres Mannes war. Hatte er sie betrogen und zahlte sie es ihm auf diese Weise zurück? Ihm fiel ein, dass Opapa oft im Gästezimmer schlief, angeblich weil er noch bis spät in die Nacht hinein an Vortragstexten herumfeilte und Omama nicht stören wollte, wenn er zu Bett ging. War das immer schon so gewesen, also auch vor seiner, Simons Zeit? Konnte er seine Mutter danach fragen, oder gehörte sich das nicht?

Simon verbrachte eine unruhige Nacht. Die Krusten auf seiner Haut begannen sich abzulösen, was wiederum den Juckreiz verstärkte. Er stand für seine Verhältnisse früh auf, frühstückte ausgiebig und stürzte sich mit neuem Schwung auf Mickis Briefe. Das Postkartenkonvolut schob er zur Seite und zog den Stapel mit Umschlägen, in denen mit Bleistift eng beschriebene, ursprünglich wohl graue, doch nun vergilbte Blätter steckten. Die Lücke zwischen November 1941 und Juni 1942 registrierend, zog Simon den Brief vom 3. Juni 1942 zu sich heran. Er stockte einen Moment, als er neben dem Datum das Wort „Russland" entdeckte. Wieso Russland? Das war wohl ein Versehen. Es musste doch „Insel Sark" heißen?

In seinem Brief vom 10. Juni 1942 bedankt sich Micki für fünf Päckchen, beklagt sich aber über das Fehlen von Zigaretten in den beiden ersten, die er geöffnet hatte, nur um dann nach dem Auspacken der übrigen drei zu jubilieren:

> *Was sehen meine im Pulverdampf erblindeten Augen, Zigaretten und noch mal Zigaretten. Das war Rettung in der Not.*

Auch die im ersten Päckchen vorhanden Plätzchen habe er bereits allesamt verputzt, da man nicht wissen könnte, ob *unser Bunker zum Deiwel geht*, falls *der Russe* gegenüber, der 24 Panzer bekommen habe, in der Nacht angreift.

Der Bunker ist soweit fertig. Nur die Decke ist noch nicht dick genug. Wir haben 4 Betten, 1 Tisch, 2 Bänke und einen Ofen gemauert. In den Betten haben wir Drähte gespannt und liegen nun in Schlaraffia-Matratzen.

Simon rieb sich die Augen. Opapa mit den sprichwörtlichen zwei linken Händen hat einen Bunker gebaut? In Russland? Wo? Auf einer im selben Brief steckenden Postkarte vom 11.6.1942 schreibt Micki mit hastig hingekritzelten Schriftzeichen:

In der Nacht gegen 24 Uhr begann der Angriff der Russen. Wir haben sie aber zurückgeschlagen. Wir müssen nun zwei Dörfer weiter nach vorne. Hoffentlich geht alles gut. Es wird ein schwerer Kampf werden. Wir haben Panzer und Sturmgeschütze zur Unterstützung. Nun war der Bunkerbau doch für die Katz. Sollte mir was passieren, dann weine nicht, sondern sei stolz auf mich. Der kleine Muck wird sich auf jeden Fall um Dich kümmern, das ist Ehrensache.

Der kleine Muck? Simon spürte eine leise Wut in sich aufsteigen. Er verstand überhaupt nichts mehr. Wieso war Opapa auf einmal in schwere Kämpfe in Russland verwickelt, wenn er doch auf eine der Kanalinseln abkommandiert war? Und worauf sollte Omama stolz sein, wenn ihr Mann sein Leben in einem sinnlosen Krieg verlöre, der die Soldaten als Kanonenfutter verheizte? Die Stimmung war jedenfalls merklich umgeschlagen. Der stets gutgelaunte Micki fand sich in Umständen wieder, die ihm wohl schlagartig die Gefährlichkeit seiner Situation vor Augen führten.

In einem langen Brief, datiert auf den 19.6.1942, bedankt sich Micki wieder einmal überschwänglich für ein Päckchen mit Zigaretten, die gerade zum rechten Zeitpunkt eingetroffen seien.

Als der Russe nachts angriff, musste ich im schwersten Granatfeuer eine Meldung zur vordersten Stellung bringen. Dann hilft immer eine Zigarette über alles weg. Am Sonntag war für uns ein ganz schwarzer Tag. Bis dahin hatte alles so gut geklappt. Uns war nur so komisch, als wir bis auf 100 m vor dem Ort herausgekommen waren und nur noch die Lowatschlucht dazwischen lag, sahen wir, daß die Häuser noch standen. Auf der anderen Flußseite sahen wir die Russen rumlaufen. Wir winkten ihnen zu, sie sollten überlaufen. Das taten sie aber nicht, sondern liefen in ihre Bunker. Und dann ging das Spektakel los. Nach 10 Minuten brannte auch schon der ganze Ort. Hptm. B. lief den ganzen Tag ohne Deckung rum. Nach seinem Tod übernahm der Adju das Kommando. Er war gerade zwei Tage vorher aus dem Urlaub zurückgekommen. Nachmittags läuft er eben an mir vorbei. Ich rufe ihm noch zu, Herr Oberleutnant bücken Sie sich. Schon hatte er einen Oberschenkelschuß. Er bat mich, eine Bahre zu besorgen. Die Krankenträger und Sanitäter waren ja fast alle ausgefallen. Nach rückwärts musste ich über eine freie Strecke von 500 m. Über diese Strecke bin ich über 1 Stunde gerobbt. Sobald von mir etwas zu sehen war, pfiffen mir die Kugeln der Scharfschützen aus den Bäumen um die Ohren. Auf dem Rückweg gingen gerade 2 Panzer nach vorne. Da habe ich ein paar Bahren drauf geworfen und mich dicht hinter denen gehalten, neben mir Sturmbombenf. H. aus Lennep. Er ist noch ein Stück länger und dünner als ich. Als er mal nach vorn schauen wollte, hatte er einen Kopfschuß weg. Ist aber noch nicht tot. Nun hängen wir hier im Sumpf.

Keinerlei Schutz gegen Granatsplitter. Seit gestern mittag regnet es ganz schauderhaft. Wann mag ich aus diesem verfluchten Land wieder herauskommen und meine Lieben wiedersehen. Manchmal habe ich ganz große Sehnsucht nach Euch. Aber was nicht sein kann, kann eben nicht sein. Gleich muß ich wieder auf die Läusejagd gehen. Gestern abend habe ich über 40 Stck gefangen. Den ganzen Körper habe ich wieder zerstochen. Man kann nicht schlafen. Heute haben wir ein Goebbels-Geschütz bekommen. Es ist aus Holz, schießt 1200 m weit. Verschossen werden keine Granaten, sondern Flugblätter. Wir haben es schon ausprobiert. Unsere Verpflegung ist jetzt ganz groß. In den nächsten Tagen wird es wohl weitergehen. Liebste Schicki, denk an mich und vergiß nicht Deinen Dich über alles liebenden Micki.

Nachdem Simon den Brief entziffert und im Atlas nachgesehen hatte, wo sich der Fluss Lowat befand, nämlich südlich des Ilmensees, hielt er inne. Läuse! Der ganze Körper zerstochen! Er spürte, wie die abheilenden Windpocken wieder zu jucken und zu brennen begannen. Um sich abzulenken, ging er in den Garten und schaute bei seinem Rundgang nach den Rosen. Blattläuse! Seine Haut machte ihn wahnsinnig. Da würde der Elefant Berge von Sand benötigen, um die gereizten Stellen zu beruhigen. Jetzt brauchte er etwas Stärkeres. Er rief Florian an. „Kannst du mir etwas Gras besorgen? Die Windpocken machen mich verrückt."

„Du armes Schwein. Ich bin in einer halben Stunde bei dir und werfe das Zeug in deinen Briefkasten", schrie Florian. Dem Baulärm nach schien er auf einer Baustelle zu sein. „Brauchst du auch Zigarettenpapier?"

Simon bejahte und setzte sich auf den Balkon im ersten Stock. Schon nach zwanzig Minuten brauste Florian auf seiner alten Harley-Davidson heran und winkte ihm zu. „Gib mir Bescheid, wenn du Nachschub brauchst", rief er hinauf und warf einen Briefumschlag durch den Schlitz in der Haustür. „So long, alter Kumpel, gute Besserung."

Simon hatte schon seit Ewigkeiten nicht mehr gekifft. Zwar hatte er immer einen Zug genommen, wenn der Joint unter den Schulkameraden kreiste. Aber er mochte lieber den süßlich dekadenten Geruch in der Nase als den Geschmack von Gras im Mund. Und da er nur wenig inhalierte, warf ihn die Wirkung nicht gerade um. Doch jetzt, nachdem er ein paar tiefe Züge genommen hatte, kehrte eine wohltuende Ruhe in sein aufgewühltes Nervensystem ein, und er konnte wieder in vernünftigen Zusammenhängen denken. Irgendetwas stimmte mit Großvater Micki nicht. Aber das würde er herausfinden, obwohl ihn die Lektüre der folgenden Briefe noch mehr irritierte. Was Opapa an Entbehrungen und Anstrengungen durchgemacht hatte, nahm ihm den Atem. Er konnte sich kaum vorstellen, wie der gepflegte, in Sachen Hygiene so penible Professor für alte Geschichte, den Simon kannte, von Hunger gepeinigt, verdreckt und völlig verlaust mit einem kleinen Voraustrupp den Vormarsch der Truppe nach Demjansk vorbereitete, indem er unwegsames, meist sumpfiges Gelände erkundete, den Bau von Knüppeldämmen beaufsichtigte, Schützengräben und Latrinen ausheben ließ. Anfangs hatte Micki die Funktion eines Melders, der Befehle von hinten nach vorn an die Front weiterleitete. Je nach Situation benutzte er dazu ein Krad oder seine Füße, oft blieb ihm – bei starkem Beschuss – nichts anderes übrig, als den Weg auf dem Bauch robbend zu bewältigen. Als ausgebildeter Schütze musste er sein Seitengewehr mit sich führen und gegebenenfalls an der Frontlinie mitangreifen, bevor er seine Meldung absetzen durfte. Simon fand zwar, dass die Aufgabe des Großvaters, sich als eine Art Hermes in den Diensten irdischer Befehlshaber zu betätigen, durchaus zu ihm passte, aber ein seiner Flügel beraubter Götterbote mit einem Schießprügel schien ihm dann doch abwegig.

Er rief seine Mutter an. Seit Wochen erholte sie sich auf ihrer Lieblingsinsel in der Nordsee von einer Chemotherapie. Da man Metastasen in fast allen ihren inneren Organen, aber den Primärtumor nicht gefunden hatte, war die Behandlung kräftezehrend gewesen. Doch sie hatte sich nicht beklagt, zumal Simon sich ausdauernd um sie kümmerte. Als sie sich meldete, hörte er Vogelgezänk. Die Möwen schienen sich um etwas zu streiten, und er fragte lachend, ob diese ihren „Fiffi" erbeutet hätten. Als die Haare ausfielen, hatte Iris sich eine Perücke zugelegt, obwohl Simon fand, dass sie mit Glatze zwar irgendwie verletzlich wirkte, aber keineswegs unattraktiv war. Sie hatte einen ausgesprochen wohlgeformten Schädel, und ohne Ablenkung durch die Haare traten ihre feinen Gesichtszüge klarer hervor, zumal sie trotz ihrer auf die Siebzig zueilenden Jahre von tiefen Falten noch verschont geblieben war. Aber ohne „Fiffi" kam sie sich nackt und schutzlos vor, so dass sie selbst nachts einen Seidenschal um ihren Kopf wickelte.

„Ja", meinte sie ebenfalls lachend. „Das wäre eine Beute, die dieses diebische Pack als Vogelnest verwenden könnte. Wer nicht acht gibt, dem reißen sie die Eishörnchen und Pfannkuchen aus der Hand und wehe, du lässt nicht los, dann kriegst du auch noch einen Schnabelhieb ab. Aber ‚Fiffi' liegt wohlbehalten in der Schublade. Ich habe wieder Haare, zwar noch ganz kurze und mit einer völlig anderen Struktur. Sie sind irgendwie härter und ein bisschen kraus. Mit der eisengrauen Farbe sehen sie eher wie Stacheldraht aus, aber immerhin sitzen sie fest am Kopf."

Sie plauderten miteinander, während Simon unten auf der Terrasse vor sich hin kiffte und seine Mutter barfuß am Strand entlang durch die auflaufenden Wellen spazierte. Er zerstreute ihre Sorge um seine von den Windpocken malträtierte Haut und erzählte ihr dann von den Briefen. Erstaunt hörte sie sich seinen Bericht an, und noch erstaunter reagierte sie auf seine

Frage, ob sie gewusst hätte, dass Opapa während des Krieges gar nicht auf der Kanalinsel Sark, sondern in Russland gewesen sei.

„Das kann nicht sein, Simon. Er hat mir selber, als er aus dem Krieg zurückkam, gezeigt, wo er gewesen ist. Er hatte auch eine Menge Fotos von den Unterständen dabei, die seine Truppe dort gebaut hatte. Und fast jedes Jahr reiste er zu den Treffen seines alten Regiments. Einmal hat er sich mit Mutter heftig in die Haare gekriegt, weil sie nicht mit ihm zu einem solchen Veteranentreffen reisen wollte und stattdessen nach Russland fuhr, um dort einen Soldatenfriedhof zu besuchen."

„Weißt du noch, ob sie dort ein bestimmtes Grab suchte?"

„Nein, nicht wirklich. Oder doch, es muss jemand aus der Kelterborn-Familie gewesen sein, ein entfernter Vetter von Papa, der irgendwo in der Nähe des Ilmensees gefallen ist. Weiß der Henker, wo das ist. Die beiden sind, soweit ich weiß, zusammen aufgewachsen."

„Kannst du dich an den Namen dieses Vetters erinnern?"

Sie dachte lange nach. „Michael, glaube ich. Aber sicher bin ich nicht. Es ist ja schon Jahrzehnte her."

Michael – Micki?, schoss es Simon durch den Kopf. Aber was bedeutete das?

„Simon?", fragte seine Mutter zum wiederholten Mal. „Bist du noch da? Und seit wann rauchst du?"

„Ach, ich kiffe ein bisschen, das beruhigt meine Hautnerven. Irgendetwas stimmt mit diesen Briefen nicht."

„Vielleicht sind sie gar nicht von Vater, sondern von einer uns unbekannten Person?"

„Sie sind alle an Laura Kelterborn adressiert, und Absender ist immer M. Kelterborn."

„Nun ja. Aber Vater war mit Sicherheit nicht in Russland. Lass doch die alten Kamellen, Simon. Die Leute sind alle längst tot. Tempi passati."

„Mama, ich kann nicht. Ich habe das Gefühl, dass es mit diesen Briefen etwas auf sich hat, ein Familiengeheimnis oder was weiß ich."

„Du hast offenbar doch Papas Historiker-Gen geerbt", sagte Iris lachend. „Pass nur auf, dass du dich nicht verrennst."

„Ich hoffe bloß, dass ich nicht auf eine vertuschte Nazi-Geschichte stoße", meinte Simon düster.

„Das glaubst du doch wohl selber nicht. Deine Großeltern waren, so weit ich das beurteilen kann, weitgehend ideologieresistent. Und Vater schien mir nur in der Theorie kriegstauglich, aber in der Praxis hätte er wahrscheinlich kein Gewehr gerade halten können."

Sie mussten beide lachen, in Erinnerung an all die untauglichen Versuche Opapas, sich handwerklich nützlich zu machen. Simon kehrte zu den Briefen zurück, fest entschlossen, ihr Rätsel zu lösen.

Am 30.6.1942 schreibt Micki an seine „Herzallerliebste":

> *Samstagmittag um 12 Uhr sind wir abgerückt. Die ganze Nacht durch im strömenden Regen marschiert. Sonntagmorgen um 5 Uhr haben wir die Lowat in östlicher Richtung überschritten. Die Lowat ist ungefähr so breit wie der Rhein bei Bonn. Wir wurden mit Fähren übergesetzt. Von der russischen Artillerie wurden wir tüchtig beschossen. Nun mußten wir den ganzen Tag durch Gegenden marschieren, die vom Feind eingesehen wurden. Alle Augenblicke krachten die Granaten. Wir haben aber nur 2 Tote und ein paar Verwundete gehabt. Abends hatten wir den schmalen Zugang zum Kessel durchschritten und sind nun im Kessel drin. Gestern und heute ist Ruhetag. Wann es weiter geht, weiß ich nicht. Die Verpflegung usw. geschieht jetzt nur noch durch Flieger. Die schweren Junkermaschinen fliegen von morgens bis abends zu Hunderten hier rein und*

raus. Die ganze Gegend stinkt furchtbar nach Leichen. Alles liegt noch voll davon. Demnächst wird dann hier wohl die große Offensive starten. Heute vor 3 Jahren war Polterabend, meine liebste Schicki. Wer hätte das gedacht, daß ich heute auf Russlands nasser Erde gelegen hätte. Es ist gut, wenn es wieder weiter geht, dann hat man nicht soviel Zeit, über alles nachzudenken.

Simon war alles andere als ein Schwächling. Zwar betrieb er keinen Kraftsport, aber sein Rennrad benutzte er regelmäßig, auch für weitere Touren ins Bergische Land, mit durchaus beachtlichen Aufstiegen. Trotzdem machten ihm die von Micki geschilderten Strapazen zu schaffen, vor allem die Vorstellung, dass offensichtlich niemand unter den Soldaten wusste, wohin es ging, und wozu das Ganze diente. Als Feind wurde ihnen „der Russe" vorgehalten, den es zu vernichten galt. Aber die Opfer auf beiden Seiten machten das Unternehmen fraglich, und der fröhliche Micki war sehr nachdenklich geworden, nachdem er anscheinend nach Russland geschickt worden war, bevor er auf die Insel Sark versetzt wurde. Warum hatte Opapa das nie erwähnt?

Mickis Brief vom 2. Juli 1942 berichtet über einen weiteren Angriff der „Russen":

Am 30.6. traf ich einen Kameraden der Feldgendarmerie. Er saß auf dem Donnerbalken und ich stand vor ihm. Wir erzählten uns was. Ganz plötzlich erfolgte ein schwerer Feuerüberfall der russischen Artillerie. Und wie. Wir hatten 2 Tote, 6 Verletzte und 25 tote Pferde. Da wir keine Deckungsmöglichkeit hatten, haben wir uns Löcher gegraben. Um 1 Uhr sind wir wieder in unser Zelt gekrochen. Da ich noch Tabak hatte, habe ich für uns zwei mit Zeitungspapier eine Zigarette gedreht, aus Anlaß meines Hochzeitstages. Ach

Schicki, wie haben sich die Zeiten verändert. Gestern Mittag um 14 Uhr sind wir weiter marschiert. Ich als Beifahrer mit unserem PKW. Die Straßen sind schrecklich. Wir sind 15 km gefahren. Heute morgen um 5 Uhr kamen wir hier an. Den Wagen und die Kräder haben wir mehr schieben müssen als fahren können. Dann flogen uns plötzlich wieder die Kugeln um den Kopf. Ich denke dann immer, nicht jede Kugel trifft ja. Man hat aber auch schon ein bißchen das Gefühl dafür, ob es gut oder schief geht. Nun will ich dem kleinen Muck noch schreiben. Meine Güte, hat der es gut angetroffen. Da kann man nur neidisch sein, wenn man bedenkt, daß sich auf den Kanalinseln nichts abspielt. Jedenfalls nichts, das sich mit dem Russlandfeldzug vergleichen läßt.

Simon unterbrach seine Lektüre in heller Aufregung. Jetzt gab es für ihn keinen Zweifel mehr, dass Micki und Opapa zwei verschiedene Personen waren. Opapa war „der kleine Muck". Und Omama war erst mit Micki verheiratet gewesen. Aber dann stammte Mama aus der ersten Ehe, und Opapa war gar nicht ihr leiblicher Vater. Und natürlich nicht sein, Simons, Großvater.

Läuse und Zucker

Simon war zu aufgewühlt, um weiterzulesen. Des alten, vertrauten Opapas beraubt und mit einem neuen, unbekannten Großvater versehen, der ihm gleichsam aufgepfropft wurde, spürte er einen Riss durch seine Identität gehen. Weshalb war ihm Micki vorenthalten worden, und nicht nur ihm, sondern offenbar auch seiner Mutter? Er griff nach dem großen braunen Briefumschlag, der zuunterst in der Schatzkiste gelegen hatte und ihm leer vorgekommen war. Nachdem er die Lasche geöffnet hatte, fiel unversehens ein postkartengroßes Foto heraus und landete mit dem Bild nach unten auf dem Fußboden. Simon erstarrte. Der blitzartige Moment, in dem seine Augen das herabfallende Bild registriert hatten, genügte, um eine bizarre Vision in seinem Kopf zu erzeugen.

Langsam ging er in die Hocke und las auf der Rückseite die wenigen Worte in der ihm mittlerweile vertrauten Handschrift:

Ich liebe Dich, Schicki, mein Ein und Alles. Vergiß nicht Deinen Micki.

Simon atmete tief durch, bevor er die Karte herum drehte und sich unversehens mit sich selbst konfrontiert sah. Es war sein Gesicht, das ihm von dem Schwarz-Weiß-Foto entgegen blickte, vielleicht acht oder zehn Jahre älter, doch unverkennbar mit den gleichen wasserhellen, leicht spöttisch dreinschauenden Augen ausgestattet, mit der gleichen langen, kräftigen Nase und dem wohlgeformten, für einen Mann ungewohnt zierlichen Mund. Die Haare verbargen sich unter einer imposanten Kopfbedeckung, die sich über dem schmalen Gesicht in dreifacher, nach oben hin breiter werdender Formation auftürmte wie eine auseinandergezogene Harmonika. Die Stirn bedeckte ein glänzender, das Licht spiegelnder Schirm, um dessen oberen Rand ein schmales Band lief, das anscheinend der Weitenregulierung diente. Oberhalb des Schirms verlief ein breiter dunkler Streifen, der aus dem gleichen filzähnlichen Material zu sein schien wie die Epauletten und der Kragen der deutlich helleren Uniform. Der oberste, etwas blassere Teil der militärischen Mütze wölbte sich wie ein Suppenteller, der in der Mitte eine hochgezogene Spitze aufwies, über den Rand des mittleren Streifens, und gab dem ganzen Gebilde etwas Majestätisches, was durch die beiden jeweils im Zentrum der beiden oberen Umrandungen silbern schimmernden Embleme noch unterstrichen wurde.

Auf der eher schlichten Uniformjacke waren drei ordenähnliche Gebilde erkennbar, ein wahrscheinlich hellsilbernes Abzeichen auf der rechten Seite, ein dunkles auf der linken und ein wohl ebenfalls silbernes in der Mitte, das an einem durch den dritten Knopflochschlitz geführten Band hing. Simon starrte „Soldat Micki" lange an. Dass dies sein richtiger Großvater war, daran gab es keinen Zweifel. Als seine Erschütterung nachließ, erhob er sich wieder und nahm das schwere, in dunkelrotes Leder gebundene Stammbuch in die Hand. Beim Aufschlagen fiel ihm der „Wehrpaß/Heer" entgegen. Eins der Embleme auf Uniform und Mütze erkannte er wieder: ein mit ausgebreiteten Schwingen nach rechts blickender Adler, der auf einem Kranz gelandet war, in dessen Mittelpunkt sich ein Hakenkreuz befand.

Er legte das Stammbuch zur Seite und blätterte den Wehrpass durch. Das kleine Passfoto zeigte Michael Kelterborn mit ernster Miene, in ziviler Kleidung, Anzug und Krawatte, ohne Kopfbedeckung. Simon war nicht mehr überrascht, als er den leicht gewellten Haarschopf und den herzförmigen Haaransatz sah, so wie er es von seinem eigenen Spiegelbild kannte. „Mein Herzbube", hatte Omama manchmal gesagt und sein Gesicht mit zwei großen Wellenlinien, die nach unten spitz aufeinander zuliefen, in der Luft nachgezeichnet. Er verstand jetzt, dass es ein anderes Gesicht war, das sie in dem seinen wiederfand. Obwohl sie durchaus ihn, Simon, meinte, nicht Micki, im Enkel also keineswegs einen Ersatz für den verlorenen Ehemann sah.

Aber was empfand Opapa, dem die starke Ähnlichkeit zwischen seinem Cousin und Simon nicht verborgen geblieben sein konnte? Dass der Großvater in ihm vielleicht eine Art Nebenbuhler gesehen hätte, auf den er eifersüchtig war, schien Simon reichlich abwegig. Aber er erinnerte sich an den Ausdruck kontrollierten Schmerzes, mit dem Opapa hin und wieder, wenn er sich unbeobachtet glaubte, seine Frau musterte. Die Szene im Garten, die ihr abruptes Ende mit dem vernichtenden Kommentar „Schicki-Micki Flip-Flops“ fand, war die einzige, in der Simon den Großvater jemals außer sich gesehen hatte. Doch das traf es nicht richtig, er war ja nicht explodiert, sondern gewissermaßen implodiert beim Anblick des wieder auferstandenen Micki und der in ihre Jugendzeit zurückversetzten Schicki. Wahrscheinlich war es die Fröhlichkeit, mit der das Paar wie eine zusammengeschweißte Doppelfigur gleichsam in Personalunion ausgelassen durch den Garten schlappte, die Opapa schlagartig bewusst machte, dass er zeit seines Lebens immer nur „der kleine Muck“ geblieben war, trotz seiner beruflichen Leistungen und Erfolge. Omama hatte ihn immer fühlen lassen, dass er nicht Michael Kelterborn war, sondern nur dessen in die Lücke gesprungener Verwandter, der zufällig auch Kelterborn hieß. Aber warum hatten sie sich das angetan? Hätte umgekehrt auch Micki die Verantwortung für die Partnerin seines Cousins übernommen, wenn er der Überlebende gewesen wäre? Gab es überhaupt vor Schicki eine Frau in Opapas Leben?

Simon empfand ein überwältigendes Mitgefühl mit beiden Großeltern, die er so gut zu kennen glaubte und von denen er doch so wenig wusste. Er ging Mickis Wehrpass durch und überflog die Angaben zur Person. Michael Kelterborn war 1913 geboren, demnach ein Jahr jünger als Opapa und ein Jahr älter als Omama. Am 27. April 1940 hatte ihm das Wehrbezirkskommando Düsseldorf den Gestellungsbefehl geschickt, dem er drei Tage später Folge leisten sollte. Als Todestag war der 17. September 1942 handschriftlich mit roter Tinte eingetragen. Simon blätterte weiter und prüfte die Eintragungen zum aktiven Wehrdienst, die sich auf die mitgemachten Gefechte und Schlachten in Russland („Abwehrkämpfe" in der Region Demjansk) bezogen. Der Gewehrtyp war angegeben und die Bezeichnung „Gruppenführer", desgleichen die Beförderungen und Ernennungen. Am 16. März 1941 wurde Soldat Michael Kelterborn aus dem Wehrdienst entlassen: „nach ärztlicher Untersuchung und Belehrung über Spionage, Sabotage, Landesverrat, Wahrung des Dienstgeheimnisses, Wehrüberwachung". Anscheinend war er verletzt worden, denn er verbrachte drei Tage in der „Genesenden-Kompanie" des „Schützen-Ersatz-Bataillons 19" in Lienz, bevor er bis zum 24. November Heimaturlaub nehmen durfte. Dies erklärte auch das Fehlen von Feldpostbriefen zwischen März und November 1941. Micki war für knapp achte Monate zu seiner Frau Laura zurückgekehrt und konnte zum ersten Mal seine zwei Monate alte Tochter Iris in Augenschein nehmen. Laut Wehrbuch rückte er am 25. November 1941 wieder ein und wurde von Detmold aus nach kurzem Aufenthalt erneut nach Russland geschickt, wo er dem Infanterieregiment 551 zugeteilt wurde. Doch es existierten keine Briefe an Laura Kelterborn während des Zeitraums von Ende November 1941 bis zum 10. Juni 1942, dem Datum, an dem die Feldpostbriefe an Laura Kelterborn wieder einsetzten. Simon konnte sich nicht vorstellen, dass der schreibfreudige Micki über sieben Monate nichts von sich hören ließ. Doch auch eine nochmalige genaue Überprüfung der vorhandenen Dokumente förderte keine weiteren Briefe zu Tage. Omama hatte sie entweder an einem anderen Ort deponiert oder vernichtet, was Simon eher unwahrscheinlich dünkte. Er konstatierte die Lücke, ohne ihr weiter nachzuforschen.

Im Wehrpass waren die Kämpfe um Demjansk ab dem 24. Februar bis zum 17. September 1942, dem Tag, an dem Michael Kelterborn verwundet wurde und starb, vermerkt. Am 9.7.1942 schreibt Micki an die über alles geliebte Schicki, dass er und seine Kameraden ein paar ruhige Tage im Dorf hätten, an denen sie ihre Kleider und Decken waschen konnten, eine Maßnahme, die nicht nur der Sauberkeit dienen, sondern auch die Läuse vernichten sollte. Alle würden braun in der Sonne. Micki entdeckt die ersten grauen Haare. Er wünscht sich, einmal wieder in einem richtigen Bett liegen zu können.

Manchmal tun einem doch die Knochen weh, wenn man immer auf der harten Erde liegt. Und oft habe ich so große Sehnsucht nach Dir, meine allerliebste Schicki. Sowas schreibe ich nicht gerne. Denn es hat doch keinen Zweck und man macht sich das Herz nur schwerer. Vorgestern sind wir wieder geimpft worden. Das war meine 12te Impfung. Noch nie hat mir eine was ausgemacht. Diese hat mich aber umgeschmissen. In der Nacht habe ich gefiebert und war gestern den ganzen Tag wie erschossen. Nun bin ich wieder in Ordnung. In nächster Zeit soll es wieder losgehen. Dann ist die schöne Zeit hier auch wieder um. Schicke mir doch bitte Brausepulver und ein paar Feuersteine für mein Feuerzeug. Du weißt, daß ich über vieles nicht schreiben darf, sonst bliebe Dir bestimmt die Spucke weg. Ein Kamerad kam soeben vom Urlaub zurück. Er war froh, wieder hier zu sein. Seine Braut war ihm untreu geworden. Auch sonst erzählte er noch allerhand von der Untreue der Frauen. Das gibt natürlich wieder Haß und Unfreudigkeit an der Front. Dann wird überall geklagt, daß es in der Heimat nichts mehr zu essen gibt. Ist das wirklich so schlimm? Unsere Verpflegung ist ja auch etwas knapper geworden. Wo wir hier im Dorf liegen und es noch ein paar Kühe gibt, bekommen wir jeden Tag Milch. Zu hungern brauchen wir nicht.

Simon stellte fest, dass er hungrig war. Er begab sich ins Erdgeschoss und nahm ein Fertiggericht aus der Kühltruhe. Während es in der Mikrowelle garte, fragte er sich, mit wem die Kriegerbräute fremdgegangen sein könnten, wenn doch fast alle Männer im passenden Alter an der Front waren? Stürzten sich die frustrierten Daheimgebliebenen etwa auf die wenigen Urlaubsheimkehrer, die noch nicht fest verbandelt waren und ihre erzwungene Frauenabstinenz zu kompensieren suchten? Er trug seine Mahlzeit ins Esszimmer und gruppierte in Gedanken seine Familie um den großen Tisch, in die er nun auch Micki gleichsam als sein Zwillingsgegenüber mit aufnahm. Omama, eingerahmt von ihren beiden Ehemännern, saß kerzengerade auf ihrem Stuhl und musterte Tochter und Enkel mit einer Zufriedenheit, die gnädig auch den „kleinen Muck" mit einschloss.

Simons Blick schweifte durch den vertrauten Raum und blieb an der Gitarre hängen, die, achtlos in die Lücke zwischen Geschirrschrank und Büffet eingeklemmt, irgendwie verlassen wirkte. Er stand auf und befreite sie aus ihrer misslichen Lage. Sie war verstimmt, und das mit Recht. Aber Simon konnte ihr sowieso keine wohltönenden Klänge entlocken. Das vermochte nur Opapa, der dieses Instrument meisterlich beherrschte, davon aber nur selten Gebrauch zu machen pflegte, wenn die Frauen aus dem Haus waren. Ein paar Griffe hatte er dem Enkel beigebracht, der sich jedoch im Wesentlichen darauf beschränkte, den Großvater, dessen Bariton bis ins hohe Alter gleichbleibend kraftvoll aus dem immer schmaler werdenden Brustkorb hervorströmte, gesanglich zu unterstützen, anfangs mit seiner hellen Kinderstimme, später dann mit einem anmutigen Tenor.

Sie sangen sämtliche großen Hits aus einer Zeit, in der Simon noch gar nicht auf der Welt war, angefangen von den weltweit bekannten Elvis- und Beatle-Songs bis hin zu Liedern von Simon und Garfunkel. So konnte Simon schon lange, bevor er regulären Englischunterricht an der Schule erhielt, jede Menge englische Sätze sprechen, allerdings ohne eine exakte Vorstellung davon zu haben, was sie bedeuteten. Simon zupfte ein wenig an den Saiten der ramponierten Gitarre und stimmte dann Uriah Heep's *Gypsy* an. Das wehmütige Lied war ihm immer ans Herz gegangen, und jetzt musste er mittendrin aufhören, weil ein Schmerz ihm die Stimme brach.

Sentimentaler Trottel, schalt er sich. Er brachte die Plastikschale, aus der er gegessen hatte, in die Küche, spülte sie ab und warf sie in den Müll. Mit der Gitarre stieg er dann wieder hinauf ins Arbeitszimmer und wandte sich erneut Mickis Briefen zu.

10.7.1942
4 km von hier steht eine Kirche. Die sieht so wunderbar aus. Sie leuchtet so weiß in der Sonne. Heute morgen sind wir Melder mal hingegangen. Es war eine schöne Kirche mit 2 Zwiebeltürmen. Von innen aber auch total zerstört und ausgeräumt. Nur ein Teil der Wand- und Deckengemälde waren noch vorhanden. Einer von uns mußte zum Rgt. abgestellt werden. Ich war schon bange, man hätte mich wieder genommen. Wenn auch die Lebensgefahr nicht so groß wie hier ist, so ist bei uns die Verpflegung bedeutend besser. Und das ist mir das wichtigste. Ein anderer mußte in den sauren Apfel beißen. Wie es heißt, sollen wir morgen oder übermorgen wieder in Stellung kommen. Dann hört das gute Leben auch wieder auf. Ist aber alles egal, wenn es nur voran geht und wir in diesem Jahr wieder gesund nach Hause kommen. Was uns auch immer fehlt, ist Zucker oder wenigstens Süßstoff. Illustrierte Zeitungen habe ich auch

schon lange keine mehr erhalten. Und trotz allem hatten wir heute wieder Läuse. Morgen gibt es wieder Geld. Wenn möglich schicke ich Dir 70.– RM. Ich müßte doch immerhin schon 170.– RM zusammen haben. Das summiert sich so allmählich. Gestern fragte einer, wann ist der Krieg aus. Darauf ein Anderer: ‚Wenn der Metzger sagt, darf es für 50 Pfg. mehr sein.' Gerade brüllte einer vom anderen Berg: ‚Hurra, wir verblöden.' Nun verkrieche ich mich wieder im Zelt. Hier draußen wird man abends von Mücken zerstochen. Im Zelt machen wir alles dicht und rauchen, bis die Biester fort sind.

Simon kramte in den noch unsortierten Unterlagen, bis er die Heiratsurkunde von Schicki und Micki fand, datiert auf den 1. Juli 1939. Als Berufsbezeichnung war beim Ehemann „Straßen- und Brückenbaumeister" angegeben, bei der Ehefrau „Kunsterzieherin". Deshalb also das Interesse „Mickis" an der kleinen Kirche. Und deshalb war er beim Militärdienst wohl auch abkommandiert zum Bau von Unterständen und Knüppeldämmen. Eigentlich eine Beschäftigung weit unterhalb der Würde eines Architekten. Die ständige Läuse- und Mückenplage war aus Simons Sicht schlimmer als die Langeweile und das Fehlen von Zucker, Zigaretten und Illustrierten. Doch er verstand durchaus, dass solche Trostspender über den Tag hinweghelfen konnten, wenn es keinerlei Ablenkungen gab.

16.7.1942
Es ist zwar schon 22 Uhr durch, aber schreiben muss ich noch. Habe noch ein kleines Kerzenstümpchen. Wir liegen noch hier. Warten aber jeden Moment darauf abzurücken. Hier haben wir Dienst gehabt wie in der Kaserne. Morgens 6 Uhr Wecken, Frühsport usw. Gerade habe ich noch eine Meldung zum Rgt. überbracht. Wenn wir wieder in Stellung gehen, kommen wir wieder in den trüben Sumpf.

Wenn das wenigstens nicht wäre. Wir sollen nun monatlich eine Marke bekommen, wo wir uns 1000 gr. drauf schicken lassen können. Was sollen wir aber damit, wo unsere Lieben in der Heimat selbst nichts zu essen haben? Wenn wir die erste bekommen, schicke ich sie meiner Mutter. Vielleicht hat die soviel übrig, daß sie mir einen Kuchen backen kann. Die nächste sende ich Dir. Du könntest mir 1000 gr. Zucker schicken. Aber auch nur dann, wenn Du ihn wirklich übrig hast. Wegen Deiner Verpflegung mache ich mir große Sorgen.

Nahrungsmittel auf Essensmarken? Wie kamen denn die Mütter und Ehefrauen an die von den Männern an der Front gewünschten Dinge? Und wie lange brauchten eigentlich all die Pakete, die aus der Heimat an die Soldaten geschickt wurden? Da mussten doch pausenlos Flugzeuge unterwegs sein, deren Routen ins Kampfgebiet eine ausgefeilte Logistik voraussetzten. Opapa hätte ihm dies alles minutiös erklären können, obwohl dessen Situation auf Sark anscheinend sehr viel ungefährlicher gewesen war als die seines Cousins. Offenbar dienten die kleinen Kanalinseln den Deutschen als eine Art Vorposten zwischen den Franzosen und den Engländern und so blieben die dort Stationierten von Kampfhandlungen weitgehend verschont. Opapa hatte sich das nicht ausgesucht, er hatte einfach Glück gehabt, wohl auch wegen seiner vorzüglichen Englisch- und Französischkenntnisse.

18.7.1942
Morgen sollten wir eigentlich abrücken. Aber es ist noch einmal verschoben worden. Sehr viele Kameraden haben Durchfall und Kopfschmerzen. Anscheinend ein bisschen Ruhr. Ich habe noch nichts. Ich bin vom Kdr. zum Gefechtszeichner bestimmt worden. Natürlich bin ich auch noch Melder. Ach, liebstes Schickilein. Könnte ich doch nur noch einmal bei Dir sein. Die schönen Samstagabende und die

schönen Sonntage in unserem Heim, statt im russischen Sumpf zu liegen. Jetzt lernt man erst schätzen, wie gemütlich und schön man es zu Hause gehabt hat. Hoffentlich kommt es bald wieder.

Simon versuchte sich vorzustellen, wie man in einem Lager mit „ein bisschen Ruhr" umging, zumal wenn man jeden Augenblick selber davon betroffen sein konnte. Und dann die hygienischen Verhältnisse. Es musste doch schrecklich sein, wenn so viele Männer, geschüttelt von Bauchkrämpfen, ihre Gedärme nebeneinander auf dem Donnerbalken entleeren mussten. War der überhaupt so ausgelegt, dass da mehrere gleichzeitig Platz nehmen konnten? Und dann noch die stinkende Grube. Simon schüttelte sich vor Ekel.

Als die Großeltern gebrechlicher wurden, hatte Simon im Erdgeschoss und im ersten Stock die alten Toiletten durch Dusch-WCs ersetzen lassen. Das war eine feine Sache, vor allem wenn man Hämorrhoiden hatte oder das Rheuma in der Schulter das Abwischen nach dem großen Geschäft zu einer schmerzhaften Prozedur machte. Opapa hatte mit unbewegtem Gesicht bei der Installation des WCs im Bad neben dem Schlafzimmer zugeschaut und den Erläuterungen des Monteurs zur Handhabung der Fernbedienung aufmerksam gelauscht. Kaum war der Handwerker aus dem Haus, lachte er so, wie Simon ihn noch nie hatte lachen gesehen. Er hielt sich beide Hände vor den Bauch und schüttelte sich vor Lachen, während ihm Tränen übers Gesicht flossen und er den Rotz nur mit Mühe rechtzeitig wieder hochzog. „Unsere westliche Dekadenz", ächzte er. „Mit einem solchen Luxusklosett verhindert man also, dass einem der Arsch auf Grundeis geht." Über Omamas steinerne Miene angesichts des für ihn ungewöhnlichen Ausrutschers in die Fäkalsprache setzte er sich ungerührt hinweg. Und er war der erste, der die neuen Toiletten mit wachsender Zufriedenheit regelmäßig aufsuchte, während Omama noch mit der Fernbedienung, insbesondere der Memory-Einstellung, kämpfte, die zur Anpassung an die individuelle anatomische Beschaffenheit des jeweiligen Benutzers vorgesehen war. Als sie dann einmal versehentlich die Taste drückte, mit der Opapa für seine Bedürfnisse die Position und Stärke des Duschstrahls sowie die Wasser- und Föhntemperatur eingestellt hatte, merkte sie, dass sie damit ebenfalls bestens zurechtkam und experimentierte nicht weiter herum.

„Wenigstens in puncto Spundloch stimmen die beiden überein", hatte Mama Simon hinter vorgehaltener Hand zugeraunt.

„Ich höre noch ausgezeichnet", hatte Omama geknurrt. „Mein Allerwertester geht euch, um es ordinär auszudrücken, einen Scheißdreck an."

Anfangs hatte auch Simon ausgiebig Gebrauch von der Neuerwerbung gemacht. Bis Omama sich eines Tages erkundigte, ob er neuerdings jede Stunde Stuhlgang hätte. „Nein, nein", hatte er grinsend erwidert, „aber es ist so schön, wenn einem der Hintern warm abgespült und anschließend trocken geföhnt wird. Da fühlt man sich so richtig porentief sauber."

„Weißt du was", hatte die Großmutter gesagt, „jetzt besorgst du uns noch einen Treppenlift, dann kannst du den ganzen Tag Lift fahren und zwischendurch mal unten, mal oben dem Föhnklo einen Besuch abstatten, um dich popotief zu reinigen."

Simon lachte lauthals. Ja das Föhnklo fand er immer noch sensationell, auch wenn er den Treppenlift kaum benutzte, der dann tatsächlich einige Monate später eingebaut wurde, weil beide Großeltern sich mit dem Weg in den ersten Stock hinauf immer schwerer taten.

19.7.1942
Die Verpflegung ist wieder ziemlich knapp geworden. Seit über 14 Tagen haben wir keine Kartoffeln mehr. Dadurch ist das Mittagessen immer sehr dünn und hält nicht lange vor. Gestern habe ich ein Päckchen abgeschickt mit 1 Dose Penatencreme, 1 Stück Kernseife und ein paar Förmchen, mit denen Iris im Sommer spielen kann. Da waren unsere Lichter drin. Heute nachmittag war herrliches Wetter. Da habe ich draußen gelegen. An der Front scheint es schwer rund zu gehen. Seit ein paar Tagen ist vor uns schweres Trommelfeuer, und die Stukas brausen den ganzen Tag. Noch 1 Sturmangriff und ich habe die Bedingungen für das Infanterie-Sturmabzeichen erfüllt. Da wir Melder jetzt beim Angriff ganz vorne sind, müssen wir genau wie die Andern den letzten Sturm mit aufgepflanztem Seitengewehr mitmachen.

Simon fand es immer schwieriger, sich im Kriegsgeschehen zu orientieren, zumal auch Micki selber offenbar keine Ahnung hatte, was der eigentliche Zweck dieses Feldzugs war. Seine Position war, wenn Simon es richtig verstand, in der vordersten Reihe eines Bataillons, dem noch ein anderes Bataillon vorausging, das den Angriff gegen die Russen einleitete, unterstützt von Bombern, die den Feind aus der Luft beschossen. Micki und seine Kameraden dienten zur Verstärkung des Sturms bei der Bodenoffensive. Sie mussten also in der Endphase, wenn es kritisch wurde, mitkämpfen, und Micki hatte als „Melder" die zusätzliche Aufgabe, den Kommandeuren nach hinten über den Stand des Gefechts, über Erfolge oder Misserfolge zu berichten. Aber was war eigentlich die Gesamtstrategie? Von wo kamen die Ordern für das Vorrücken und den Angriff der Truppe?

21.7.1942
Mein Zeltkamerad A. bekommt viele Päckchen mit Kuchen, Plätzchen oder Süßigkeiten. Er teilt aber alles mit mir. Wir liegen noch immer hier. Nun wo man Ruhe und seinen Frieden hat, werden viele krank. Die Marken für unsere 2 Pfd-Päckchen haben wir noch nicht erhalten. Ich bin auch zu bange, sie Dir zu schicken, wo Ihr selbst zu Hause hungern müßt. Nur wenn Du kannst, schicke mir etwas Zucker. Da kann man sich immer mit helfen. Wir haben ihn viel aufs Brot gegessen. Nun haben wir aber schon lange keinen mehr bekommen. Ja, es ist so, beim Angriff müssen die Nachrichtenonkels mit ihren schweren Geräten in die vordersten Stellungen. Ich habe sie oft beobachtet und bedauert. Dabei werden sie gar nicht richtig anerkannt. Das wird mir dann jetzt auch blühen. Wie Iris jetzt läuft usw., kann ich mir schlecht vorstellen. Du hast nur lange nicht mehr geschrieben, daß Du sie verhauen hast. Da konnte ich mich immer so schön drüber amüsieren. An meinen Urlaub ist noch lange nicht zu denken. Es sind zu viele, die über 1 Jahr nicht zu Hause waren. Und dann kommen zuerst die, die zu Hause Bombenschäden haben. Wir rechnen aber felsenfest damit, daß in diesem Jahr der Krieg hier aus ist und wir bis Weihnachten in Deutschland sind. Wenigstens die paar Mann, die dann noch übrig sind.

Omama hatte die Mama „verhauen“? Öfter? Warum? Und Micki fand das amüsant? Was mochte die Anderthalbjährige verbrochen haben, dass sie von ihrer Mutter Schläge bekam? Oder bedeutete „verhauen“ etwas ganz anderes? Immerhin schickte Micki ein Geschenk für seine Tochter, deren Laufkünste er nicht nachvollziehen konnte. Von Kleinkindern schien er wenig Ahnung zu haben. Aber er hatte ja auch ganz andere Sorgen, Ängste um die hungernden Angehörigen daheim und um die Lebensgefahr, die mit seinen Pflichten als

Soldat verbunden waren. Und dass der Zeltgenosse trotz karger Essensrationen den Inhalt seiner Päckchen mit Micki teilte, rührte Simon ungemein, während er sich eine Schokolade aus dem großmütterlichen Vorrat in den Mund schob. Die Praline war zwar schon etwas weißlich angelaufen, schmeckte aber noch vorzüglich.

> 24.7.1942
> *In der Nacht zum 22.7. haben wir unsere Zelte abgebrochen und sind weitermarschiert. Gestern früh ging es wieder weiter. Ich mußte immer ein paar Std. früher mit dem Vorkommando aufbrechen.*

> 25.7.1942
> *Haben gestern wieder plötzlich weitergemußt. Noch ein paar km, dann werden wir wohl unser Ziel erreicht haben und in Bereitstellung gehen. Da kommen wir wieder in die schlimmste Sumpfgegend. Jedenfalls werden nun sehr schwere Tage kommen. Gerade kamen ein paar Geschwader Stukas. Es ist interessant, wenn man beobachtet, wie sie ankommen, sich entwickeln und dann wie Habichte nach unten stürzen. Heute ist schon einigen der Eisorden verliehen worden. Ich soll ihn auch bekommen. Ich bin immer so müde, daß ich kaum stehen kann. Wir haben alle das Sumpffieber in den Knochen stecken.*

Simon spürte aus den Zeilen die zunehmende Verzweiflung Mickis über das Vorrücken der Truppe heraus. Auch wenn die Kampfbomber mit ihren Sturzflügen einen gewissen Schutz von oben boten, waren doch die unwirtlichen Bodenverhältnisse nicht dazu angetan, die Stimmung der Soldaten aufzuhellen, zumal es um ihre Kräfte nicht zum Besten stand. Dass man ihre Kampfbereitschaft mit Orden zu ködern versuchte, fand er abartig. Als ob dadurch das Ungemach des ausgelaugten Militärs zum Verschwinden gebracht würde. Aber Micki schien die Verleihung des Eisordens nicht unwillkommen zu sein, wenigstens als kleine Anerkennung für geleistete Schwerstarbeit. Aber wieso Eisorden? Hätte es nicht besser Sumpforden oder Läuseorden heißen müssen, jedenfalls wenn man den Kampf gegen die widrigen Verhältnisse in Betracht zog?

28.7.1942
Habe gerade Deinen Brief Nr. 81, den Süßstoff, Illustrierte, Romane und Zigaretten mit vielem Dank erhalten. Der Russe hat hier schon oft angegriffen. Ein paar Mal setzte er mit reinstem Trommelfeuer ein. Gestern und heute nachmittag kam er mit 6 Bombern an und beschoß uns mit seinen Bordwaffen. Dann macht man schnell Mücke tief links im nächsten Graben. Augenblicklich regnet es schon wieder. Das ist zum Kotzen mit dem Wetter. Ach Schicki, es ist so traurig, wenn einer vom Urlaub zurückkommt und erzählt, die Frauen seien nicht treu und alle seien am Hungern. Das Erstere berührt mich ja nicht, weil ich meine Schicki kenne. Aber das Andere macht mir doch schwere Sorgen. Und so ergeht es den Meisten. Der verdammte Russe schießt gerade wieder bei uns rein. Du solltest mir aber keinen Zucker mehr schicken, wenn Du nichts übrig hast. In Gedanken bin ich stets bei Dir. Es ist schön, wenn man so im Mist liegt und weiß, weit von hier ist ein Frauchen, das hat einen lieb und denkt immer an einen. Sonst könnte man doch manches Mal den Mut verlieren.

Es grüßt und küßt Dich vielmals Dein oller Frechdachs Micki.

Schon wieder die hungernden untreuen Ehefrauen daheim. Dass seine Schicki nicht dazu gehörte, war für Micki so gut wie ausgemacht. Aber stimmte das tatsächlich? Simon überlegte ernsthaft, ob die Großmutter wirklich standfest geblieben war, vor allem wenn sie vielleicht Lebensmittel für ein Schäferstündchen mit einem, der an der Quelle saß, einem Bauern etwa oder einem, der Zugang zu dringend benötigten Waren hatte, eintauschen konnte. Simon hielt dies für nicht ganz ausgeschlossen, wohl aber, dass Schicki sich um der Lust willen jemandem hingegeben hätte. Das wäre in Simons Augen echte Untreue gewesen, während das andere ihm als eine Form von Notwehr erschien.

31.7.1942
Wir haben das reinste Herbstwetter. Regen und Sturm. Es ist schrecklich. Dadurch werden wir wohl auch nicht weiterkönnen. Gestern war ich mit einem Kommando vorne. Jeden Tag gehen so und soviel Mann nach vorne, um einen Knüppeldamm zu bauen. Vorne ist es so sumpfig, daß man jedesmal bis über die Knöchel versinkt und Arbeit hat, die Stiefel aus dem zähen Schlamm wieder herauszuziehen. Deshalb müssen wir den Knüppeldamm bauen, damit, wenn wir vorne liegen, Nachschub, Essen usw. gebracht werden kann. Der Kampf, der uns bevorsteht, ist uns bekannt. Es ist nicht viel, aber ein sehr hartes Stück. Wenn wir das erreicht haben, wird mancher nicht mehr unter uns weilen. Halte mir die Daumen, daß ich bei diesem Angriff als Uffz. voll und ganz meine Pflicht tue und nicht versage. Lieber fallen als feige werden. Gestern kam unser evgl. Divisionspfarrer, als wir gerade mit verschiedenen Kameraden zusammenstanden. Das ist ein netter lustiger Kerl. Die tragen eine Offiziersuniform, aber ohne Achselstücke. Die meisten Landser wissen dann nie, was das ist. Besonders wo viele Offiziere ohne Achselstücke rumlaufen. Er erzählte uns folgendes. Einer fragt ihn was und sagt, jawohl Herr Major. Ich bin kein Major. Entschuldigen Sie, Herr Leutnant. Ich bin kein Leutnant. In der Tasche hat er ein großes Kreuz,

das er beim Gottesdienst trägt. Das zeigt er ihm und sagt, wissen Sie nun, was ich bin. Nun strahlen seine Augen und er sagt, jawohl Herr, Ritterkreuzträger. Wir haben vielleicht gelacht. Ein anderer kommt und sagt, Herr Oberarzt, ich habe solche Schmerzen. Ich bin kein Oberarzt. Entschuldigen Sie, Herr Assistenzarzt. Ich bin kein Assistenzarzt. Der schaut ihn an und weiß nicht, wo er dran ist. An der Mütze tragen sie ein weißes Christuskreuz. Besehen Sie sich mal meine Mütze. Ach, sagt der Landser, Sie sind vom Roten Kreuz.

Simon hatte den Eindruck, dass sich Micki keine Illusionen über den bevorstehenden Kampf macht, der viele Opfer haben wird, darunter vielleicht auch er selbst. Man erzählt sich Witze, um die Angst vor dem Tod wegzulachen. Keine obszönen Witze, sondern kleine, harmlose Geschichten, deren Pointe in einer Fehldeutung von Kleidungsstücken und deren Trägern bestand. Die konnte selbst ein Priester ohne Verlust seiner Würde erzählen, um die von Hunger und widrigen Wetterverhältnissen geplagten Männer aufzuheitern und sie von den bevorstehenden Strapazen abzulenken. Was Simon jedoch besonders erstaunte, war das unkritische Pflichtbewusstsein dieses so ganz anderen Großvaters, der lieber fallen als feige sein wollte. Er begriff zwar, dass feige zu sein bedeutete, die Kameraden im Stich zu lassen und Verrat am Vaterland zu begehen. Aber hatten die Soldaten dieses Ethos verinnerlicht, weil es ihnen antrainiert und mit der Verleihung von Orden schmackhaft gemacht wurde, oder entsprach es ihrem Selbstverständnis als Angehörigen der deutschen Nation, die zu verteidigen jene Tapferkeit erforderte, ohne die Kriege nicht gewonnen werden können?

1.8.1942
Hier schieben wir wieder schwer Kohldampf. Gestern kamen Deine beiden Päckchen. Vielen Dank. Nach so etwas Süßem hungert man immer richtig. Ich freue mich schon auf den Würfelzucker. Da hat man was zu lutschen. Mit dem Süßstoff gehe ich vorsichtig um. Morgens und abends im Kaffee. Hier ist noch immer ganz schreckliches Regenwetter. In der Nacht sind fast alle weggeschwommen. Dabei kann man auch draußen nichts trocknen. Wir haben uns einen anderen Platz gesucht. Läuse habe ich auch wieder, einfach toll. Ich bin wieder richtig blutig zerstochen. Was das in diesem Wetter mit uns werden soll? Auch nachts noch immer die Granateinschläge. Da man keinen Schutz hat, zieht man sich die Decke über die Ohren und tut, als ob man nichts hört. Seit ein paar Tagen habe ich keine Strümpfe mehr an, sondern nur noch Zeitungen um die Füße.

Simon dachte über die Annehmlichkeiten nach, die für die Enkel der Kriegsteilnehmer so selbstverständlich waren, dass ihnen nicht einmal die Idee kam, wie ihr Leben wohl ohne die jederzeit verfügbaren alltäglichen Hilfsgüter aussehen würde, ohne ausreichend Nahrung, ohne elementare Kleidungsstücke, ohne wetterfeste Behausung, ohne Waschmaschine und Trockner. Dazu jede Menge Ungeziefer und ständiger feindlicher Beschuss. Er bewunderte Mickis eher verhaltene und doch erkennbar bittere Klagen über die unzumutbaren Zustände, unter denen die Soldaten den Krieg gewinnen sollten. In der Darstellung seiner Befindlichkeit fehlte aber jegliche Schuldzuweisung an diejenigen, die für die ganze Misere verantwortlich waren. Der Name „Hitler“ war bisher noch an keiner Stelle aufgetaucht, wie Simon erstaunt feststellte. Es fehlte jeglicher Hinweis auf die Führerfigur, was doch eigentlich zu erwarten war, wenn die verzweifelte Lage eine Sinnkrise hervorrief. Dieser Stellvertreter des Allmächtigen würde es schon richten. Aber sahen Micki und seine Kameraden in diesem Unternehmen überhaupt einen Sinn?

Simon merkte, dass er Mickis Briefe nur lesen konnte, wenn er seine Fantasie weitgehend abschaltete. Sich in Mickis Lage hineinzuversetzen, um dieses Elend am eigenen Körper nachzuempfinden, brachte ihn an die Grenze des Erträglichen. Aber sein Verstand arbeitete auf Hochtouren.

4.8.1942
Noch liegen wir hier. Haben aber alles gepackt. Es kann jeden Moment losgehen. Kann aber auch noch ein paar Tage dauern. Hoffentlich kommt heute Post. Seit ein paar Tagen ist keine gekommen, da das Postauto durch den Schlamm nicht mehr durchkommt. Gestern sind wir gefilmt worden. Wenn Du mal in der Wochenschau Landser in einem Waldlager südlich des Ilmensees siehst, dann wird Dir ein Uffz. auffallen, der mit seinem rechten Fuß auf einem Baumstumpf steht. Dann kannst Du Dir sagen, das ist Dein Micki. Man hat mich eine Zeit lang gefilmt, ohne daß ich es gemerkt hatte. In der vergangenen Nacht hatten wir wieder einen schweren Überfall durch russ. Art. Ich wurde wach, als das Zelt und die Erde wackelten und die Splitter durch die Gegend flogen. Bei der Komp. gefällt es mir ganz gut. Hier hinter der Front habe ich fast gar nichts zu tun. Dann sage ich mir immer, wenn wir jetzt angreifen, was die Andern können, kann ich auch. Mehr Angst als die habe ich auch nicht. Ich habe wieder einen furchtbaren Juckreiz. War gerade beim Battl. Stab. Da ist diese Nacht eine Granate vor dem Gefechtsstand eingeschlagen. Beide Kräder von uns sind total zerstört. Einige Mann sind verwundet, 1 tot.

Was war das denn? Man schickte ein Filmteam ins Kriegsgebiet, um die tapferen Soldaten vor Ort zu zeigen? Zwar nicht im Kampfmodus, aber doch kampfbereit fürs Vaterland? Wie hatte noch Großvater Matthias die Wochenschau genannt, die in pompöser Aufmachung und mit viel Tamtam den Kinofilmen vorausgeschickt wurde? „Vox tönende Knochenschau“. Micki schien jedenfalls sogar ein bisschen stolz darauf zu sein, dass seine Lieben in der Heimat ihn vielleicht sehen und sich seinen Knochenjob würden vorstellen können. Anscheinend stärkte das seine Kampfmoral, auch wenn er momentan hinter der Front war und sich einbildete, dass er bei einem Angriff seine Angst unter Kontrolle haben würde.

Soldatenalltag

Simon beschloss, die Lektüre zu unterbrechen und den Rest der Briefe am nächsten Tag zu lesen. Er wusste ja bereits aus dem Wehrbuch, was kommen würde, dass Micki nur noch etwa sechs Wochen zu leben haben würde. Beklommen stieg Simon ins Erdgeschoss hinab und ging in den Garten. In leichtem Trab drehte er ein paar Runden ums Haus, bevor er sich in der Küche ein Butterbrot schmierte und damit ins Wohnzimmer marschierte. Er vernahm die Abendnachrichten, ohne sie wirklich in seinem Kopf zu registrieren. Dann schlief er ein und fuhr in die Höhe, als Knallgeräusche an sein Ohr drangen. Verwirrt verfolgte er eine Weile eine Schießerei im Fernsehen zwischen zwei Gruppen, die eine offenbar ein Polizeitrupp, die andere eine Verbrecherbande. Obwohl es auf beiden Seiten Verletzte gab, schien ihm dieses Gefecht vergleichsweise harmlos, jedenfalls wenn er an Micki dachte.

Er verbrachte eine unruhige Nacht, weil es ihn wieder am ganzen Körper juckte und er im Schlaf fest davon überzeugt war, dass Läuse die Ursache waren, die er knacken musste. Am Morgen zeugten zahlreiche Blutspuren, vor allem auf den Armen, dass er sich heftig gekratzt und dabei viele Verkrustungen abgerissen hatte: seine vermeintlichen Läuse, die das Betttuch übersäten. Angewidert zog er es von der Matratze ab und schüttelte es im Keller über einer Plastikwanne aus, um die vernichteten Plagegeister besser einsammeln und in den Müll bringen zu können. Die Krustenbröckchen bildeten auf dem Boden der blauen Wanne ein eigenartiges, fast regelmäßiges Muster, als ob ein Fischschwarm unterwegs zu neuen, futterreichen Gewässern wäre.

Simon fühlte sich an die zweite Leidenschaft seine Mutter erinnert. Die erste war das Lesen alles Gedruckten, das ihr in die Finger kam. Als Kind hatte er Iris nie anders als in ein Buch, eine Broschüre, eine Zeitung vertieft gesehen, nicht nur in ihrer Buchhandlung, sondern auch zu Hause. Selbst wenn sie Hausarbeiten erledigte, lag immer ein aufgeschlagenes Buch in der Nähe, aus dem sie im Vorbeigehen einen Passus las. Sie entschuldigte ihre Faszination für Bücher unter Hinweis auf ihren Beruf. Aber Simon war schon früh klar, dass nicht der Beruf ihre Begeisterung für das Lesen geweckt hatte, sondern dass umgekehrt die Begeisterung für das Lesen dazu geführt hatte, dass sie eine Buchhändlerlehre absolvierte, um den Objekten ihrer Begierde nahe sein zu können, ohne sich dafür rechtfertigen zu müssen. Wenn die Großeltern, beide Akademiker, enttäuscht über die Berufswahl ihrer einzigen Tochter waren, ließen sie es sich nicht anmerken. Zwar gab Omama gelegentlich ein spitzes „Du und deine Lesesucht" von sich, wenn Iris in eine Lektüre versunken auf Fragen nicht reagierte, aber da auch Opapa nicht ansprechbar war, wenn er in seiner Bibliothek über einem Dokument aus unvordenklichen Zeiten brütete, wurde die enge Beziehung zu Büchern in der Familie weitgehend toleriert. Zumal auch Omama, die Kunstunterricht erteilt hatte, in opulenten Bildbänden versinken konnte.

Iris' zweite Leidenschaft, der sie etwa seit ihrem fünfzigsten Lebensjahr frönte, waren Puzzles. Angetan hatten es ihr vor allem die Kinkade-Puzzles, die lichtüberströmte, in sanften Farben hingepinselte Landschaften, verwunschene Häuser mit großen Gärten und Teichen zeigten, eingebettet in eine Fülle bunter Blumen. Omama verabscheute diesen „Romantikkitsch" und wartete nur darauf, bis die Tochter die rund tausend Versatzstücke fertig zusammengefügt hatte, um das Bild sofort wieder zu zerstören und die zerlegten Puzzleteilchen zurück in den Karton zu befördern. Nur einmal hatte Simon es erlebt, dass seine Mutter wütend geworden war und Omama angeschnauzt hatte: „Kannst du nicht mal fünf Minuten warten, damit ich das Bild als Ganzes betrachten kann, bevor du es wieder kaputt machst?"

Omama war eher verdutzt als gekränkt, meinte aber dann zu Simon gewendet: „Wir wünschen uns doch alle nichts so sehr, als dass das Leben im Ganzen aufgeht. Aber dem ist nicht so. Es entsteht immer nur wieder neues Chaos, sobald man etwas erreicht hat, und so hört die Illusion, alles ordnen zu können, nie auf. Doch letztlich bleibt alles zerrissen, weil die Bruchstücke eben nicht so zueinander passen wie die Puzzleteilchen, und nur unter beträchtlichen Anstrengungen passend gemacht werden können. In der Welt deiner Mutter darf es das nicht geben."

„Also muss man alles, was ganz ist, schleunigst auseinanderreißen, wenn es sich nicht von selbst in seine Einzelteile auflöst", hatte Iris bissig erwidert.

Simon pflegte sich aus solchen Scharmützeln der Frauen herauszuhalten. Er tat es Opapa gleich, der hinter vorgehaltener Hand erklärte, er könne solchen schrägen Argumentationen nicht folgen, und wenn er sich doch einmal einmischte, fielen am Ende Mutter und Tochter gemeinsam über ihn her. Eine Ausnahme hatte es bei den Puzzle-Spielen allerdings gegeben. Simon drehte sich um und betrachtete das Bild der Mona Lisa, zusammengesetzt aus 2000 Teilen, das auf der Tür zur Waschküche hing. Simon hatte dieses rätselhafte Lächeln, das die Augen nur knapp erreichte, immer ein bisschen unheimlich gefunden, und auch jetzt fühlte er sich angesichts dieses ihm überallhin folgenden Blicks unbehaglich. Seine Mutter hatte sehr viel Zeit gebraucht, um das Bild fertig zu legen, und ständig über die unterschiedlichen Brauntöne gestöhnt, die selbst eine geübte Puzzle-Expertin wie sie an den Rand ihrer Geduld brachten. Zufrieden hatte sie das Endprodukt kurz gemustert und darauf gewartet, dass Omama wieder zur Tat schritt. Doch diesmal war alles anders. Sie prüfte das Bild eingehend, nickte hin und wieder, als fände etwas, das Mona Lisa sagte, ihre Zustimmung und verkündete schließlich: „Das lassen wir. Das ist Kunst."

Simon begab sich lachend unter die Dusche und wusch sich die Spuren seines nächtlichen Kampfes gegen die Läuse ab. Nach dem Frühstück war er wieder aufnahmebereit für Mickis Briefe.

> *9.8.1942*
> *Seit ein paar Tagen ist auch hier schönes Wetter. Wir sind noch immer am Knüppeldammbauen. Wir arbeiten in 3 Schichten. Gestern hatten wir von 15–21 Uhr, heute von 9–15 und Morgen von 3–9 Uhr. Heute wurden wir von der Ratsch Bum beschossen. Vorgestern nacht warfen die russ. Flieger 9 Bomben bei uns ab. Zum Glück war nur 1 Pferd tot. Davon bekamen wir gestern Abend Gulasch. Das war prima. Heute morgen wurden durch die russ. Art. 2 Mann von uns verwundet und 1 Pferd getötet. Wenn es weiterhin so trocken bleibt, wird die Offensive wohl in den nächsten Tagen steigen. Es scheint eine ganz große Sache zu werden. Wer wird wohl alles fallen? Wenn wir von der Arbeit kommen, laufen wir hier barfuß rum, damit die Schuhe und Socken etwas trocknen. Gestern kam Dein Brief 83 und die beiden Päckchen mit Zucker. Leider habe ich ihn schon verputzt. Man ist noch nie so scharf auf etwas Süßes gewesen wie augenblicklich. Von dem Angriff auf Düsseldorf hatte ich schon gehört und war gespannt auf Deinen Brief. Solange wir hier im Osten nicht fertig sind, wird das auch nichts anderswo. Ein Kamerad, der Bauer ist, kam gestern vom Urlaub zurück. Er schläft bei mir im Zelt. Ich habe etwas Brot, Butter, Wurst und Schinken von ihm bekommen. Da habe ich mich mal richtig satt essen können.*

Pferdefleisch und Zucker. Simon grauste es, obwohl er nachvollziehen konnte, dass die kargen Rationen, mit denen sich die Soldaten begnügen mussten, einen Heißhunger auf Salziges und Süßes hervorriefen, den zu stillen dann auch mit

Nahrungsmitteln versucht wurde, die normalerweise sparsamer zugeführt wurden. Zwei Päckchen Zucker, jedes wohl 500 Gramm schwer, hatte Micki in kürzester Zeit vertilgt. Das entsprach wie vielen Pralinenschachteln oder Schokoladentafeln? Simon wusste es nicht, aber wenn er an die ständigen Warnungen der Gesundheitsämter vor überzuckerten Limonadengetränken dachte, schien ihm Mickis Zuckerbombe fast angemessen als Ersatz für die fehlenden Kalorien einer vernünftigen Ernährung.

Dass es in Düsseldorf Fliegerangriffe gegeben hatte, war Simon aus Geschichtsbüchern bekannt. Verglichen mit anderen, total zerbombten Großstädten war die Stadt am Rhein jedoch einigermaßen glimpflich davon gekommen. Opapa hatte ihm erzählt, dass in Gerresheim, wo er als Junggeselle in der Wohnung lebte, die Iris später nach der Geburt von Simon übernommen hatte, noch eine Zeit lang nach Kriegsende das große Reiterstandbild von Jan Wellem nahe beim Gelände des Waldfriedhofs gestanden hatte. Es war in eine Aushöhlung so weit in den Berg hineingeschoben worden, dass man im Vorbeigehen nur das mächtige Hinterteil und den kräftigen Schwanz des Pferdes im Dämmerschein der Höhle grünlich schimmern sah. Kinder, die es beim Spielen entdeckten, sprangen johlend in die Höhe, um ihm auf den Hintern zu klatschen und einen verstohlenen Blick auf den verschatteten Kopf des Reiters zu werfen.

Jetzt wurde Jan Wellem, der wieder hocherhoben auf seinem angestammten Platz vor dem Düsseldorfer Rathaus stand, Jahr für Jahr vom Rosenmontagszug umkreist, durch ein Gitter vor dem bunten Treiben der Jecken geschützt, und nur noch dem Ausstoß der Konfetti-Kanonen ausgesetzt, wenn man einmal von den auf ihn einprasselnden Querschlägern absah, die von den Karnevalisten auf den Wagen herrührten, wenn sie mit vollen Händen ihre „Balkes“ oder „Kamellen“ in die „Helau“ brüllende Menge feuerten. Simon hatte viele

Jahre an Omamas Hand, später an ihrer Seite stehend, den ohrenbetäubenden Lärm genossen, auch wenn ihm bei den Reitertrupps oder einem scheuenden Pferd manchmal Angst und Bange wurde. Lächelnd wandte er sich dem nächsten Brief zu.

12.8.1942
Es ist schon spät, ich will aber doch schnell schreiben. Hier ist jetzt Gott sei Dank immer noch schönes Wetter. Wir müssen immer noch am Knüppeldamm bauen. Dadurch haben wir immer einen langen Tag. Die Landser sind am Knurren. So lange Tage und so knappe Kost. Diese Nacht haben wir eine Battl. Übung und morgen nachmittag wieder Straßenbau. Es ist ja doch gut, daß ich inzwischen Uffz. bin. Dadurch brauche ich selbst nicht mitzuarbeiten und habe es auch sowieso hinter der Front in manchem besser. Kannst Du mir etwas Brausepulver schicken? Hier ist immer stickige Luft. Dadurch daß wir im Kessel hängen, kann der Russe uns von allen Seiten beschießen. Dann kommt er Tag und Nacht mit seinen Flugzeugen und beschießt uns mit seinen Bordwaffen. Gestern setzte er uns 3 Schuß seiner Ratsch Bums mitten zwischen uns, als wir gerade am Knüppeldamm standen. Ein paar Mann wurden verwundet. Mir flogen Steine und Dreck auf den Körper. Seit einiger Zeit habe ich wieder Nesselfieber. Das ist eine Schweinerei. Man hat den Körper voll roter Flecken und es juckt furchtbar. Nachts wird man immer wach vom Juckreiz. Dabei noch die Sauläuse. Ach Schicki, ich habe so oft solche Sehnsucht nach Dir. Aber ich muß es ganz in mir verschließen. Ich könnte oft heulen.

Simon hatte plötzlich eine Eingebung. Rührten etwa die Schwierigkeiten, die er vom Babyalter an mit seiner überempfindlichen Haut hatte, von den Strapazen her, die dieser mit

Nesselfieber und Läusen geplagte unbekannte Großvater während des Russlandfeldzugs erdulden musste? Konnte es sein, dass das Hautproblem auf irgendeine rätselhafte Art auf den Enkelzwilling übergegangen war, der momentan ebenfalls, wenn auch unter ganz anderen Umständen, heftigem Juckreiz ausgesetzt war? Quatsch, dachte Simon. Trotzdem: die intensiv gefühlte Nähe zu Micki machte ihm dessen Leiden am eigenen Leib spürbar, und er konnte sich gut in die Situation dieses Architekten hineinversetzen, der den Bau eines Knüppeldamms zu organisieren hatte, während allen Beteiligten die Kugeln um die Ohren pfiffen.

Was Simon weniger gut nachvollziehen konnte, war Mickis Sehnsucht nach Schicki, aber das lag wohl daran, dass ihm mangels Erfahrung in Liebesdingen diese Art von Sentimentalität, ja Rührseligkeit fremd war. Mit seinen zweiundzwanzig Jahren war er sexuell unerfahren, wie überhaupt die Erotik in seinem Gefühlsrepertoire nur einen theoretischen Platz hatte. Natürlich wusste er um die Anziehungskraft der Liebe, aber eben nur aus der Literatur und dem Anschauungsunterricht, den ihm Florian erteilte, wenn er von der Schönheit begehrenswerter Frauen schwärmte. Aber Simon hatte noch kein weibliches Wesen wirklich begehrt, was ihm allerdings keine Kopfschmerzen machte.

Florian hingegen war ein Liebling der Frauen. Omama pflegte ihn liebevoll als Charmeur zu bezeichnen, während Opapa eher abfällig meinte, „Gigolo“ sei der richtigere Name für ihn. Mama warf ein, dass man heutzutage von einem Womanizer spreche oder auf gut Deutsch: von einem Frauenversteher. Nach seinem Schulabbruch spielte Florian, gerade achtzehn Jahre alt, eine Zeit lang aus finanziellen Gründen, um den Eltern nicht auf der Tasche zu liegen, die Rolle eines Gentlemanbegleiters für Damen jeglichen Alters. Anfangs musste er sich gegen den Anwurf wehren, sein Leben als Callboy oder als männliche Nutte zu fristen. Mit der Zeit erwarb er sich jedoch einen tadellosen Ruf in den Kreisen, die seine Dienste in Anspruch nahmen. Selbst die Männer, deren Frauen er ausführte, schätzten seine kultivierten Umgangsformen und die Geduld, mit welcher er die ihm Anvertrauten ebenso kenntnisreich wie einfühlsam in Ausstellungen und Konzerte oder in eine Tanzbar begleitete. Seine Honorarforderungen waren nicht überrissen, vor allem nachdem er in der Werbebranche Fuß zu fassen begann.

Simon fand diesen Zeitvertreib des Freundes seltsam. Aber da Florian dieses Thema regelmäßig ins Leere laufen ließ, wenn Simon die Rede darauf brachte, klammerten sie es aus ihren Disputen aus. Nur einmal war Simon fast ausgerastet, als er zufällig mitbekam, dass seine Mutter Florian als Partner für einen Tango-Kurs engagiert hatte. Er war so empört, dass er Florian drohte, er werde ihn verprügeln, wenn er nicht ab sofort die Hände von seiner Mutter ließe. Florian erwiderte in amüsiertem Ton: „Ich vergreife mich nicht an den Frauen, mit denen ich Geschäfte mache. Deine Mutter ist eine erwachsene Person, und sie bezahlt mich für meine Mithilfe bei der Wiederbelebung ihrer Tanzkünste. Genauso wie deine Großmutter, der ich, wie du ja weißt, den Moon-Walk beigebracht habe. Sie beherrschte dieses gleitende Schweben am Ende besser als ich. Im Übrigen macht es Spaß, mit jemandem zu tanzen, der ein so gutes Rhythmusgefühl hat wie Iris."

Simon war skeptisch: „Und sonst ist da nichts zwischen euch?"

Jetzt lachte Florian: „Entschuldige, Simon, es klingt vielleicht etwas hart. Aber ich würde doch nicht mit meiner Großmutter ins Bett gehen."

Es war diese Bemerkung, die Simon sofort überzeugte. Ihm war nie so recht bewusst gewesen, dass seine Mutter fast so alt war wie die Großmütter anderer Kinder seines Jahrgangs. Irgendwie schien ihm Iris immer alterslos. Was aber nicht ausschloss, dass er dachte, sie könnte für einen Mann begehrenswert sein, für einen Mann ihrer Generation versteht sich.

Florian lachte wieder: „Welchen Namen hätte Freud wohl der erotischen Beziehung eines Enkels zu seiner Großmutter gegeben? Gibt es in der griechischen Mythologie überhaupt ein Vorbild für eine solche superödipale Verstrickung?"

Simon meinte, dass die Frauen in den alten Zeiten entweder zu früh, zum Beispiel durch Kindbettfieber, dahingerafft wurden, um großmütterliche Liebesobjekte für die übernächste Generation abzugeben, oder dass sie im Alter zu hinfällig waren, um noch erotische Signale auszusenden.

„Aber", warf Florian ein, „die alten Männer im antiken Hellas hielten sich junge Liebhaber, unter dem Vorwand, sie zu tüchtigen Mitgliedern der Gesellschaft zu erziehen."

Simon hegte Zweifel: „Glaubst du wirklich, ein junger Kerl hätte seinen großväterlichen Freund ernsthaft als Sexpartner begehrt?"

„Das will ich wohl meinen. Mir ist neulich auf dem Trödelmarkt ein reichlich zerfleddertes Exemplar von Platons *Symposion* in die Hände gefallen. Lies mal nach, was der schöne Jüngling Alkibiades sturzbetrunken über seinen geliebten alten Sokrates rauslässt. Der hat ihn anscheinend in körperlicher Hinsicht ein bisschen kurz gehalten, angeblich um ihm geistige und seelische Freuden schmackhaft zu machen, sehr zum Missfallen von Alkibiades. Vielleicht hat Sokrates ja die asexuelle Lust auch nur vorgeschoben, um davon abzulenken, dass es bei einem Siebzigjährigen mit der Potenz zu hapern beginnt."

„Okay, wie dem auch sei", entgegnete Simon. „Wir brauchen ein Schlagwort. Wie wollen wir also diesen Komplex nennen?"

Sie überlegten eine Weile hin und her, gingen Namen aus der antiken Götterwelt durch, die ihnen gerade einfielen. Aber keiner davon passte so richtig.

„Ach, weißt du was", hielt Florian schließlich fest, „wir nennen ihn einfach den Sophia-Komplex. Philosophie heißt doch soviel wie Liebe zur Weisheit. Das schließt die Liebe zu denen, die Weisheit besitzen, mit ein. Weise Menschen sind in der Regel alt. Wenn also ein junger Mensch einen Senior oder eine Seniorin begehrt, giert er eigentlich nach Weisheit, weil ihm dies aber nicht bewusst ist, versucht er seine Gier sexuell zu befriedigen. Ergo: Er ist vom Sophia-Komplex besessen."

Simon war erheitert, fand Florians Erläuterung aber einleuchtend. „Das würde auch die Schwärmerei von Schulkindern für Lehrerinnen und Lehrer verständlich machen, die altersmäßig ihre Großeltern sein könnten."

Nachdem dies geklärt war, fanden sie mühelos den Übergang zu Werbesprüchen für Anti-Aging-Produkte und Mittel, die das männliche Fortpflanzungsorgan entweder vom ständigen Druck auf die Blase oder von einer erektilen Dysfunktion befreien.

„Was die einen fürs Gesicht benötigen, brauchen die anderen für untenrum", orakelte Florian.

„Wie meinst du das denn?"

„Ach, ich habe mir sagen lassen, dass auch der Pimmel mit der Zeit schrumpelt. Daher: Kampfansage an die Falten, oben und unten."

14.8.1942
Heute haben wir mal einen freien Tag und brauchen nicht heraus. Erkundige Dich doch bei B., ob noch nicht der Antrag für das Silberne Verdienstkreuz gestellt werden muss. Schicke mir bitte gelegentlich wieder Zigarettenpapier mit. Gestern und vorgestern wurde bei uns ein russisches Flugzeug abgeschossen. Das gab jedes Mal ein Hurrageschrei der Landser in der ganzen Umgebung. Hätte man nur mal die Läuse quitt. Es ist immer ganz fies, wenn man die Biester kaputt knackt. Überall hat man Blutflecken davon. Keine

Nacht hat man Ruhe. Soeben habe ich noch mal Schwein gehabt. Der Russe schoss mit seiner Art. bei uns rein. Ich saß auf einem Baumstumpf und schrieb. Da schlug ein Granatsplitter von 10 cm Länge 1 ½ m neben mir ein ins Zelt. Zum Glück war keiner mehr drin.

Warum war das Silberne Verdienstkreuz so wichtig für Micki, dass er Schicki eigens mit der Eruierung des Antragsdatums beauftragte? War vielleicht mit der Verleihung irgendeine Vergünstigung verbunden? Oder lechzte Micki einfach nach einer Belohnung für seine Tapferkeit? Jedenfalls schien er eine offizielle Anerkennung dafür zu verlangen, dass er es bei einer Truppe aushielt, in der Zigarettenpapier und Zucker zu den Mangelwaren zählten und das Knacken von Läusen zum Alltag gehörte. Immerhin sorgte der Abschuss einer feindlichen Maschine für allgemein gute Laune unter den Landsern, gleichsam als Ausgleich für die ständige Bedrohung durch russische Granaten. Dass dabei ebenfalls Menschen getötet wurden, machte ihnen keine Gewissensbisse.

15.8.1942
Nach langer Zeit bekommen wir endlich mal wieder Marketender-Waren. Schnaps, Rotwein und Zigaretten. Das war auch mal Zeit. In letzter Zeit haben wir immer Tabak statt Zigaretten bekommen. Das wird man aber auch leid. Kannst Du mir bei Gelegenheit wieder Zigarettenpapier schicken? Vorgestern hatte der Kommandeur mich mit 8 Bauleitern angefordert. Ich mußte ihm eine neue Unterkunft bauen. Dafür soll ich mir eine Flasche Cognac bei ihm abholen. Morgen haben wir wieder Frühschicht beim Straßenbau. Von 2–10 Uhr. Ein Uffz. kann immer hier bleiben. Diesmal bin ich derjenige. Hoffentlich können wir diese Nacht besser schlafen. In der letzten Nacht haben uns die Flieger ununterbrochen angegriffen. Über 50 Bomben

haben sie uns hier hingepflanzt. Wenn ich auch nicht aufstehe, so wird man doch jedes Mal wach, schon durch die Erschütterungen der Erde und des Zeltes. Dadurch war ich heute den ganzen Tag wie erschlagen.

Aha, dachte Simon, „Marketender-Waren", Suchtmittel eben wie Tabak und Alkohol. Und woher kamen all diese Dinge, die das Militär bei Laune halten sollten? Zum ersten Mal wurde ihm so richtig klar, was für ein gigantischer logistischer Apparat nötig war, um ein solches Mammutunternehmen wie den zweiten Weltkrieg durchführen zu können. Allein die Abstimmung zwischen kombinierten Angriffen von Luftwaffe und Bodentruppen musste ebenso funktionieren wie die Versorgung der Soldaten mit Waffen, Nahrungsmitteln und Post aus der Heimat. Der Einsatz so altertümlich klingender Geräte wie Stukas und Ratsch Bums mochte im Vergleich mit den heutigen Waffensystemen fast harmlos erscheinen, aber für die damaligen Opfer waren sie nicht weniger tödlich. Vielleicht hatte gerade dies Opapa bewogen, sich der antiken Kriegsführung zuzuwenden, die den Sieg noch von Mann-gegen-Mann-Kämpfen abhängig machte. Aber war die Rückkehr zu Steinschleuder, Schwert und Speer humaner als der Einsatz technisch fortgeschrittener Waffen, die es erlaubten, eine größere Anzahl von Menschen zu töten bei gleichzeitiger Minimierung der Gefahren für den Angreifer? Letztlich kam es doch nicht auf die Quantität der Getöteten an, sondern auf die negative Qualität des Tötens als einer Tätigkeit, die den Wert des Lebens in Frage stellte.

Simon war sich darüber im Klaren, dass seine Überlegungen naiv waren, zumal er den Militärdienst für sich selbst abgelehnt und stattdessen seinen Zivildienst in diversen Krankenhäusern und Altersheimen absolviert hatte. Florian war es gelungen, sich vor dem einen wie dem anderen zu drücken. Simon hatte den Verdacht, dass er vor dem Militärarzt einen besonders eindrücklichen „Felix Krull“ gegeben hatte, der nicht den geringsten Zweifel daran ließ, dass er völlig untauglich für die vorgesehenen Dienste war. Omama hätte es lieber gesehen, wenn der Enkel ebenfalls als dienstuntauglich eingestuft worden wäre. Aber Mama fand, dass die Verpflichtung zum Sozialdienst Simons Autismus nicht schaden würde, ihn vielleicht sogar ein bisschen aufgeschlossener und teamfähiger machen könnte, also seine Sozialkompetenz fördern würde. „Simon ist kein Autist“, hatte Florian protestiert. „Lasst ihn doch in Ruhe. Er ist halt ein Einzelgänger, der allein bestens zurechtkommt, besser jedenfalls als all die Herdentiere in der Massenhaltung unserer Gesellschaft.“

Doch Simon hatte sich im Umgang mit kranken und alten Menschen tatsächlich verändert. Weil ihm Erbrochenes und Windeln selbst entsetzlich peinlich waren, konnte er sich mühelos in die Patienten hineinversetzen. Sein Einfühlungsvermögen nahm ihnen die Scham, was eine Nähe schaffte, die die jeweils notwendigen Verrichtungen ungemein erleichterte. Besonders profitierte er von seinen Erfahrungen dann bei der Pflege der Großeltern, die er fürsorglich und unaufdringlich unterstützte und vor allem in der Sterbephase liebevoll begleitete.

16.8.1942
Dein Brief Nr. 89 ist angekommen, ebenso die 3 Schachteln Zigaretten und die Zeitung mit den Bildern. Das sieht ja schlimm aus in Düsseldorf. Wären wir doch hier im Osten fertig, damit unsere ganze Luftwaffe zum Westen könnte. Der Brief, den Du am 8.8. geschrieben hast, ist am 10. abgestempelt worden und war am 15.8. schon hier. Wo die Post jetzt mit Flugzeugen bis hierher kommt, geht es ja schnell. Meine Gedanken sind noch mehr denn je bei Dir. Geh besser in den Keller bei Angriffen, es ist ja immerhin ein gewisser Schutz. Nun haben wir schon wieder Sonntag. Könnte ich

doch wenigstens einen Sonntag mit Euch verleben. Hier regnet es seit gestern wieder. Was das noch geben soll? Gestern hatten wir wieder Bat. Übung. Es war ganz nett. Heute nachmittag müssen wir wieder zum Straßenbau. Am 1. eines jeden Monats haben wir immer für das Rote Kreuz gestiftet. Ich hatte meist 5 M gegeben. Am 1.8. war die letzte Sammlung, da habe ich 10 M gegeben. Am 1.7. hatte unsere Division 26 000 M zusammen. Das war pro Mann rund 5½ M. Gerade wir Frontsoldaten wissen ja, was das Rote Kreuz wert ist. Nun will ich schließen. Gleich wird gegessen und dann wieder rein in den Sumpf.

Eine „ganz nette“ Bataillonsübung? War das nur eine Art Zeitvertreib, um die Soldaten mit sportlichen Trainingseinheiten fit zu halten? Dagegen sprach allerdings die harte Arbeit im „Sumpf“, der offenbar nicht umgangen werden konnte, sondern durchquert werden musste, so dass der weitere Vormarsch der Infanterie nur über Knüppeldämme möglich war. Wahrscheinlich wurde in der Übung das taktische Vorgehen in einem Gelände geprobt, das der Feind von oben einsehen und beschießen konnte. Aber was nutzten dann die Knüppeldämme durch den Sumpf, wenn es doch keinerlei Deckung gab? Die Frontsoldaten schienen eine Art Himmelfahrtskommando zu sein, es sei denn, die Manöverübungen dienten zur Einübung in Ablenkungsstrategien, die den Russen das Vorrücken der Truppe verschleiern sollten. Dass die Soldaten trotz ihrer bedrängten Lage und ihren Sorgen um die Familienangehörigen daheim, für deren Schutz sie eigentlich verantwortlich waren, Geld sammelten, um das Rote Kreuz zu unterstützen, rührte Simon, auch wenn es nicht nur karitative, sondern auch durchaus eigennützige Gründe waren, die für die Spendenbereitschaft sprachen. Die meisten Verwundeten und Toten in der Truppe gab es vermutlich unter denen, die das Heer anführten.

Simon machte sich einen Joint zurecht und inhalierte den Rauch in vorsichtigen Zügen. Schicki nummerierte also ihre Briefe. Eigentlich war es schade, dass davon keiner erhalten war. Und wo trieb sie wohl all die Zigaretten auf, die sie Micki schickte? In Kriegszeiten blühte wahrscheinlich der Schwarzmarkt, fragte sich nur, wer den mit Tabakwaren und anderen Suchtmitteln belieferte und woher diese kamen. Waren das die Kriegsgewinnler, von denen Opapa manchmal in abfälligem Ton gesprochen hatte? Und wie bezahlte Schicki die Waren? Sie stammte zwar aus einem wohlhabenden Haus, aber irgendwann waren auch der letzte Teppich und das letzte Schmuckstück versetzt.

18.8.1942
Ich schicke Dir die Marke für ein Kilopäckchen. Sende mir aber nur, was Du auch wirklich entbehren kannst. Vielleicht Butter, Schinken oder Wurst. Gestern hatten wir wieder den ganzen Tag Geländedienst und 30 km Marsch. Morgen ist wieder Straßenbau.

22.8.1942
Nun sind wir so weit. Heute mittag geht es weiter. Hoffentlich geht alles gut, so dass ich nach dem Klamauk den nächsten Brief gesund wieder schreiben kann. Vor ein paar Tagen hatte ich mir mein Hemd gewaschen. Habe aber noch nie so viele Läuse gehabt wie seitdem. Den Andern ging es genau so. Nun wird nichts mehr gewaschen. Gestern kam Dein Brief Nr. 91. Daß ich keine Strümpfe mehr habe, hat folgenden Grund. Als wir von unserem vorigen Platz nach hier vorrückten, durften wir nichts mitnehmen als unser Sturmgepäck. Die andern Sachen sind alle im Tornister und Waschbeutel. Die liegen nun beim Troß, und der ist 20 km hinter uns. Meine Gedanken werden immer bei Dir sein, liebste Schicki, auch wenn ich selbst nicht mehr bin.

Simon registrierte Mickis erste deutliche Anspielung auf sein mögliches Ende. Der „Klamauk“, der ihm bevorstand, war nicht einfach nur ein mehr oder weniger harmloses Getümmel, sondern eine Sache auf Leben und Tod. Zwar geht auch der Alltag mit den gewohnten Üblichkeiten weiter, die langen Kilometermärsche, das Hemdenwaschen, das sich als kontraproduktiv erwies, weil die Läuse offenbar frische Kleidungsstücke bevorzugten, sich von schmutzigen und stinkenden Klamotten aber abgestoßen fühlten. Vielleicht sollte ich nicht jeden Tag die Wäsche wechseln, überlegte Simon, dann verschwinden auch meine „Läuse“ rascher. Er grinste vor sich hin, während er die Treppe hinabstieg, um die vor der Haustür abgestellten Lebensmittelpakete mit den im Internet georderten Waren aus dem Supermarkt ins Haus zu holen. Er schwankte zwischen einer Pizza und einem Nudelauflauf, entschied sich aber dann für einen Gemüseeintopf, den er in der Mikrowelle erhitzte. Was hatte er doch für ein angenehmes Leben, ohne jegliche Bedrohung für Leib und Leben, bestens versorgt mit Speis und Trank und ausgestattet mit Kommunikationsmitteln, die ihn sowohl über regionale Ereignisse informierten als auch über das Weltgeschehen auf dem Laufenden hielten.

Die Mittagspause verbrachte er in der Bibliothek. Nach Opapas Tod hatte er zuerst erwogen, all die nationalen und internationalen Zeitungen, die der Großvater täglich konsumierte, abzubestellen, hatte sich dann aber unversehens ebenfalls zum Newsjunkie gemausert und konnte sich ein Leben ohne ausgiebige Zeitungslektüre nicht mehr vorstellen. Er brauchte dabei das Rascheln der Seiten beim Umblättern, um das Gefühl zu haben, sich in einer realen und nicht in einer virtuellen Welt aufzuhalten. Zeitungen und Nachrichtensendungen waren sein bevorzugter Draht zur Außenwelt, in die er sich hineinlas und hineinhörte, ohne in sie verstrickt zu werden. Ihm war durchaus bewusst, dass er der Lektüre-Versessenheit seiner Mutter verfallen war, doch der gravierende

Unterschied schien ihm darin zu bestehen, dass sie ihre Orientierungsmuster aus fiktiven Texten schöpfte, während er sich aufgrund seiner Konzentration auf faktische Ereignisse eine stärkere Bodenhaftung zuschrieb. Allerdings räumte er ein, dass auch die sogenannten Fakten in Erzählungen eingebettet waren, in die die Sichtweise des jeweiligen Berichterstatters mit einfloss. Die sogenannte Wirklichkeit ließ sich daher nicht eins zu eins abbilden, sondern wurde immer bis zu einem gewissen Grad als Fake rekonstruiert. Doch Simon ging davon aus, dass gerade die Vielzahl deutsch- und englischsprachiger Blätter zur Schulung seiner Urteilskraft beitrug und ihm zu einer differenzierten, multiperspektivischen Sicht verhalf, die seine Meinungsbildung disziplinierte.

28.8.1942
Seit Sonntag liegen wir wieder im schwersten Einsatz. Wir haben schwere Nacht- und Waldgefechte hinter uns. Drei Tage waren wir ohne Schlaf und Essen und Trinken. Nun haben wir alles nachgeholt. Mit 2 Gruppen bilden wir einen Stoßtrupp und werden überall dort eingesetzt, wo dicke Luft ist. 3x mal haben wir den Russen mit Hurra aus seiner Stellung geworfen und einmal er uns mit Hurra. Da brauchen wir aber nichts drum zu geben, da wir nur mit 14 Mann und 1 l MG waren, während er mit vielen Leuten kam und als Unterstützung Panzer hatte.

Simon versuchte sich das Vorgehen der Stoßtrupps vorzustellen. „Mit Hurra“: hieß das, dass sie brüllend gegen den Feind anrannten, um eine größere Anzahl von Angreifern vorzutäuschen als die kümmerlichen 14 Mann, die nicht einmal schweres Kriegsgerät mit sich führten? Oder machten sie sich mit ihrem Geschrei gegenseitig selber Mut? Feuerten sie damit ihren Kampfgeist an? Und wie viele Tote blieben am Ende auf der Strecke, hier wie da? Was für ein Wahnsinn, dachte er, und wie absurd waren diese Gefechte, die zu einer Kriegsstrategie gehörten, von deren Zweck die einfachen Soldaten vermutlich auf beiden Seiten keine Ahnung hatten. Sie hatten lediglich die Aufgabe, so viele „Feinde“ wie möglich zu vernichten, koste es, was es wolle. Aber was hatten „der Russe“ und „der Deutsche“ eigentlich verbrochen, dass sie vom jeweiligen Gegner ausgerottet werden sollten? Um Landgewinn wie in den alten Kriegen konnte es eigentlich nicht gehen. Offensichtlich ging es um Machtgewinn durch eine Demonstration der Stärke, deren Beweis durch todbringende Gewalt erbracht werden sollte. Herr über Leben und Tod zu sein, andere das Fürchten zu lehren, um sie zu unterwerfen und ihnen damit die Gnade zu erweisen, am Leben bleiben zu dürfen: Konnte das Menschen, Männer musste man wohl besser sagen, dazu verleiten, gegeneinander Krieg zu führen?

Simon war dieser Gedanke nicht ganz fremd, wenn er sich an seine ersten Schuljahre erinnerte. Er hasste zwar Prügeleien und hielt sich möglichst heraus aus den kleineren oder größeren Kämpfen der Klassenkameraden. Meistens ging es dabei um nichts, um eine anzügliche Bemerkung, ein Grinsen, das als Beleidigung aufgefasst wurde und sofort mit den Fäusten aus der Welt geräumt werden musste. Der Sieger hatte recht, so einfach war das. Auch wenn seine Anschuldigungen oder Provokationen noch so abstrus waren. Simon ging nie von sich aus auf einen der Jungen los. Mit Ausnahme von Florian betrachtete er sie alle als nicht ebenbürtig. Daher konnten sie ihn auch nicht mit Worten oder Gesten verletzen. Wurde er jedoch in eine Auseinandersetzung mit hineingezogen, die ihn gar nicht direkt betraf, so versuchte er das Scharmützel so schnell wie möglich zu beenden, indem er dem Aggressor mit brutaler Härte so wehtat, dass er rasch aufgab. Aus den Blicken der Herumstehenden spürte er eine widerwillige Bewunderung heraus, die ihm jedoch „am Arsch vorbei ging“, wie Florian es ausdrückte, dabei eine anzügliche

Handbewegung machte, die jedoch nicht das Gesäß umkreiste, sondern das Gemächt. Simon musste lachen. Macht und Gemächt – das war die Verbindung.

31.8.1942
Nach 6 Tagen allerschwersten Kampfes sind wir mit unserem Stoßtrupp für ein paar Tage in Ruhe gekommen. Unsere beiden Stoßtrupps sind so zusammengeschmolzen, dass wir jetzt nur noch einen daraus gemacht haben. Soeben besuchten uns russ. Flieger, und es wurden wieder 5 Mann verwundet. Ich könnte Dir einen 10 Seiten langen Brief über die 6 Tage schreiben. Das Grauen über alles steckt einem aber noch so in den Knochen, daß man mal erst eine Zeit drüber vergehen lassen muß. Wir sind seit vorgestern 3 km hinter der Front. Aber nicht die Komp., nur wir 20 Mann. Jeden Moment können wir wieder angefordert werden. Sobald der Russe innerhalb des Battl. Bereichs irgendwo einbricht, müssen wir wieder vor. Ich kann es den Leuten nicht verdenken, die sich freuen, wenn sie verwundet sind, weil sie dann hier rauskommen. Einen Soldaten sah ich, dem war ein Bein durch Bomben abgerissen und das andere zerfetzt worden. Der lachte und sagte, nun komme ich endlich aus Russland raus. Seit ein paar Tagen habe ich auch Durchfall, Erbrechen und Magenschmerzen. Das hat fast jeder. An meinen Urlaub ist noch lange nicht zu denken. Dafür sind hier noch zu viele, die über ein Jahr nicht zu Hause waren. Und in jedem Monat können nur 1–2 Mann fahren. Wenn ich mal komme: daß ich dann sauber bin, ist eine Selbstverständlichkeit. Wir hören auch oft, daß unsere Divisionen viel bessere Verpflegung, Süßigkeiten und Schokolade bekommen. Wir haben jeden Mittag Erbsen, Bohnen, Linsen und Dörrgemüse, leider ohne Kartoffeln. Vorige Woche und gestern haben wir 2 Riegel Schokolade bekommen. Die schwersten Kämpfe werden wohl hier bei

uns sein. Davon wird im Wehrmachtsbericht aber nichts erwähnt. Und ich darf darüber auch nichts schreiben. Heute morgen sind durch Bomben 5 Pferde kaputt gegangen. Da werden wir wohl nachher Gulasch bekommen. Nachher muß ich noch an die Eltern eines gefallenen Kameraden aus Benrath schreiben. Er war ein ganz junger Rekrut meiner Gruppe.

Dieser Brief bewegte Simon noch mehr als die voran gegangenen. Micki und sein dezimiertes Trüppchen schienen sich im Klaren über die Ausweglosigkeit ihrer Situation zu sein, pflegten aber einen makabren Humor, der das Grauen zwar nicht in Schach zu halten vermochte, aber als Ablenkungsmanöver seinen Zweck erfüllte. Dass einer froh über eine schwere Verwundung war, weil er nun nicht mehr einsatzfähig war und in sicheres Gelände transportiert wurde, konnten alle nachvollziehen, wenn sie ihn nicht gar beneideten. Micki berichtet, dass er krank ist wie alle anderen. Verdreckt und verlaust zu sein als Dauerzustand, verschlimmerte noch das Befinden. Aber mehr als das peinigte ihn die Angst, Schicki könnte sich vor ihm ekeln, wenn er mal auf Heimaturlaub käme. Daher sein Versprechen, vorher die nötigen Hygienemaßnahmen zu ergreifen, um vor ihr bestehen zu können. Als ob Omama daran auch nur einen Gedanken verschwendet hätte, wenn ihr Micki nur endlich gesund nach Hause käme und sich von all den Strapazen erholen könnte.

Was Simon erneut beschäftigte, war Mickis Klage über die fehlende Anerkennung des von seinem Stoßtrupp Geleisteten. Ein Lob der Tapferkeit seiner Leute im Wehrmachtsbericht hätte den Überlebenden wie auch den Angehörigen der Opfer sicher gut getan und ihrem Einsatz wenigstens einen Hauch von Sinn gegeben. Micki schien diesen Mangel in seinen Trostbriefen an die Angehörigen der gefallenen Soldaten wettmachen zu wollen. Aber im Dienst des Vaterlands sein Leben verloren zu haben, konnte das wirklich über den Verlust eines geliebten Menschen hinweg trösten, wenn nicht einmal klar war, in welcher Gefahr sich das Vaterland befand, ja ob es überhaupt bedroht war von feindlichen Mächten, bevor zum Krieg getrommelt worden war?

Das unsägliche Buch

Simon stand auf und schob die restlichen Briefe beiseite. Er brauchte dringend eine Unterbrechung in seiner Lektüre. Zwar war er sich durchaus bewusst, dass er das Ende hinauszuzögern versuchte, das er bereits kannte, auch wenn er über die näheren Umstände, die zu Mickis Tod geführt hatten, noch nichts wusste. Aber er hatte das Bedürfnis, das bisher Gelesene in einen erweiterten Kontext zu stellen, um die von Micki geschilderten Vorgänge besser zu verstehen.

Entschlossen begab sich Simon in die großväterliche Bibliothek. Zielstrebig stieg er die Bibliotheksleiter hinauf und griff hinter das dickleibige Buch *Vom Kriege* des Generals Carl von Clausewitz. Doch sein Griff ging ins Leere. Die Stelle, an der er als etwa 16-Jähriger Hitlers *Mein Kampf* nach langer Suche entdeckt hatte, war leer. Opapa hatte ihm von dessen Lektüre abgeraten: „Es ist ein total hirnverbranntes Buch, das musst du nicht gelesen haben." Simon war dann trotzdem in Abwesenheit des Großvaters alle Regale Buch für Buch durchgegangen und hatte es schließlich gefunden, nachdem er in einem zweiten Durchgang mit Hilfe eines an einem langen Stab befestigten Spiegels hinter die alphabetisch nach Autoren angeordneten Bücherkolonnen schauen konnte und sich damit die Herumturnerei auf der Leiter ersparte. Außer *Mein Kampf* gab es kein weiteres, hinter den anderen verborgenes Buch, nur eine fast etwa anderthalb Meter lange Papprӧhre, in der sich ein Lageplan der Insel Sark befand.

Ratlos blickte Simon sich in dem riesigen Bücherkosmos um. Wo hatte der alte Fuchs das Buch diesmal versteckt? Er ließ den Blick über die Buchfassaden gleiten, auf eine Eingebung hoffend. Die Erleuchtung blieb aus, und so wanderte er langsam an den Regalen entlang, hielt hier und da kurz inne, um den einen oder anderen Buchrücken zu betrachten. Als er sich den mit einem H beginnenden Autoren näherte, machte es plötzlich Klick in seinem Kopf. Er rollte die Leiter heran und stieg nach oben. Da war es tatsächlich, das „hirnverbrannte Buch", auf dem zweitobersten Brett, Hitler akkurat eingereiht zwischen Theodor Heuss (*Erinnerungen 1905–1933*) und Homer (*Ilias/Odyssee*). Simon lachte. „Hab' ich dich", rief er triumphierend und nahm den dicken Band mit dem schwarzen Lederrücken heraus, wobei er bemerkte, dass zwischen die Seiten Zettel eingeschoben worden waren, durch die sich das Werk seltsam aufplusterte.

Noch nie zuvor hatte Simon an Opapas Lesetisch Platz genommen. Doch jetzt ließ er sich auf dem bequemen Stuhl nieder und schaltete die Tageslichtlampe ein. Er öffnete das Buch, und sofort sprang ihm die klare, schnörkellose Handschrift des Großvaters in die Augen.

> *Mein lieber Simon, ich wusste, dass Du irgendwann wieder hineinschauen würdest. An einigen der von Dir schwarz, blau, rot und braun markierten Stellen habe ich einen Kommentar hinzugefügt. Vielleicht magst Du ja einen Blick drauf werfen, um Deine eigenen Überlegungen zu prüfen?*

Simon schob das Buch ein Stück von sich und versuchte sich an seine damaligen Lektüreeindrücke zu erinnern. Er hatte sich gewundert, warum dieses über 700 Seiten enthaltende Buch, das bis 1942 eine Gesamtauflage von mehr als neun Millionen Exemplaren vorweisen konnte, gleichsam unter Quarantäne gehalten wurde und nicht nachgedruckt werden durfte. Jeder klardenkende Mensch vermochte doch zu erkennen, dass der Verfasser sich in zwei Thesen verbohrt hatte, die er mit exzessivem Fanatismus vertrat, obwohl sie weder empirisch noch moralisch haltbar waren. Die eine behauptete die Reinheit des arischen Bluts als „Beweis" für die natürliche

Überlegenheit der germanischen Rasse. Die andere schob alle Missstände in der Welt den Juden in die Schuhe, deren unersättliches Machtstreben den Niedergang der zur wahren Herrschaft auserkorenen Arier planmäßig herbeigeführt habe.

Simon hatte den Verdacht gehabt, dass Hitler insgeheim den ihm verhassten „Oberjuden" Karl Marx um die Durchschlagskraft seiner Gedankenkonstrukte beneidet hatte und ihn dort umso heftiger bekämpfte, wo eine gewisse Nähe zwischen beider Einschätzung der Bedeutung des Kapitals zu bestehen schien. Doch er hatte *Mein Kampf* nur punktuell gelesen und das Buch in sein Versteck zurückgestellt, nachdem er mit der Schulklasse das Konzentrationslager in Dachau besucht hatte und zum ersten Mal richtig begriff, dass Theorien alles andere als harmlos waren, sobald jemand die Macht hatte, die seinem nach willkürlichen Kriterien erstellten Feindbild zugeordneten Menschen systematisch auszurotten. Selbst der hart gesottene Florian, der nie um einen makabren Scherz verlegen war, verstummte angesichts der entsetzlichen Vorgänge, die sich in Dachau abgespielt hatten.

Simon begann im Inhaltsverzeichnis zu blättern. Er wollte Opapas Zettel einstweilen beiseite lassen, weil er zuerst einmal seinem Verdacht nachgehen wollte, dass Micki und seine Kameraden nur Schachfiguren waren, deren Züge von jemandem gesteuert wurden, der seine Ziele durch ideologische Indoktrination verschleierte. Auf den Seiten 508ff. wurde er fündig. Hitler führt dort aus: „Es ist ... nicht nötig, daß jeder einzelne, der für diese Weltanschauung kämpft, vollen Einblick und genaue Kenntnis in die letzten Ideen und Gedankengänge der Führer ... erhält. Notwendig ist vielmehr dass ihm einige wenige, ganz große Gesichtspunkte klargemacht werden und die wesentlichen Grundlinien sich ihm unauslöschlich einbrennen, so dass er von der Notwendigkeit des Sieges seiner Bewegung und ihrer Lehre restlos durchdrungen ist. Es wird auch der einzelne Soldat nicht in die Gedankengänge höherer Strategie eingeweiht. So wie er vielmehr zu straffer Disziplin und zur fanatischen Überzeugung von dem Recht und der Kraft seiner Sache und zu restloser Einstellung auf sie erzogen wird, so muß dies auch beim einzelnen Anhänger einer Bewegung von großem Ausmaß und großer Zukunft und größtem Wollen geschehen ... Wenn zwei Truppenkörper miteinander kämpfen, wird nicht derjenige siegen, bei dem jeder einzelne die höchste strategische Ausbildung erhielt, sondern derjenige, der die überlegenste Führung und zugleich die diszipliniertest, blindgehorsamste, bestgedrillte Truppe hat."

Dass es bei einer Kriegsführung streng hierarchisch zugehen musste, leuchtete Simon ein. Eine Strategie konnte nur erfolgreich sein, wenn die Befehlsstrukturen von oben nach unten so gegliedert waren, dass sie wie Zahnräder ineinander griffen und auf der untersten Ebene die jeweiligen Kampfhandlungen vorantrieben. Aber der Knackpunkt war natürlich die „Weltanschauung", sprich die Ideologie, die den Soldaten „unauslöschlich eingebrannt" werden musste, damit sie bereitwillig gehorchten – nicht weil sie sich dazu gewaltsam gezwungen fühlten, sondern weil sie fest davon überzeugt waren, dass sie für eine gute und gerechte Sache kämpften. Bevor die Truppen in Gang gesetzt werden konnten, mussten also ihre Mitglieder einer Art Gehirnwäsche unterzogen werden, damit sie hoch motiviert, „fanatisiert", in den Krieg zogen.

Simon blätterte zurück zum 3. August 1914, dem Tag, an dem Hitler seinem autobiografischen Bericht zufolge im Alter von 25 Jahren als Freiwilliger in das bayerische Regiment eingetreten war und fast sechs Jahre lang gedient hatte. 1916 wurde er in der Somme-Schlacht verwundet und konnte, nur mühsam gehend, das Lazarett erst im Jahr darauf wieder verlassen. Am 13. Oktober 1918 wurde er erneut verletzt durch britische Gasgranaten und musste sich, fast erblindet, einer langen Rekonvaleszenz unterziehen. Während dieser Zeit reifte sein Entschluss, in die Politik zu gehen. Simon verstand nicht, wie jemand, der den ersten Weltkrieg aktiv mitgemacht und die Gräuel des Krieges am eigenen Leib erfahren hatte, dies alles als „Führer“ im zweiten Weltkrieg seinen Soldaten zumuten konnte. Beschrieb er doch selbst, wie an die Stelle der anfänglichen „Schlachtenromantik ... das Grauen getreten (war). Die Begeisterung kühlte allmählich ab, und der überschwengliche Jubel wurde erstickt von der Todesangst. Es kam die Zeit, da jeder zu ringen hatte zwischen dem Trieb der Selbsterhaltung und dem Mahnen der Pflicht. Auch mir blieb dieser Kampf nicht erspart. Immer, wenn der Tod auf Jagd war, versuchte ein unbestimmtes Etwas zu revoltieren, war bemüht, sich als Vernunft dem schwachen Körper vorzustellen und war doch nur die Feigheit, die unter solchen Verkleidungen den einzelnen zu umstricken versuchte.“

Pflichtbewusstsein, Verantwortung und Vaterlandsliebe ließen den Soldaten Adolf Hitler Hunger, Entbehrungen und Niederlagen in den Schlachten ertragen, immer befeuert von der Vorstellung eines beispiellosen Heldentums des deutschen Heeres als „Symbol für die eiserne Front des grauen Stahlhelms ..., nicht wankend und nicht weichend, ein Mahnmal der Unsterblichkeit“. Simon begriff, dass genau dies es war, was Hitler auch den Soldaten im zweiten Weltkrieg in Form von Parolen, Flugblättern und ständigen Instruktionen während der Feuerpausen mit auf den Weg gegeben haben musste, damit sie todesmutig alle Kräfte mobilisierten, um den Feind unschädlich zu machen. Der Feind, das war für Mickis Truppenverband „der Russe“. So wie für Hitler zeit seines Lebens „der Jude“ als Erzfeind gegolten hatte. Simon erkannte, dass schon sprachlich die Individuen ausgelöscht wurden, wenn in verallgemeinerter Form von einem Menschentypus die Rede war. Kam dann noch hinzu, dass der Typus bösartig verzerrt gezeichnet und diese Karikatur unterschiedslos auf die Individuen projiziert wurde, bildete sich die perfide Gewohnheit heraus, alle Menschen, die diesem Typus zugeordnet wurden, wie Unkraut zu betrachten, das gesunden Pflanzen ihren angestammten Platz wegnahm und deshalb umstandslos entfernt werden musste.

Simon nahm nun doch Opapas Einlageblätter zu Hilfe, um Hitlers Feindbild „der Jude“ zu rekonstruieren. Er spürte eine seltsame, irgendwie der Zeit enthobene Atmosphäre, in der er mit seinen beiden nicht mehr lebenden Großvätern kommunizierte, mit dem biologischen und dem sozialen Großvater. Den ersten wollte er besser kennenlernen und verstehen, warum er nicht aufbegehrt hatte gegen seine Instrumentalisierung. Den zweiten, der ihm vertraut war, wollte er zu Rate ziehen, um sich nicht in haltlosen Spekulationen zu verlieren. Seinen eigenen, seinerzeit mit schwarzen Klebeblättchen markierten Seiten folgend, las Simon zuerst noch einmal Hitlers Ausführungen und widmete sich dann Opapas Anmerkungen. „Der Jude“ wirkte auf Hitler in jeder Hinsicht abstoßend. Körperlich sei er unsauber, ließe jegliche Hygiene vermissen und ströme einen unangenehmen Geruch aus, was Hitler zu der Vermutung verleitete, dass diese äußerlichen Merkmale ein Hinweis auf „die moralischen Schmutzflecken des auserwählten Volkes“ seien. Die Angehörigen dieses Volkes hätten sich als „Drohnen“ und „Parasiten“ unter dem Vorwand, eine Religionsgemeinschaft zu sein, in anderen Völkern eingenistet und dort die ökonomische Hoheit an sich gerissen. Der Geldhandel auf der Basis von Wucherzinsen habe den Juden reich gemacht und im Zuge seiner „Menschenausbeutung“ die von ihm Abhängigen auf den „Götzen Mammon“ eingeschworen. Infolgedessen seien die „ideellen Tugenden praktisch hinter den Wert des Geldes getreten, denn es war klar, daß, auf solchem Wege erst begonnen, der Schwertadel in kurzer Zeit schon hinter dem Finanzadel zurücktreten mußte ... Die Börse begann zu triumphieren und schickte sich an, langsam aber sicher das Leben der Nation in ihre Obhut und Kontrolle zu nehmen.“

Dass „der Jude" so erfolgreich bei der Zersetzung der germanischen Volksseele – der „Bastardisierung" durch „Entgermanisation" – gewesen sei, führte Hitler auf die jüdische Dominanz der Presse zurück, die einer „Verjudung unseres Seelenlebens und Mammonisierung des Paarungstriebes" Vorschub geleistet hätte. Die Zeitungen hätten durch permanente „Volksbelügung und Volksvergiftung" die geistigen Ressourcen des arischen Volkes zerrüttet und dadurch der weißen Rasse unendlichen Schaden zugefügt.

Simon breitete Opapas Notizen vor sich aus und staunte wieder einmal über die winzige, wunderschöne Handschrift, die weder Tinten- noch Altersspuren aufwies.

Du musst wissen, dass ich dieses Buch schon sehr früh gelesen habe, im Unterschied zu den meisten meiner Zeitgenossen, in deren Haushalten es in irgendeiner Ecke un- oder höchstens angelesen verstaubte. Ich kannte also Hitlers Aversion, um nicht zu sagen: Hass gegen alles Jüdische. Aber ich tat das, damals etwa Mitte 20 und auf das Ende meines Studiums der Geschichte zusteuernd, als eine Art Marotte ab, nicht ahnend, dass die Ausmerzung der Juden bereits in vollem Gang war, obwohl mein Bruder Michael mir manchmal klagte, dass ständig einer seiner Mitarbeiter, manchmal mitsamt der ganzen Familie, verschwand. Als junger aufstrebender Architekt fehlten ihm von heute auf morgen einige seiner besten Leute, allesamt jüdischer Herkunft. Ich kann heute nur hoffen, dass sie nicht alle deportiert worden sind, sondern sich rechtzeitig ins Ausland absetzen konnten. In meinem beruflichen und privaten Umfeld gab es karrierebedingt oft Wechsel, aber niemand unter meinen Freunden und Bekannten fehlte plötzlich aus unerfindlichen Gründen.*

Mit dem Sternchen an „Michael“ signalisierte Opapa eine Anmerkung auf der Rückseite des Blattes. Simon musste eine Lupe zu Hilfe nehmen, um sie zu entziffern:

> *Eigentlich sind Michael und ich keine Blutsbrüder. Als ich drei Jahre alt war, sind meine Eltern kurz hintereinander verstorben, an einer Art Fieber, wie man mir später erklärte, wahrscheinlich war es eine Influenza. Michaels Mutter und meine Mutter waren zusammen zur Schule gegangen, es verband sie auch später eine enge Freundschaft. Nach dem Tod meiner Eltern wurde ich von Michaels Eltern adoptiert, und er und ich – fast gleichaltrig – wuchsen zusammen auf. Wir bekamen zwei Jahre später noch eine Schwester, Hildegard, die aber bereits nach vier Monaten „wieder zurück zu den Engeln“ ging; plötzlicher Kindstod würde man heute wohl sagen.*

Simon drehte das Blatt wieder um und las weiter, was der Großvater zu Hitler geschrieben hatte.

> *Mir imponierte, was heute kaum nachvollziehbar ist, wenn man alte Wochenschauen sieht, Hitler als Person, wortgewaltig in seinen Reden und überzeugend in seinen Elogen auf das deutsche Volk. Wie er das fertiggebracht hat, kannst Du den von Dir selbst blau markierten Stellen entnehmen, an denen er sich über die Tricks der Propaganda auslässt.*

Simon schlug die Seite 116 in *Mein Kampf* auf. Dort pries Hitler „die Macht ... und die Zauberkraft des gesprochenen Wortes. Die breite Masse eines Volkes vor allem unterliegt immer nur der Gewalt der Rede. Alle großen Bewegungen aber sind Volksbewegungen, sind Vulkanausbrüche menschlicher Leidenschaften und seelischer Empfindungen, aufgerührt entweder durch die grausame Göttin der Not oder durch die

Brandfackel des unter die Masse geschleuderten Wortes." Den „Wert einer großzügigen Propaganda" sah er im „Einwirken auf die seelischen Instinkte der breiten Masse".

Im Grunde hatte Hitler nur Verachtung für die „große stupide Hammelherde unseres schafsgeduldigen Volkes". Doch eben dieses Volk brauchte er ja für seine Zwecke, entsprechend stellte er seine Reden nicht auf den Durchschnitt seiner Zuhörerschaft ab, sondern auf die weniger Gebildeten: „Jede Propaganda hat volkstümlich zu sein und ihr geistiges Niveau einzustellen nach der Aufnahmefähigkeit des Beschränktesten unter denen, an die sie sich zu richten gedenkt ... Gerade darin liegt die Kunst der Propaganda, daß sie die gefühlsmäßige Vorstellungswelt der großen Masse begreifend, in psychologisch richtiger Form den Weg zur Aufmerksamkeit und weiter zum Herzen der breiten Masse findet."

War das Herz erst einmal erobert, musste nur noch der Begriffsstutzigkeit der Leute abgeholfen werden, indem ihnen die immer gleichen Slogans eingehämmert wurden mittels „einer tausendfachen Wiederholung einfachster Begriffe", die sich dem Gedächtnis einbrannten.

Auf dieser Seite hatte sich ein zerknitterter Zettel des Großvaters festgeklebt. Simon las:

Wahrscheinlich fragst Du Dich jetzt, wie sich durch Hitlers Reden jemand angesprochen fühlen konnte, der nicht zu seinem Zielpublikum gehörte, sondern zu denen, die Hitler meistens eher abfällig als „wissenschaftliche Intelligenz" zu bezeichnen pflegte (so etwa auf S. 196). Ich kann das schwer erklären, aber der Sog seiner Reden zog auch mich in den Bann, obwohl mir schon im Hinterkopf klar war, dass ich manipuliert wurde. Wir waren alle Mitglieder der NSDAP, nicht weil man ein glühender Verehrer Hitlers war, aber trotzdem wurden wir immer wieder mitgerissen durch die Faszinationskraft, die Schlagwörter wie Freiheit,

Unabhängigkeit, germanisches Reich deutscher Nation usf. auf uns ausübten. Man fühlte sich als Mitglied eines großartigen Volkes unerhört wichtig und menschlich aufgewertet. Ganz davon abgesehen schadete es dem persönlichen Ansehen und den Karrierechancen, wenn man nicht Parteimitglied war. Hinzu kommt noch, dass wir durch unsere Sozialisation ja schon mit einer ähnlichen Form von Indoktrination vertraut waren. Nicht von ungefähr beruft sich Hitler verschiedentlich auf die katholische Kirche als positives Beispiel dafür, wie man Menschen für eine Idee begeistern, geradezu fanatisieren kann. Siehe Seite 506.

Simon, der kein Kirchgänger war, hatte sich in der Tat gewundert, dass Hitler keinen Anstoß an religiösen Glaubensbekenntnissen nahm. Andererseits hatte Omama öfter davon erzählt, wie der Pfarrer in ihrer Gemeinde voller Zorn von der Kanzel herab Blitz und Donner auf seine Schäfchen herabgeschleudert hatte, wenn sie vom Pfad der Tugend abwichen. Und ihnen das Paradies ausgemalt, das sie erwartete, wenn sie dem priesterlichen Machtwort gehorchten. Ja, dachte Simon, auch die Gottespropaganda konnte gewaltige Emotionen hervorrufen.

Opapas Hinweis folgend entdeckte er auf S. 506 die Parallele, die Hitler zwischen der Erfolgsgeschichte des Christentums und seiner eigenen „Weltanschauung" sah: „Auch das Christentum konnte sich nicht damit begnügen, seinen eigenen Altar aufzubauen, sondern mußte zwangsläufig zur Zerstörung der heidnischen Altäre schreiten. Nur aus dieser fanatischen Unduldsamkeit heraus konnte sich der apodiktische Glauben bilden; diese Unduldsamkeit ist sogar die unbedingte Voraussetzung für ihn."

Simon stand auf und klemmte sich das Buch unter den Arm. Er holte sich eins der Mobiltelefone und ließ sich auf dem Treppenlift nieder, den er jedoch nicht in Bewegung setzte.

Florian meldete sich sofort nach dem ersten Klingeln. „Hey Alter, geht es dir wieder besser? Brauchst du Nachschub?“

Simon wehrte lachend ab. „Du hörst dich irgendwie so hallend an, sitzt du etwa gerade auf dem Klo?“

Florians Gelächter riss ihm fast das Ohr ab. „Ertappt. Aber nicht, was du denkst. Ich brauchte mal eine kurze Auszeit und habe mich aufs stille Örtchen zurückgezogen. Da hat man wenigstens seine Ruhe und kann ein bisschen abschalten. Erzähl mir was. Bist du im Garten?“

„Nee, ich sitze oben im Treppenhaus und möchte dir gern etwas vorlesen, falls du gerade Zeit hast.“

„Für dich doch immer, schieß los!“

Simon trug die Stellen vor, an denen Hitler die Manipulation der breiten Masse durch geschickte Propaganda darstellte. Florian schwieg eine Weile und sagte dann: „Das ist Hitler, stimmt's?“ Ohne Simons Bestätigung abzuwarten, fuhr er fort: „Es ist schon eine Weile her, dass ich mich durch das Buch geackert habe, damals nach Dachau. Ich wollte wissen, wie ein Mann tickt, der Millionen Menschen bestialisch ermorden ließ, weil er ihnen unterstellte, dass mit ihrem Blut etwas nicht in Ordnung war. Ich habe mich dabei auf die Stellen konzentriert, an denen er seinem Rassismus freien Lauf lässt. Die Brisanz seiner Betonung der Propaganda ist mir damals entgangen. Aber ich verstehe, warum du mich darauf hinweist. Du denkst, dass wir mit unseren Werbefeldzügen gar nicht so weit weg sind von dem, was Hitler über den Wert von Propaganda sagt.“

Simon erwiderte, dass eine gewisse Ähnlichkeit nicht von der Hand zu weisen sei: „Reklame und Werbung, wie sie heutzutage gang und gäbe sind, scheinen mir in ihren Absichten vergleichbar zu sein. Auch ihr wollt doch die große Masse beeinflussen, indem ihr eure Werbesprüche mit aggressiver Eindringlichkeit tausendfach wiederholen lasst, bis auch der Dümmste sie so verinnerlicht hat, dass sie ihn sofort aus seinem Gedächtnis anspringen, wenn er den Artikel im Laden sieht, oder wenn ihn ein Zipperlein zwickt, das ihn zum Kauf dieser und nur dieser bestimmten Salbe animiert, deren Vorzüge ihm immer und immer wieder eingetrichtert wurden."

„Du hast recht", sagte Florian, „wir arbeiten mit Verführungsstrategien, um die Leute auf ein Produkt aufmerksam zu machen. Dabei bedienen wir uns simpler psychologischer Tricks, die allerdings bei einer einigermaßen intelligenten Werbung nicht nur Emotionen erzeugen sollen, sondern auch dem Gehirn Nahrung bieten."

„Ach", warf Simon ein, „das ist mir bisher nicht aufgefallen."

„Doch, in der Kosmetikwerbung zum Beispiel beruft man sich oft auf wissenschaftliche Studien, die den Erfolg einer Anti-Aging-Creme, eines Fettreduzierungsmittels und dergleichen mehr belegen."

Simon lachte: „Und dann steht im Kleingedruckten, dass fünf Frauen das Produkt getestet haben und mit dem Ergebnis zufrieden sind."

Florian seufzte. „Ja schon", räumte er ein, „manchmal ist das so. Aber es gibt doch einen entscheidenden Unterschied zwischen Hitler und uns. Wir wollen unsere Kundinnen und Kunden dahingehend beeinflussen, dass sie in möglichst großer Zahl unsere Produkte kaufen. Uns geht es ums Geld, und das bekommen wir nur, wenn die Firmen Gewinn machen. Hitler ging es um Befriedigung seiner Allmachtsgelüste, die er nur ausleben konnte, wenn es ihm durch rhetorische Täuschungsmanöver gelang, die Massen für seine Zwecke zu mobilisieren."

Simon dachte eine Weile nach, bevor er sich zu einer Antwort entschloss. „Es besteht ein qualitativer Unterschied, ohne Zweifel. Und doch ist in industrieller Werbung meistens ein Sündenbock versteckt, der den Adressaten ein schlechtes Gewissen machen soll. Ihnen wird unter Vortäuschung falscher Tatsachen suggeriert, dass sie schlank, faltenlos, hygienisch gepflegt und weiß der Teufel was noch sein können. Und dass es an ihnen liegt, ihrem Körperfett, ihrer schlaffen Haut und ihrem üblen Geruch den Garaus zu machen, wenn sie nur die dazu angeblich unverzichtbaren Mittel kaufen. Verstehst du, Florian. Wir beide machen uns immer über die flotten Werbesprüche lustig, weil wir wissen, dass sie, wenn überhaupt, nur bedingt die Erfolge in puncto Gesundheit, gutes Aussehen, persönliches Prestige haben, die ihr versprecht. Aber genau genommen wird dabei immer jemand unterschwellig diskriminiert, jemand, der, wenn er nicht schon selber Komplexe hat, eben solche eingeredet bekommt und weil er darunter leidet, Geld zu deren Beseitigung in die Hand nimmt."

„Ja vielleicht", räumte Florian ein. „Und doch bin ich sicher, dass die Mehrheit unserer Kundschaft das Spiel kennt. Dass keine Creme und keine Haarkur bewirkt, dass eine Frau wie Jane Fonda mit 70 noch wie ein Abziehbild ihrer mittleren Jahre daherkommt, weiß im Grunde jeder, der einen gesunden Menschenverstand hat. Aber uns reicht als Köder ja schon die Illusion, dass möglicherweise doch etwas dran ist an dem übertrieben schöngeredeten Produkt. Wenn es dann auch nur eine sagen wir 20-prozentige Wirkung hat, sind die Leute trotzdem zufrieden. Der Rest ist Placebo, und wie du weißt, kann man sogar mit völlig wirkstofffreien Mitteln Geld machen."

Simon wollte es dabei belassen. Florian hatte ja recht, dass die Leute sich oft nicht ungern ihr Gehirn benebeln ließen und aus der Werbung vielleicht sogar Hoffnung auf Verbesserung ihrer vermeintlichen Mängel schöpften. „Hör zu, Florian. Ich wollte dich nicht provozieren und schon gar nicht in eine Ecke mit einem Massenmörder stellen. Was dich auszeichnet in deiner Branche, ist dein Witz und dein Humor. Man merkt deinen frivolen Sprüchen an, dass du auch über dich selbst lachen kannst. Damit regst du die Fantasie der Leute an, die merken, dass sie nicht einfach einem plumpen Verführer aufsitzen, sondern mit einem gewissen Charme umgarnt werden."

„Das tröstet mein angeknackstes Selbstbewusstsein sehr, wenn du mir solchen Honig um den Mund schmierst“, gab Florian zurück und erkundigte sich übergangslos nach dem Befinden von Simons Mutter. Simon hörte den besorgten Unterton heraus. „Du magst Mama.“ Es war keine Frage, sondern eine sachliche Feststellung.

„Ja, ich mag deine Mama. Und ich mochte auch deine alten Herrschaften. Ich habe dich immer beneidet um deine Familie, alle so gediegen, mit einem weiten Horizont und einer differenzierten Sicht der Dinge.

Schau dir dagegen meine Eltern an. Meine Mutter ist die personifizierte Oberflächlichkeit. Hat nur Shoppen und Illustriertenkitsch im Sinn. Mit ihr kannst du bloß über Fernsehstars reden, da allerdings kennt sie sämtliche verfügbaren Details aus deren Privatleben. Und mein Vater ist absolut unfähig, über Alltägliches zu kommunizieren. Wenn du ihn anschaust, siehst du in seinen Augen nur Börsennotierungen und Bilanzen. Mit Zahlen kennt er sich aus, die füllen sein Gehirn praktisch komplett aus, so dass alles andere an ihm abprallt.“

„Du übertreibst“, mahnte Simon. „Was ist denn eigentlich mit deinen Großeltern?“

Florian brach in krachendes Gelächter aus. „Meine Großeltern beiderseits“, keuchte er, „haben sich vor ein paar Jahren zu viert ein Haus auf Mallorca gekauft. Darin leben sie seit der Pensionierung der Männer und genießen angeblich ihr Leben. Sie sind alle um die siebzig, die Frauen ein bisschen drunter, die Männer etwas drüber.“

„Was ist daran so komisch?“, wollte Simon wissen.

„Oh, ich glaube, die Kolonie von Deutschen dort ist ein großer Swinger-Club. Abend für Abend werden die Partner getauscht, und wenn man alle durch hat, fängt man wieder von vorn an. Behauptet jedenfalls meine Mutter, die ihre Eltern und Schwiegereltern schon mehrmals besucht hat.“

„Klingt irgendwie unappetitlich, vor allem bei älteren Leuten", befand Simon, der sich seine Großeltern in einem Swinger-Club überhaupt nicht vorstellen konnte. Er sah Omamas hochgezogene Augenbrauen förmlich vor sich und die spöttisch herabgezogenen Mundwinkel, mit denen sie sexuelle Anspielungen wortlos zu kommentieren pflegte.

„Kann man wohl sagen", bestätigte Florian. „Hör zu, ich muss wieder an die Arbeit. Wir sollten uns bald einmal treffen. Ich kann mich mit niemandem so gut unterhalten wie mit dir. So long, altes Haus. Wir sehen uns."

Simon blieb auf dem Treppenlift hocken und rief seine Mutter an. Sie schien entspannt, sagte, sie döse auf dem Balkon, in eine dicke Decke eingemummelt, habe die Dünen im Blick, über die der Wind wellenförmig hinwegfege und die langen Reetgräser kräftig durchkämme. „Übermorgen komme ich für ein paar Tage nach Düsseldorf. Der Termin für die Nachuntersuchung in der Klinik ist fällig. Ich schaue bei dir vorbei, wenn es dir recht ist." Simons Einwand, er wäre vielleicht noch ansteckend, tat sie mit der Bemerkung beiseite, dass sie als Kind Windpocken gehabt hätte und deshalb immun sei.

Simon eilte wieder in die Bibliothek zurück. Er wollte bis zur Ankunft seiner Mutter einigermaßen im Bild sein über Micki und die Lebensumstände seiner beiden Großväter. Er war immer noch unschlüssig, ob er seiner Mutter die Briefe zeigen oder einfach sagen sollte, es hätte sich um Irrläufer gehandelt, die im Müll gelandet seien. Aber sie würde es merken. Er war einfach ein schlechter Lügner.

Florian hatte sich auf Hitlers Rassentheorie konzentriert, und die wollte Simon noch als Letztes anhand seiner roten Klebeblättchen für sich rekonstruieren. Er begann mit Opapas Notizen, die ihn darauf hinwiesen, dass „die Natur" für Hitler die Grundlage war, auf der er sein Menschenbild aufbaute. In der Natur gab es keine Vermischung der Arten. Tiere hielten ihre Rasse rein, indem sie sich nur unter ihresgleichen paarten. Wenn es gelegentliche Ausrutscher gab, waren die Nachkommen minderwertig, meistens sogar unfruchtbar. Das gleiche passiere auch bei den Menschen, wenn die Rassen nicht strikt getrennt blieben.

Hitler plädierte für die Aufrechterhaltung „des natürlichen Kampfes um das Dasein, der nur den Allerstärksten und Gesündesten am Leben läßt“, und machte sich lustig über die „humanen“ Bemühungen seiner Zeitgenossen, auch und gerade die Schwachen, Lebensunfähigen, die im „natürlichen“ Überlebenskampf ausgemerzt würden, „um jeden Preis zu ‚retten‘, womit der Keim zu einer Nachkommenschaft gelegt wird, die immer jämmerlicher werden muß, je länger diese Verhöhnung der Natur und ihres Willens anhält“. Entsprechend gereizt reagierte Hitler deshalb auf die Vermischung von Völkern.

„Widerwärtig war mir das Rassenkonglomerat, das die Reichshauptstadt zeigte, widerwärtig dieses ganze Völkergemisch von Tschechen, Polen, Ungarn, Ruthenen, Serben und Kroaten usw., zwischen allem aber als ewiger Spaltpilz der Menschheit – Juden und wieder Juden ... Mir erscheint die Riesenstadt als die Verkörperung der Blutschande.“

Die Schuld daran trug selbstredend der Marxismus: „Die jüdische Lehre des Marxismus lehnt das aristokratische Prinzip der Natur ab und setzt an die Stelle des ewigen Vorrechtes der Kraft und Stärke die Masse der Zahl und ihr totes Gewicht. Sie leugnet so im Menschen den Wert der Person, bestreitet die Bedeutung von Volkstum und Rasse und entzieht der Menschheit damit die Voraussetzung ihres Bestehens und ihrer Kultur.“ Gegen den bereits fortgeschrittenen „Entdeutschungsprozeß“ will Hitler zu Felde ziehen, um dem „allgemeinen Rassenbrei des Einheitsvolkes“ Einhalt zu gebieten. „Für was wir zu kämpfen haben, ist die Sicherung des Bestehens und der Vermehrung unserer Rasse und unseres Volkes, die Ernährung seiner Kinder und Reinhaltung des Blutes". Nach Hitler „entspricht die völkische Weltanschauung dem innersten Wollen der Natur ... Wir alle ahnen, daß in ferner Zukunft Probleme an den Menschen herantreten können, zu deren Bewältigung nur eine höchste Rasse als Herrenvolk, gestützt auf die Mittel und Möglichkeiten eines ganzen Erdballs, berufen sein wird."

Simon mochte die weiteren von ihm markierten Stellen nicht mehr heranziehen. Ihm reichte das Gelesene, und er griff nach Opapas Einlegeblatt. Eigentlich waren die Auslassungen Hitlers so eindeutig, dass er meinte, ohne fremde Interpretationshilfe auszukommen. Aber er fand, dass es ein erheblicher Unterschied war, ob ein Zeitzeuge sich aus dem Abstand von mehr als einem halben Jahrhundert dazu äußerte oder jemand, der sich für seine Urteilsbildung nicht auf persönlich Erlebtes stützen konnte. Dann war er doch überrascht, dass der Großvater Hitlers Machttrieb eng mit dessen Naturverständnis verknüpfte. Ihm war zwar auch aufgefallen, dass sich Hitler öfter auf die Natur berief, aber welchen Stellenwert dieser Begriff in seiner Weltanschauung spielte, war ihm nicht klar geworden. Opapa hingegen setzte gerade daran an:

Ich glaube nicht, dass Hitler einfach ein Machtmensch war, der Macht um der Macht willen begehrte. Er sah sich als Erfüllungsgehilfen der Natur, und seine furchtbaren Euthanasieprogramme waren aus seiner Sicht Säuberungsaktionen, die er im Dienst der Natur vollbrachte. Er war davon überzeugt, dass die Menschen infolge ihres humanistischen und marxistischen Erbes einem Irrtum aufgesessen seien, indem sie nämlich glaubten, sie hätten bessere Ziel- und Zweckvorstellungen als die Natur. Aber damit hätten sie der Natur ins Handwerk gepfuscht, und dies gelte es wieder zu korrigieren. Daraus zog er die Berechtigung, sich mit allen verfügbaren Mitteln um die Weltmacht zu bemühen, weil damit die Möglichkeit verbunden war, den Erdball zu säubern und eine rassenreine höhere arische Menschheit heranzuzüchten, die dem von ihm angenommenen ursprünglichen Zweck der Natur entsprach. Bis es so weit war, mussten „defekte Menschen" davon abgehalten werden, sich fortzupflanzen, sei es, dass sie aus eigener Vernunft darauf verzichteten (279, vgl. 446f.), sei es, dass man sie sterilisierte oder gleich ausmerzte. Bis die Höherentwicklung der Menschheit abgeschlossen ist, hält Hitler „die Verwendung niederer Menschen", die ja dann mit der Zeit aussterben werden, für notwendig, jedenfalls so lange, als sie fehlende technische Hilfsmittel ersetzen und damit zur „Bildung höherer Kulturen" beitragen. (322f.) Man weiß natürlich nicht, wie weit Hitler selbst von seiner These überzeugt war, dass „in der Hingabe des eigenen Lebens für die Existenz der Gemeinschaft ... die Krönung alles Opfersinnes" liege. Oder ob sein „Idealismus", unter dem er „die Aufopferungsfähigkeit des einzelnen für die Gesamtheit, für seine Mitmenschen" verstanden wissen will, in erster Linie Propagandazwecken dient oder suggerieren soll, dass er seine Parole „Pflichterfüllung, das heißt, nicht sich selbst genügen, sondern der Allgemeinheit dienen" (327) durchaus selbst beherzigt, indem er sich in die Tradition Friedrichs des Großen stellt, der ja bekanntlich als erster Diener seines Volkes gelten wollte.

Simon drehte Opapas Blatt um.

Was kann man gegen das alles einwenden? Den Hebel kann man meines Erachtens nur an der menschlichen Natur ansetzen, die mehr ist, als der biologische Begriff umfasst. Die Natur im Sinne der Naturwissenschaften hat keine Absichten und Pläne. Naturprozesse sind nicht zielgerichtet, sondern unterliegen dem Zufallsprinzip. Wir versuchen dann, einen Zusammenhang in das Chaos zu bringen, nach dem kausalmechanischen Muster des Stoßens und Gestoßenwerdens. Alle Wertungen kommen vom Menschen her. Er spricht den Dingen einen Wert zu oder ab, weil er sich bis zu einem gewissen Grad vom natürlichen Evolutionsprozess emanzipiert hat und davon abweichende eigene Ziele verfolgen kann, auch solche, die im Widerspruch zur Natur stehen. Der Mensch hat sich als seiner selbst bewusst werdendes Wesen zu einem kulturellen Wesen entwickelt, das auch Lebewesen einen Wert zuschreibt, die unter reinen Naturbedingungen untergehen würden. Dieser „Humanismus" ist das Fundament aller Moral, wohingegen die Natur morallos ist.

Hitler stützt demnach sein Handeln auf eine der Natur unterstellte Werthaftigkeit. Das ist in unserer christlichen Tradition nichts Ungewöhnliches. Wir haben gelernt, dass Gott die Welt erschaffen hat, und dieses göttliche Gütesiegel verleiht ihr Wert. Hitler könnte also argumentieren, dass er eigentlich dem göttlichen Willen gehorcht, wenn er dafür sorgt, dass Naturprozesse den Maßstab für menschliches Handeln abgeben. Damit erstattete er der Schöpfung gleichsam ihre ursprüngliche Würde zurück, die von den Menschen aufgrund ihrer Missachtung der von der Natur zum Zweck der Höherentwicklung verfolgten Strategien mit Füßen getreten worden sei. Dass dieses Argument nichts taugt, liegt auf der Hand, denn nach christlicher Auffassung sind wir alle Kinder Gottes. Die Menschheit bildet eine große Familie, deren Mitglieder alle gleichberechtigt sind. Verstehst du den springenden Punkt, Simon? Von Natur aus sind wir nicht alle gleich, sondern verschieden. Aber als Kinder Gottes sind wir alle gleich viel wert. Die Nächstenliebe ermöglicht es uns, die Unterschiede, die immer Reibungsflächen bieten und deshalb konfliktträchtig sind, zu überwinden und uns als Verschiedene zu akzeptieren. Genau das ignoriert Hitler, und seine Berufung auf die Natur dient ihm nur als Deckmantel für seine Verbrechen.

Einverstanden, dachte Simon. Aber was ist, wenn wir den Gottesbegriff streichen? Wenn wir die Schöpfungsgeschichte durch die Evolutionstheorie ersetzen? Dann hat die Natur von sich aus in der Tat keinen Wert, weil sie ja nicht als Produkt eines Gottes geglaubt wird, der ihr Wert verleiht, sondern als Folge einer Ur-Explosion, aus der das Universum als ein nach seinen eigenen Gesetzen expandierendes Konglomerat hervorgegangen ist. Simon entdeckte noch einen weiteren, wesentlich kleineren Notizzettel, auf dem Opapa eine Antwort auf genau diese Frage gab:

> *Wenn es keinen Gott gibt, sind die Menschen die alleinigen Urheber von Werten. Sie bestimmen, was als gut und böse zu gelten hat, aber nicht jeder für sich allein, sondern gemeinsam. Und das leitende Prinzip dabei ist die goldene Regel, die der Freiheit ihre Grenze an der Freiheit der anderen setzt. Hitlers Verstoß gegen dieses Prinzip disqualifiziert sein ganzes Theoriegebäude, das auf purer Willkür errichtet ist – das Kennzeichen aller Demagogen.*

Simon klappte das Buch zu und fischte noch einen Zettel heraus, dessen Ecke am oberen Rand hervorlugte. Darauf hatte Opapa notiert:

> *Nicht zu vergessen: Der blitzartige Überfall deutscher Truppen (unter dem Namen „Barbarossa“) auf die Sowjetunion 1941 führte zu 21 Millionen Toten. Versumpfte Gebiete und der harte Winter verhinderten jedoch einen schnellen Sieg der deutschen Wehrmacht.*

Simon schob den Zettel zurück in das unsägliche Buch. Micki war einer dieser 21 Millionen Toten, so gesehen eigentlich ein Niemand. Und doch wie all die anderen auch ein geliebter und schmerzlich vermisster Mensch. Er erhob sich und beschloss, die Lektüre der restlichen Feldpostbriefe Mickis auf den nächsten Tag zu verschieben. Er stellte Hitler zurück ins Regal hinter Clausewitz, weil er fand, Theodor Heuss und Homer hätten diese Gesellschaft nicht verdient. Und da sie ihm auch keinem anderen Autor zumutbar schien, verbannte er das Buch in sein altes Versteck. Er erhitzte eine Lasagne in der Mikrowelle und verzehrte sie gleich in der Küche. Die Gedanken an den zweiten Weltkrieg begrub er in dem käsecremigen Spinat, der unter dem Nudelteig hervorquoll und sofort Omamas vorwurfsvollen Blick heraufbeschwor. Sie konnte es nicht leiden, wenn Tochter und Enkel alles, was sie auf dem Teller vorfanden, miteinander vermengten, bevor sie sich ans Essen machten. Die liebevoll angerichteten Kartoffeln wurden mit den Gemüsebuketts und dem Fleisch oder Fisch in der Sauce zu einem Einheitsbrei verknetet, den sie behaglich verspeisten. „Da kann ich doch gleich jeden Tag ein Eintopfgericht machen und euch die Mühe ersparen", schimpfte die Großmutter und warf Opapa einen drohenden Blick zu, dass er es ja nicht wage, sich an der „unappetitlichen Manscherei" zu beteiligen. Sie hatte nie verstanden, welches Vergnügen der Einsatz der Gabel Simon und seiner Mutter bereitete. Erst dadurch wurde die Mahlzeit für sie genussfähig.

Tod eines Frontsoldaten

Als Simon am nächsten Tag erwachte, fühlte er sich erfrischt, eigentlich seltsam nach den gestrigen Leseeindrücken, die ihn mit einer ihm bisher unbekannten Intensität bewegten. Nach einem Blick in den Spiegel fand er, dass er nicht mehr wie ein Aussätziger aussah. Die Flecken waren zwar noch sichtbar, aber verblasst und wurden nun von einem rosigen Schimmer überstrahlt, der den Anschein von heraufkommender Gesundheit erweckte. Vorsichtig betastete er die neue Haut in seinem Gesicht und konstatierte erstaunt, dass sie sich trotz ihrer Zartheit robust und weniger empfindlich anfühlte. Übermorgen, nach der Abreise seiner Mutter, würde er einen langen Spaziergang am Rhein entlang machen. Er konnte ja die letzten Spuren der Krankheit im Gesicht mit Großmutters Camouflage abdecken. Omama hatte am Schluss den Kampf gegen die Altersflecken aufgegeben und ihren Teint jeden Morgen mit einem dickflüssigen Gemisch aus Creme und Puder so aufpoliert, dass ihr Gesicht makellos glatt aussah. Auch die Hände und was von ihren Unterarmen sichtbar war, bekamen einen leicht bräunlichen Anstrich, was erheblich zu ihrer Selbstoptimierung beitrug.

Er wandte sich wieder seinem anderen, dem leiblichen Großvater zu, der ihm, wie er bereits wusste, bald entrissen würde.

2.9.1942
Seit gestern Mittag befinden wir uns wieder mitten in der Hölle drin. Wann mag es sich hier mal ändern? Wir sind wieder Rausschmeißer geworden. Unseren Rest hat man zu einer Gruppe zusammengeworfen. Nun warten wir hier vorne hinter der H K-L darauf, dass der Russe in unserm Battl. Bereich irgendwo durchbricht, um ihn wieder he-

rauszuschmeißen. Das reibt einem vielleicht die Nerven auf. Gestern kam Dein Brief Nr. 94, das Päckchen Zigaretten und die Illustrierten. Den Zucker hättest Du Dir aber ruhig für Dich behalten können. Ich nahm an, Du hättest wieder soviel Zucker wie im vorigen Jahr gehabt. Für heute will ich schließen. Die Essensträger sind gerade hier und nehmen den Brief mit, sonst bleibt er bis Morgen hier.

Simon brauchte eine Weile, bis er sich wieder zurechtfand in Mickis immer aussichtsloser werdender Situation. Sein Grüppchen war zusammengeschmolzen bis auf einige wenige, die dafür zu sorgen hatten, dass der Feind das Bataillon nicht auseinandersprengte. Etwas zu rauchen, etwas zu lesen und etwas Süßes – was für ein kleiner Trost, um die strapazierten Nerven zu beruhigen, wenn man sich in der „Hölle“ befand.

5.9.1942
Habe gerade das Päckchen mit Plätzchen von Iris bekommen. Gib Iris einen Kuss von mir und sage ihr, sie hätten wunderbar geschmeckt. Man hat ja hier immer so einen Heißhunger auf etwas Süßes. Dein Brief Nr. 96 ist angekommen und die Zigaretten. Das scheint mir ja gut zu werden, wenn Iris sich jetzt schon so gut mit Jungen versteht. Aber der Apfel fällt nicht weit vom Roß. Hoffentlich bin ich im nächsten Jahr zu Hause und kann mit ihr spazieren gehen. Ich freue mich jetzt schon darauf. Ich freue mich jetzt schon schrecklich auf den angekündigten Kuchen von Dir. Ich hoffe, Du musst deshalb nicht lange hungern. Das will ich nicht. Dann ist es mir lieber, Du schickst mir nichts. Besondere Wünsche an Kleinigkeiten habe ich nicht, da Du selbst froh bist, satt zu werden. Du machst mir einen langen Hals, wenn Du von Bratkartoffeln, Bier und Lachs schreibst. Wir bekommen nun öfters gemahlenen Kaffee in Würfeln. Der besteht aus 40% Bohnen, 40% Zucker und 20% Mu-

ckefuck und ist immer prima. Meine Division hat die Nr. 329. Augenblicklich sind wir der 5ten Jäger Division unterstellt. Seitdem ist die Verpflegung bedeutend besser und der Tod viel näher gerückt. Was soll ich Dir noch viel schreiben? Das Grauen und Entsetzen liegt einem in den Knochen. Hier werden einem die Nerven ganz aufgerieben. Gestern haben wir mit unserm Stoßtrupp wieder hart rangemußt. Manche Kameraden sind nicht mehr. Ich bin der letzte Uffz., der noch übrig geblieben ist. Von meiner Gruppe ist noch ein Mann da. Die Uniform und die Wäsche hängt uns in Fetzen herunter. Wann mag das alles einmal ein Ende nehmen? Nun will ich (6.9.) schnell zu Ende schreiben. Es ist Sonntagmittag. Ich komme gerade von vorne. Ein SMG Bunker ist total zerschossen worden. In der kommenden Nacht werde ich ihn erneuern. Heute Nachmittag lasse ich die Vorarbeiten machen. Jetzt bin ich schon bald 10 Monate von Euch fort. Manchmal verliert man doch allen Mut und alle Hoffnung.

Das war wieder einer der längeren Briefe, und zum ersten Mal ließ Micki sich über seine kleine Tochter aus, die inzwischen anderthalb Jahre war und, mit Schickis Unterstützung, Plätzchen gebacken hatte für ihren abwesenden Vater. Simon, der Süßem ebenfalls zugetan war, konnte diese in fast jedem Brief spürbare Gier nach Zucker gut nachvollziehen. Zwar schien die sonstige Ernährung inzwischen besser zu sein, aber dafür haperte es mit der Kleidung. Und dass so viele Kameraden gefallen waren, machte es für Micki nicht leichter, zumal die Hoffnung auf ein baldiges Ende des Krieges in weite Fernen gerückt war. Simon konnte nicht verstehen, warum der Kampf weitergeführt werden musste, obwohl ein Sieg immer aussichtsloser war. Wie stand es denn um Hitlers viel beschworene Verantwortung, wenn er lieber seine Soldaten opferte als zum Rückzug zu blasen?

8.9.1942

Habe leider noch keine Post von Dir bekommen. Die Päckchen mit Zucker sind auch noch nicht da. Vorgestern Nacht habe ich nun den SMO Stand gebaut. Ich hatte 5 Mann zur Verfügung. Einige Male sind wir mit MG Feuer belegt worden. Alle 5–10 Minuten ging eine Leuchtkugel bei uns oder den Russen hoch. Während der Brenndauer muß natürlich alles erstarren. Morgens um 4 Uhr stand der Bunker, und es gingen die ersten Feuerstöße heraus. Um 5 Uhr ging ich schlafen und wurde um 7 Uhr bereits wieder zum Kommandeur geholt. An der HKL ist eine Stelle von 30 m ohne jeden Kugelschutz. An dieser Stelle sind schon viele Kameraden verwundet worden oder gefallen. Wenn wir zur Stellung unseres Zuges müssen, müssen wir auch dort vorbei. Ich sollte mir das mal ansehen, was dort zu machen sei. Da ich die ganze HKL hier kenne, wußte ich aber schon Bescheid. Ich wollte eine Palisade von 30 m Länge und 1 m Höhe dahin bauen. Gestern habe ich tagsüber die Stämme fällen lassen. Gestern abend bei Dunkelheit wollte ich sie nach vorne schaffen und die Arbeit ausführen lassen. Um 19 Uhr setzte ein ganz tolles MG und Gewehrfeuer ein, so daß wir nicht weiter konnten. Ein Mann neben mir wurde sofort verwundet. Als das Feuer nicht nachließ, ging ich zum Alten. Er überließ es mir aber, was ich tun wollte. Um 21 Uhr habe ich die Männer fortgeschickt. In der Nacht fing es furchtbar an zu regnen. Das Feuer hielt bis morgens an, so daß wir nicht mehr raus konnten. Jetzt will ich versuchen, ob ich die Arbeit diese Nacht ausführen kann. Heute morgen haben wir immer wieder einen Weg nach unserer Stellung erkundet, damit unsere Trägerkolonnen nicht mehr an dieser gefährlichen Stelle vorbei müssen. Diesen Weg haben wir nun gekennzeichnet und ausgebessert. So hat man Tag und Nacht Arbeit und muß jeden Moment bereit sein, irgendwo eingesetzt zu werden. Dabei Läuse und nochmals

Läuse. Es ist ganz schrecklich. Sieh doch mal zu, ob Du nicht ein paar Pakete Läusepulver bekommen kannst. Dafür wäre ich Dir sehr dankbar. Heute gab es eine Tafel Schokolade. Wir haben alle so Magenkrämpfe und Durchfall von dem einseitigen Essen, daß man direkt verrückt auf ein Stück Schokolade ist.

Simon konnte sich anhand dieses Berichts zum ersten Mal ein genaueres Bild davon machen, welche Aufgabe Architekt Micki nebenbei zu erledigen hatte, wenn er nicht ins Gefecht geschickt wurde. Er musste unter größten Gefahren Bunker bauen und Schutzwände errichten, aus Materialien, die er im sumpfigen Kampfgebiet vorfand. Trotzdem schienen diese Maßnahmen nur unzureichend, da die Verluste in der Truppe beträchtlich waren. Und immer noch oder wieder von Neuem die Läuseplage, als ob auch die Natur sich gegen die Eindringlinge in ihre Domäne zur Wehr setzte. Wahrscheinlich blieb auch „der Russe", bei dem die hygienischen Verhältnisse wohl kaum besser waren, nicht von dieser Plage verschont. Aber ein Trost war das sicher nicht.

9.9.1942
In der vergangenen Nacht sind wir nicht heraus gewesen. Ich war beim Alten und habe ihm gesagt, daß die Leute so müde wären und bald über ihre eigenen Beine fielen. Daraufhin konnten wir schlafen. Schlafen kann man aber vor lauter Läusen auch nicht. Das ist so schlimm, davon kannst Du Dir keinen Begriff machen. Nachher muß ich wieder den Eltern eines gefallenen Kameraden schreiben. Es sind schlimme Zeiten.

10.9.1942
Hurra die Post war da. Deine 4 Päckchen mit Zucker und eines mit Zigaretten. Sowie die Briefe Nr. 97/98. Recht

vielen Dank für alles. Meinen Schneeorden werde ich demnächst bekommen. Durch meine Versetzung war das verklüngelt worden. An Urlaub ist gar nicht zu denken. Wir bauen schon unsere Winterstellungen aus. Es ist zum Kotzen. Da wird der Russe uns wohl den Kessel wieder zumachen.

Müdigkeit, Läuse, Tod, Zucker – das waren die Stichwörter, die sich durch fast alle Briefe hindurchzogen. Und auf der anderen Waagschale ein Orden in Anerkennung der geleisteten Verdienste, diesmal der „Schneeorden", oder war das nur ein anderer Name für den „Eisorden"? Jedenfalls schien er Micki wie alle übrigen Auszeichnungen viel zu bedeuten. Simon musste unwillkürlich an die „Fleißkärtchen" denken, die Omama ihm einmal gezeigt hatte, als sie „alten Kram aus der Schulzeit" ausmistete. Es handelte sich um rechteckige weiße Kartons in Visitenkartengröße, auf denen mit Goldbuchstaben vermerkt war „Ohne Fleiß kein Preis". Auf die Rückseite hatte die Lehrerin oberhalb einer gepunkteten Linie den Namen der Schülerin geschrieben. Omama besaß einen kleinen Stapel solcher Kärtchen, doch Simons bewundernden Ausruf, was für eine tolle Schülerin sie gewesen sein musste, tat sie ab mit der Bemerkung: „Ich war alles andere als fleißig, habe immer nur gerade das Allernötigste getan und keinen Stich mehr. Doch das ist nicht mein Verdienst. Mutter Natur hat mir freundlicherweise ein bisschen mehr Grips mitgegeben als dem Durchschnitt. Deshalb brauchte ich mich nicht groß anzustrengen. Aber die Dinger waren von allen sehr begehrt und haben meinem Selbstwertgefühl gutgetan." Mickis Blechorden waren wohl auch so eine Art „Fleißkärtchen" – militärisches Lametta, das er bitter nötig hatte, um sein Selbstwertgefühl zu stärken und überhaupt noch einen Sinn in dem zu sehen, was er tat beziehungsweise tun musste.

14.9.1942
Nun will ich mir doch noch die Zeit zum Schreiben nehmen. Ich habe mir einen toten Winkel an der HKL ausgesucht, sonst komme ich überhaupt nicht dazu. Gestern morgen führte ich einen Trupp Russen nach vorne, die müssen uns die Stämme tragen, die wir hinten schlagen. Da wurde wieder ein Russe durch Scharfschützen abgeknallt. Er hatte einen Hüftschuß und starb kurze Zeit später. Ein Kommando Pioniere habe ich, die am Batl. Gefechtsplatz allerhand Arbeiten ausführen, und eine Kolonne am Wegebau. So habe ich den ganzen Tag viel Arbeit und kaum Zeit zum Entlausen. Was soll ich nur noch schreiben? Ich weiß es nicht. Das kann man nur später mal alles erzählen. Sonst bekamen wir pro Tag 1/3 Brot. Da kam ich ganz gut mit aus. Nun da wir wieder im Einsatz liegen, erhalten wir ½ Brot. Das Brot schneiden wir uns in Schnitten und rösten es. Dadurch ißt man viel mehr und kommt deshalb kaum aus. Gestern habe ich endlich den Winterorden verliehen bekommen. Wenn ich nun noch das EK und das Infanterie-Sturmabzeichen und später das Kriegs-Verdienst-Abzeichen erhielte, dann käme ich aus.

Offenbar hatten die Gefechte nicht nur Verluste auf der eigenen Seite zu verzeichnen, sondern auch Zuwächse in Gestalt von russischen Gefangenen, die umstandslos herangezogen wurden für Schwerarbeiten. Sie mussten die Baumstämme schleppen, die für die Errichtung des Palisadenzauns und den Bau eines Knüppeldammes gebraucht wurden. So waren sie gezwungen, ihren Feind bei dessen Verteidigungsmaßnahmen zu unterstützen und dienten ihm zugleich als Schutzschild. Zwischen den Fronten waren sie Kanonenfutter für die Scharfschützen aus den eigenen Reihen, die aus der Entfernung nicht zwischen Freund und Feind unterscheiden konnten und auf ihre eigenen Leute feuerten. Führte ein Hüftschuss wirklich unausweichlich zum Tod, fragte sich Simon. Hatte man sich des verletzten Russen angenommen und ihn versorgt? Oder ließ man ihn einfach liegen und sterben? Simon wusste nicht, ob bei Kampfhandlungen jede Art von Barbarei erlaubt war, oder ob es Regeln für einen anständigen Umgang mit Kriegsgefangenen gab. Und dann nur ein halber Laib Brot als Tagesration für jemanden, der ununterbrochen im Einsatz war, auch wenn es dabei in erster Linie um die Leitung von Bauarbeiten ging. Dazu die Läuse. Wie hielt Micki das alles nur aus? Er klammerte sich an militärische Ehren, obwohl er ahnte, dass es sich nur um Köder handelte, die ihn bei der Stange halten sollten.

> *15.9.1942*
> *Heute kam Dein Päckchen an. Vielen vielen Dank auch. Da war ja noch mal allerhand drin, was ein Soldatenherz erfreuen kann. Habe zuerst Brause gemacht, dann Kakao gekocht und Kuchen gegessen. Es war herrlich. Nun kann ich mir auch etwas Suppe kochen. Vergangene nacht und heute war noch mal die Hölle los. Der Russe wollte überall durch, was ihm aber nicht gelang. Unser Stoßtrupp wurde in der Nacht nur zur Hälfte eingesetzt und ist noch nicht zurück. Ich mußte nicht mit. Heute sind wieder manche ausgefallen. Das einzig Gute ist dann, daß man deren Portionen mitessen kann. Dadurch habe ich noch ein Kochgeschirr voll von heute mittag. Gestern haben wir uns einen Eimer voll Preißelbeeren gesucht. Hier stehen unheimlich viele. Seit ein paar Tagen habe ich Gummiüberstiefel. Die sind für mich sehr wertvoll. Habe heute schon mindestens 100 Läuse geknackt und noch juckt alles. Es ist ganz schrecklich.*

Das war Mickis letzter Brief. Jedenfalls trugen die Umschläge der noch übrigen Briefe auf dem Tisch eine andere Handschrift – ein Hinweis wohl darauf, dass Mickis Leben ein Ende gefunden hatte. Das einzig Tröstliche lag für Simon darin, dass Micki sich noch einmal so richtig satt hatte essen können an lang entbehrten Köstlichkeiten aus der Heimat und an den übrig gebliebenen Portionen der gefallenen Kameraden. Dass überdies die Natur für einmal nicht nur negativ als Verursacherin der Läuseplage in Erscheinung trat, sondern mit einem Übermaß an Früchten zur hoch willkommenen Nahrungsergänzung beitrug, machte das Maß voll. Simon brauchte eine Pause, er musste sich gegen das nun Kommende wappnen. Auf der Gartenterrasse zog er sich einen Stuhl heran und präparierte einen Joint, den er langsam und genussvoll rauchte, ohne allzu tief zu inhalieren. Er spürte, dass seine Nerven sich allmählich beruhigten und einem intensiven Gefühl, das auf nichts bezogen zu sein schien, den Vorrang überließen. Der Garten machte einen etwas verwilderten Eindruck. Er musste die Sträucher und Hecken zurechtstutzen. Der Rasen hatte sich in einen Moosboden verwandelt, dem die meisten Gräser zum Opfer gefallen waren. Aus ihm nicht bekannten Gründen war der Gärtner nach dem Tod der Großeltern nicht mehr gekommen, um nach dem Rechten zu schauen. Das gehörte jetzt in sein Pflichtenheft. Er stand auf und drehte eine flotte Runde auf dem weichen, nachgiebigen Moos. „Schicki Micki Flip-Flops“ murmelte er vor sich hin, zerrissen von einer unbändigen Freude und tiefem Schmerz. Jetzt war er bereit für den Rest. Er stieg wieder hinauf in den ersten Stock und zog den zuoberst liegenden Brief aus dem Umschlag. Anstelle der inzwischen vertrauten Handschrift kam ein mit Schreibmaschine getipptes Blatt zum Vorschein.

Dienststelle Feldpost Nr. 33789
Im Felde, den 19. September 1942

Sehr geehrte Frau Kelterborn!
Ich habe die traurige Pflicht, Ihnen mitzuteilen, daß Ihr

Ehemann, der Unteroffizier Michael Kelterborn, am 16.9. 1942 schwer verwundet mit einem Unterkiefersteckschuß, einem Bauchschuß und einem Kniesteckschuß in unser Feldlazarett aufgenommen wurde. Bei seiner Aufnahme machte er bereits einen schwerkranken Eindruck, sodaß trotz sofort vorgenommener Operation wenig Aussicht auf Rettung des Lebens bestand. Bereits am 17. September 1942 verstarb der Schwerverwundete um 23.30 Uhr. Gelitten hat er während seines Aufenthaltes im Feldlazarett nicht.

In soldatischer Pflichterfüllung fiel Ihr Ehemann getreu seinem Fahneneid für sein Vaterland. Ich spreche Ihnen, zugleich im Namen des Feldlazaretts, meine wärmste Anteilnahme aus.

Möge die Gewissheit, daß Ihr Ehemann sein Leben für die Größe und den Bestand von Volk, Führer und Reich hingegeben hat, Ihnen ein Trost in dem schweren Leid sein, das Sie betroffen hat.

Beigesetzt wurde der Verstorbene auf einem Ehrenfriedhof in Russland, dessen genaue Lage Sie auf Anfrage unter Angabe der Personalien des Verstorbenen von der Wehrmachtsauskunftstelle für Kriegerverluste und Kriegsgefangene in Berlin erfahren.

Der in der Anlage aufgeführte persönliche Nachlaß Ihres Ehemannes wird Ihnen in nächster Zeit zugesandt.

Ich grüße Sie in aufrichtigem Mitgefühl
(unleserliche Unterschrift)
Oberfeldarzt und Chefarzt

Nachlaß des Uffz. Michael Kelterborn

1 Armbanduhr m/Lederarmband, 1 Etui m/Kamm, 1 Tabakdose, 1 Geldbörse, 1 Taschenspiegel, 1 Feuerzeug, 1 Brustbeutel, 1 gold. Stiftzahn, 1 Münze, 24 Fotos, 2 Posteinl.-Scheine, 1 Band zur Ostmedaille, 2 Briefe.

Barbetrag RM 44,–, der durch Feldpostanweisung gesondert übersandt wird. 18.9.1942

Der exakte Bericht des Lazarettarztes überraschte Simon. Er hätte eher erwartet, dass man der Ehefrau nur den Tod ihres Mannes und das entsprechende Datum mitteilte, aber keine Einzelheiten über die Art der Verwundung. Obwohl es Standardfloskeln waren, die der Text enthielt, den der Arzt vermutlich jeden Tag mehrmals an Hinterbliebene schicken musste, meinte Simon darin eine Spur von Mitgefühl zu entdecken. Das Gesülze über die soldatische Pflichterfüllung fand er allerdings unerträglich. Es erinnerte ihn an Hitlers Auslassungen über Volk, Führer und Reich als Sinngaranten selbst für allergrößte Opfer. Was ihn erschütterte, war die armselige Hinterlassenschaft, die das Ende eines knapp dreißigjährigen Lebens besiegelte. Simon schaute noch einmal in die „Schatzkiste", aus der er die Briefe geborgen hatte, aber von den penibel aufgezählten Gegenständen fand er keinen. Die Großmutter musste sie anderswo deponiert haben. Der goldene Stiftzahn beschäftigte Simon. Warum hatte man den aus dem Mund des Toten entfernt? War das bisschen Gold so wertvoll? Und warum überführte man die gefallenen Soldaten nicht in die Heimat, anstatt sie auf einem „Ehrenfriedhof" in der russischen Pampa zu verbuddeln? Simon gab sich selbst die Antwort: Es waren einfach zu viele Tote. Die Flugzeuge wurden für die Versorgung der noch lebenden Kämpfer gebraucht und fielen daher für den Transport von Leichen aus.

Die letzten Briefe las Simon in einem Rutsch durch. Er erkannte Omamas Handschrift auf den Umschlägen. Den auf den 1. Februar 1942 datierten Brief seiner Frau hatte Micki offenbar als einzigen der über 100 Briefe, die Schicki ihm geschrieben hatte, aufbewahrt. Er enthielt ein goldblondes Haarbüschel, das von einem weißen Wollfaden zusammengehalten wurde, sowie ein Foto der zu diesem Zeitpunkt dreizehn Monate alten Iris, die kerzengerade auf einem Tisch sitzend und einen zerrupften Teddybär an sich drückend, aufmerksam in die Kamera blickte. Das Bild war laut Stempel professionell in einem Fotoatelier aufgenommen worden. Auf die Rückseite hatte Schicki stellvertretend für ihre Tochter geschrieben:

Lieber Papa Soldat!

Ich komme zu Dir und will bei Dir bleiben und überallhin mit Dir gehen, dann bist Du nicht so allein. Bin nun ein Jahr alt. Dreh die Karte um, dann siehst Du mich. Tausend Küsschen

Deine Iris

Die folgenden Briefe Schickis hatten Micki nicht mehr erreicht und waren an Schicki zurückgeschickt worden. In roter Tinte war auf dem Briefumschlag vermerkt *Gefallen für Großdeutschland,* daneben mit fettem Stempel *zurück.*

6.9.1942 (Nr. 99)
Lieber Micki!

Endlich komme ich wieder zum Schreiben. Diese Woche war schönes Wetter, da waren wir wieder am Rhein. Iris tut ja so gerne Schiffe gucken und im Sand spielen. Sie ist ganz leicht gebräunt, wie Samt ist die Haut. Ach, es ist schade, daß Du unser Mädel nicht siehst. Es ist ein feines Ding, im Aussehen und auch in der Sprache, gar nichts Grobes. Dann so schöne Augen, etwas dunkler als meine. Und dann so hellblond. Gestern war ein Sanitäter am Rhein, der hatte da Dienst. Im Vorbeigehen spielte er mit Iris im Sand. Da hatte er was angefangen, sie ließ den Onkel gar nicht mehr gehen. Hernach kam er immer wieder vorbei und spielte mal schnell mit ihr. Das Dingelchen gefiel ihm so gut. Dann geht sie gerne zu Jungens und setzt sich mitten zwischen sie, egal, was sie tun oder ob es ihnen paßt. Meist spielen sie mit ihr, wegjagen tut sie keiner. Und Dir, mein Micki, wie geht es Dir?

Herzliche Sonntagsgrüße und viele tausend Küsse
Deine Schicki

9.9.1942 (Nr. 100)
Mein lieber lieber Micki!

Heute nachmittag kamen Deine Briefe vom 31.8. und 2.9. Du hast sehr Schweres erlebt und erlebst es noch. Daß Du darüber noch nicht schreiben kannst, verstehe ich. Vielleicht erzählst Du es mir später einmal. Meine feste Hoffnung ist ja, daß Du zu uns zurückkehrst. Ich denke sehr viel an Dich und eigentlich müßte man spüren, wenn Du in Gefahr bist. Doch werde ich sehr viel abgelenkt, und das ist gut, sonst käme ich ins Grübeln. Es ist ja immer was los. Viele fahren mit der N.S.V. fort. Es wird jeder verschickt, der sich meldet. Ich hatte vorsichtshalber mal bei Familie L. angefragt, wenn wir mal weg müßten. Da ist aber kein Platz mehr, die eine Tochter ist nach Hause gekommen.

Du meinst, ob wir weniger Zucker bekommen hätten als im Vorjahr. Das nicht, aber eine Karte weniger, der Verbrauch bleibt derselbe. Soll ich Dir was Pfefferminztee schicken? Lach nicht, er tut immer gut, heißes Wasser wirst Du sicher schon mal kriegen. Vorhin hatten wir Fliegeralarm, ich will jetzt rasch zur Post flitzen. Wir haben auch ein neues Warnsignal, sozusagen Voralarm, der Verkehr geht weiter. Das gilt nur tagsüber, damit der Verkehr nicht dauernd stockt. Nachts wird richtig gewarnt.

In inniger Liebe herzliche Grüße und Küsse
Deine Schicki.

11.9.1942 (Karte)
Mein lieber Micki!

Gestern Abend von 11–1 Uhr war der Tommy da, falls Du davon hörst. Wir sind gesund und munter, aber Düsseldorf wirst Du nicht wiedererkennen, wenn Du mal kommst. Der Bahnhof ist hin und noch werweißwieviel. Der Karlshof mußte 18 Straßen sperren. Wir haben in unserem Keller vor lauter Schießen kaum miteinander reden können. Hernach sind wir rauf auf den Speicher, über der Stadt ein Flammenmeer. 31 wurden abgeschossen laut O.K.W. Was meinst Du, wie viele Hundert dann hier waren. Der erste Angriff war nichts gegen diesen. In Gerresheim sind nur im Torfbruch ein paar Bomben gefallen, in weichen Boden. Nur die Linie 3 fährt bis Uhland, alles andere liegt still. Wasser haben wir auch noch nicht, 4 Uhr dreißig am Nachmittag.

16.9.1942 (Nr. 103)
Mein lieber Micki!

Iris sitzt da und ißt Birnen. Wenn sie dabei ans Kerngehäuse kommt, ruft sie: Wippe da (sprich Wespe). Dann muß ich die Kerne rausessen und sie ißt die Birne auf. Im übrigen wird Iris sehr frech, man merkt, der Vater fehlt. So fühlt sie sich ja immer als Hauptperson und wird auch danach. Heute morgen erhielt ich Bescheid aus dem Schwarzwald. Frau L. hat schon Verwandte aus Karlsruhe, wo ja die Flieger auch waren. Nun bin ich bei der NSV gemeldet für den Gau Main-Franken. Lust habe ich keine große, weil man nicht weiß, wie mans trifft, besonders wo Iris noch klein ist und noch manches extra braucht. Vorläufig warte ich mal ab, das dauert sowieso noch was, bis man Bescheid bekommt.

Wie geht es Dir wohl, mein Micki? Ich mache mir sehr viel Sorge um Dich. Wenn dann mal wieder ein Brief kommt, atme ich ein bißchen auf. So ein Krieg ist halt doch schwer.

Jetzt kommen wieder die langen Abende, da kann ich viel stricken. Eine Dose Zigaretten schicke ich heute ab.

Iris sind alle Strümpfe vom vorigen Jahr zu klein, ich muß neue kaufen, die leidige Punktefrage.

Sei vieltausendmal gegrüßt und geküßt von Deinen zwei Lieben.

Simon hielt inne, als er sah, dass die wenigen auf dem Tisch noch verbliebenen Briefe nicht Schickis Handschrift trugen. Er stürzte auf den kleinen Balkon am Schlafzimmer der Großeltern und starrte mit weit aufgerissenen Augen in den Himmel, um den Tränenfluss zu stoppen, der ihm übers Gesicht schoss. Er wusste, dass es Omama war, die in ihm weinte, herzzerreißend und untröstlich. Aber Schmerz und Trauer rissen auch ihn mit, und er brauchte dringend seinen Elefanten. Er ließ den Rüssel unablässig Sand auf das nasse Gesicht rieseln, bis die Tränen zu trocknen begannen. Als er sich einigermaßen beruhigt hatte, kehrte er zurück an den Tisch und nahm sich die letzten Briefe vor.

Am 29. Januar 1943 teilte die Wehrmachtauskunftstelle für Kriegerverluste und Kriegsgefangene beim Oberkommando der Wehrmacht in Berlin der Kriegerwitwe Laura Kelterborn mit:

Nach hier vorliegenden Aufzeichnungen ruht Ihr am 17.9.1942 gefallener Ehemann, der Uffz. Michael Kelterborn, in New Gorki, Anlage IX, Grab Nr. 37. Das Oberkommando der Wehrmacht hat die Fürsorge für die Gräber der Gefallenen und Verstorbenen übernommen und wird ihnen eine würdige Ausgestaltung und Pflege angedeihen lassen.

Am 28. Juli 1943 heißt es in einem erneuten Schreiben der Wehrmacht:

Eine Einzelaufnahme des gewünschten Grabes konnte nicht mehr angefertigt werden, da das Gebiet, in dem das Grab liegt, geräumt wurde. Um Ihnen ein Andenken an den Kriegerfriedhof, auf dem Ihr lieber Gefallener ruht, zu verschaffen, wird Ihnen eine Gesamtaufnahme der Grabanlage hiermit überreicht. Das Oberkommando der Wehrmacht drückt Ihnen seine Teilnahme an dem schweren Verlust, den Sie erlitten haben, aus.

Das Foto, aus großer Entfernung aufgenommen, zeigt ein endloses, lang gestrecktes Gräberfeld. Auf allen Gräbern erheben sich kurze schneeweiße Birkenpfosten mit schmalen Querbrettchen wie bei einem Kreuz. Ob darauf nur Nummern oder die Namen der gefallenen Soldaten stehen, ist nicht erkennbar.

Omama hatte sich offensichtlich zweimal an die ihr vom Lazarettarzt angegebene Auskunftstelle der Wehrmacht gewandt, um herauszufinden, wo Micki beerdigt worden war. Aber ihr Wunsch wurde nicht erfüllt. Auf dem Foto ließen sich einzelne Gräber nicht identifizieren, aber es erweckte mit den wie nackte Arme aus dem Erdreich heraus ragenden Pfosten immerhin den Eindruck, dass Micki aufgehoben war in der Gemeinschaft von Kameraden, die wie er Opfer dieses sinnlosen Krieges geworden waren. Doch mit der Räumung des Soldatenfriedhofs hörte auch diese Gemeinschaft auf zu existieren. Selbst den Toten gönnte man ihre letzte Ruhestätte nicht, die dem Erdboden gleichgemacht worden war, vermutlich weil sich das Schlachtfeld verschoben oder „der Russe" das Gebiet zurückerobert hatte.

Simon sichtete noch die restlichen Briefe. Im ersten steckte ein vorgedrucktes Formular, das um eine Art Orden gewickelt war:

Besitzzeugnis
Dem
Uffz. Michael Kelterborn
6./Gren.Rgt. 551
ist auf Grund
seiner am 16.9.1942 erlittenen
erstmaligen Verwundung oder Beschädigung
das
Verwundetenabzeichen
in Schwarz
verliehen worden.
Batl. Gef.Std., den 5.12.1942
(Stempel, Unterschrift des Hauptmanns und Batl.-Führers)

Das Abzeichen aus schwarzem Metall hatte eine ovale Form (45x35 mm). Abgebildet war darauf ein Stahlhelm mit Hakenkreuz, umrahmt von Eichenlaub. Unter dem Stahlhelm kreuzen sich zwei Schwerter.

Der letzte Brief enthielt die von der Großmutter verfasste Todesanzeige.

Für Großdeutschland starb den Heldentod mein lieber unvergeßlicher Mann und mein bester Kamerad, mein herzensguter Papa
SA-Obersturmführer
Pg. Michael Kelterborn
Uffz. in einem Infanterieregiment
Träger der Ostmedaille
Und der Dienstauszeichnung der NSDAP in Bronze.
Bei den schweren Abwehrkämpfen am Ilmensee erlitt er am 16. September 1942 schwere Verwundungen, denen er am 17. September 1942, im Alter von 29 Jahren, im Feldlazarett erlag. – Er ruht inmitten der Kameraden auf einem

Ehrenfriedhof.
Ein Kämpferleben fand seine höchste Erfüllung.
In stolzer Trauer:
Laura Kelterborn, geb. Freiligrath
Und Töchterchen Iris

Was für eine eigenartige Formulierung, „in stolzer Trauer". Simon schüttelte den Kopf. Wahrscheinlich die damals übliche Floskel, mit der man den Tod eines „Kämpfers" beweihräucherte, um ihn zu erhöhen. Die Witwe war stolz auf die Tapferkeit ihres Mannes, der zwar eine Niederlage erlitten, aber ein mutiges Herz besessen hatte. Wie verlogen sich das doch im Nachhinein anhörte. Aber gab es überhaupt eine größtem Schmerz angemessene Ausdrucksform? Standardformulierungen in Todesanzeigen waren selten originell. Er dachte daran, wie schwer er sich nach dem Ableben der Großeltern damit getan hatte, die Einzigartigkeit dieser beiden Menschen in Worte zu fassen, bis am Ende seine Mutter sich der üblichen Trauerfloskeln bediente und nur kurz die Verdienste des einen um die Wissenschaft, der anderen um die Kunst herausstellte.

Die Dienstauszeichnung der NSDAP in Bronze fehlte. Omama hatte sie vermutlich anderweitig entsorgt.

Simon warf noch einmal einen Blick in Mickis „Wehrpaß", Untertitel „Heer", der die Daten der Musterung und Aushebung, den aktiven Wehrdienst, die Ausbildung (Gewehr 98, MG 34), Beförderungen und Ernennungen, im Kriege mitgemachte Gefechte, Schlachten, Unternehmungen und Verwundungen verzeichnete. Lose eingelegt waren: Gestellungsbefehl vom 30. April 1940, Eßkarte für den Monat Mai 1940 (Infanterie Ersatz-Bataillon 306, 1. Komp.).

Dann nahm er Omamas „Stammbuch" zur Hand und entdeckte darin gleich vorn noch zwei weitere Briefe, kaum leserliche Kondolenzbriefe eines Kameraden und des Truppenkommandanten, die über die Verwundung Mickis durch Granatfeuer beim Vorrücken der Front am 16.7.1942 berichteten und ihr aufrichtiges Bedauern über den Tod dieses von ihnen hoch geschätzten Mannes ausdrückten.

Iris und Florian

Simon räumte alle Utensilien zusammen. Die Briefe wollte er scannen und die Ausdrucke seiner Mutter übergeben, wenn sie die überhaupt lesen wollte. Dann studierte er das Stammbuch, in dem Omama die Linien ihrer Familie bis ins 17. Jahrhundert zurückverfolgt hatte. Ihr war es ganz offensichtlich weniger um den seinerzeit unerlässlichen Arier-Nachweis gegangen als um eine möglichst lückenlose Rekonstruktion ihrer Herkunft. Dazu musste sie unzählige Geburts- und Sterberegister eingesehen und einen regen Briefverkehr mit den amtlichen Stellen geführt haben. Simon fiel auf, dass der Stammbaum mit der Eheschließung von Laura Freiligrath und Michael Kelterborn und der Geburtsanzeige von Tochter Iris endete. Omama hatte weder ihre zweite Heirat mit Matthias Kelterborn noch die Geburt ihres Enkels Simon Kelterborn nachgeführt. Waren die beiden überhaupt regulär verheiratet gewesen? Es wäre vermutlich nicht aufgefallen, wenn der Kriegsheimkehrer Matthias 1946 ohne weitere Formalitäten die Rolle des Familienvaters übernommen hätte. Schließlich trug er ja denselben Namen wie sein Stiefbruder.

Einer Eingebung folgend marschierte Simon in die großväterliche Bibliothek und steuerte zielstrebig die Regale mit dem Buchstaben S an. Er musste nicht lange suchen, um Opapas Stammbuch zu finden, das nicht einmal halb so dick war wie das der Großmutter. Als Simon es aufschlug, blickte ihm eine junge Frau entgegen. Ein weiches, fast noch kindliches Gesicht, das unter den dichten, gekringelten Haaren fast verschwand, und ein nur angedeutetes scheues Lächeln weckten in Simon eine seltsame Rührung, zugleich die Ahnung eines unwiederbringlichen Verlustes. Er nahm das Bild heraus und drehte es um. „Für Matthias von Deiner Verlobten Hedwig in Liebe“ stand dort mit kräftigen selbstbewussten Buchstaben, die einen starken Kontrast zu dem zarten Geschöpf auf dem Foto bildeten. Was war aus dieser jungen Frau geworden? Hatte Opapa sie etwa sitzen gelassen, um der Vereinbarung mit Micki nachzukommen? Oder war „Hedwig“ ebenfalls dem Krieg zum Opfer gefallen?

Kopfschüttelnd blätterte Simon das Stammbuch durch. Es reichte nur bis zu den beiden Urgroßelternpaaren zurück, bei denen er nicht lange verweilte. Auch die Großeltern registrierte er nur flüchtig und hielt bei den Eltern inne. Die Eheschließung der Volksschullehrerin Helene Lang und des Studiendirektors Paul Wenger hatte am 17. Juni 1911 stattgefunden. Sohn Matthias wurde am 3. Februar 1913 geboren. Der Tod seiner Eltern „infolge eines fiebrigen Infekts“ war auf den 28. April 1916 datiert. Weitere Einträge gab es nicht. Auf drei losen Blättern wurde die Adoption von Matthias Wenger durch Hannelore und Erich Kelterborn am 24. September 1916, die Heirat von Matthias Kelterborn und Laura Kelterborn, verwitwete Kelterborn, geborene Freiligrath am 12. Dezember 1946 und schließlich die Adoption von Iris Kelterborn durch Matthias Kelterborn am 5. März 1947 dokumentiert.

Simon nahm das großväterliche Stammbuch mit ins Esszimmer und legte es neben das der Großmutter. Er wähnte sich jetzt ausreichend informiert über die Faktenlage, für den Fall, dass seine Mutter sich für ihre Familiengeschichte interessierte, vielleicht sogar dazu beitragen konnte, die eine oder andere Lücke zu füllen. Am nächsten Morgen fertigte er Kopien der Briefe an und legte alle Fundstücke in geordneter Formation auf dem Tisch aus. Er war gerade damit fertig, als seine Mutter zur Mittagszeit mit einem gebackenen Hähnchen und Fertigsalat eintraf. Sie sah müde aus, vertilgte aber in der Küche, auf ihrem Lieblingshocker sitzend, ihre Hälfte des Hähnchens bis auf das letzte Fitzelchen am Knochen und nahm auch noch eine große Portion Eis, die Simon aus der riesigen Tiefkühltruhe im Keller holte. Omama hatte in den letzten Wochen ihres Lebens nur noch nach Vanille-Eiscreme verlangt, morgens, mittags und abends. Simon hatte immer fasziniert zugeschaut, wie sie mit dem Ausdruck größter Zufriedenheit die kalte Köstlichkeit erst schluckte und durch ihre Kehle fließen ließ, wenn das Eis im Rachen zu schmelzen begann. Genau den gleichen Ausdruck hingebungsvollen Genusses entdeckte er jetzt auch im Gesicht seiner Mutter.

Sie wechselten hinüber ins Esszimmer, und noch bevor sie die Dokumente näher betrachten konnte, hielt Simon ihr das Foto, das Micki in Uniform zeigte, unter die Augen. Sie nahm es und lachte laut los. „Wo hast du denn dieses fürchterliche Kostüm aufgetrieben? Du siehst ja echt zum Schießen aus. Ist das wieder mal einer von Florians Scherzen?"

Simon sagte nichts und beobachtete besorgt, wie sich das Lachen aus dem Gesicht seiner Mutter zurückzog und einer zunehmenden Irritation Platz machte. Sie drehte das Bild herum und las, was dort stand. „Wer ist das?", fragte sie, ohne ihren Blick zu heben.

„Das ist Michael Kelterborn, Omamas erster Mann, 1942 in Russland gefallen." Nach einer Pause fügte er mit einer Stimme, der man seine Beklemmung anhörte, hinzu: „Er ist dein biologischer Vater."

Sie hob den Kopf und schaute ihn an. Simon konnte förmlich sehen, wie sie sein Gesicht mit dem des Mannes auf dem Foto Zug für Zug zur Deckung brachte. „Und was ist mit Vater? Ich meine mit Opapa?" fragte sie.

„Opapa war ein Waisenkind, das die Eltern von Michael Kelterborn, also deine Großeltern, als Baby adoptiert haben. Sie waren mit Opapas verunglückten Eltern eng befreundet. Micki und Opapa wuchsen wie Brüder auf, waren fast gleich alt, aber nicht miteinander verwandt." Simon erzählte ausführlich, was seine Recherchen ergeben hatten, während das Gesicht seiner Mutter mehr und mehr versteinerte.

„Mama?"

Sie machte ein paar schwerfällige Schritte zum Tisch hin, auf dem ein ihr unbekanntes Kapitel ihres Lebensbuchs aufgeschlagen vor ihr lag. „Diese Schweine", stieß sie mit Lauten hervor, die tief aus dem Bauch zu kommen schienen, angereichert mit einem bedrohlich klingenden Fauchen und Knurren. Simon dachte zuerst, er hätte sich verhört. Zwar war seine Mutter um Kraftwörter selten verlegen, aber er konnte sich nicht erinnern, dass sie sich je unflätig über irgendeine Person, geschweige denn über ihre Eltern ausgelassen hätte.

„Mama? Was ist los?"

„Diese Schweine", sagte sie noch einmal, diesmal gemäßigter klingend, und bevor Simon etwas sagen konnte, deutete sie auf die Papiere. „Die möchte ich mitnehmen und in Ruhe lesen." Ihre Stimme klang jetzt wieder fast normal.

Simon erklärte ihr, dass er Kopien gemacht hätte, die sie mitnehmen könnte, aber sie wehrte mit einem schmallippigen Lächeln ab. „Ich möchte die Originale, und du musst dir keine Sorgen machen, dass ich sie zerfetze. Ich weiß, dass solche Dokumente einzigartig sind, du bekommst sie morgen, bevor ich wieder nach Sylt fliege, unbeschadet zurück. Versprochen." Als sie seine skeptische Miene sah, fügte sie hinzu: „Schau Simon, ich wusste nichts von einem anderen Vater. Jetzt möchte ich wenigstens im Nachhinein den einzigen noch möglichen Hautkontakt mit ihm aufnehmen. Das Papier dieser Briefe hat er berührt, als er sie schrieb. Wenn ich sie beim Lesen anfasse, berühre ich seine Hände."

Simon verstand. „Aber du wirst dabei ganz seltsame Empfindungen haben, vor allem einen immensen Juckreiz spüren." Er faltete die Blätter wieder sorgfältig zusammen und schob sie in die zugehörigen Briefumschläge, die er in der zeitlichen Abfolge aufeinander geschichtet in eine Klarsichtmappe steckte. Seine Mutter nahm sie an sich und ging wortlos von ihm. Als sie weg war, überfielen ihn plötzlich so heftige Verlustängste, dass er sich wie vernichtet fühlte. Bei der Wahl zwischen Elefant und Gras entschied er sich für ersteren, weil er sich da, wo er gerade stand, auf den Boden legen konnte und keine weiteren Vorkehrungen treffen musste.

Seine Mutter kam am Nachmittag des nächsten Tages aus der Gerresheimer Wohnung zu ihm zurück, nachdem sie ihm am Morgen eine SMS geschickt hatte, dass sie ihre Abreise um einen Tag verschiebe. Sie wirkte nachdenklich, fast gelassen.

„Mein Gott, der arme Vater", begrüßte sie ihn.

Simon wusste sofort, welchen Vater sie meinte. „Der kleine Muck", sagte er, und sie mussten beide lachen, verzogen dabei aber schmerzlich ihr Gesicht.

„Das hat er einfach nicht verdient, auch wenn Micki vielleicht ein Strahlemann war. Oder eine Lichtgestalt, wie man heute zu sagen pflegt", meinte sie. „Und ich bin sicher, dass Papa mir meine Herkunft nicht verschwiegen hätte. Es muss Mutter gewesen sein, die darauf bestanden hat."

„Vielleicht wollten sie es dir ja sagen, haben aber einfach den richtigen Zeitpunkt dafür verpasst", überlegte Simon. Er holte das Foto von „Hedwig" aus Opapas Familienstammbuch und zeigte es seiner Mutter. Lange betrachtete sie das Bild und strich behutsam über den mit flockigen Kringellöckchen bedeckten Stirnansatz der jungen Frau. „Ja, das ist Hedwig", sagte sie leise.

„Du kennst sie?" fragte Simon verdutzt.

„Ja, ich bin ihr einmal begegnet, vor über zwanzig Jahren."

„Aber ich dachte, sie sei tot, auch im Krieg umgekommen. Warum hat Opapa dann nicht sie anstelle von Omama geheiratet?"

„Ach, Simon, in den Nachkriegswirren ist so vieles durcheinander gegangen. Ich habe Hedwig damals in der Schweiz getroffen, wohin sie während des Krieges geflüchtet war, kurz bevor ihr ganzes Dorf ausgebombt wurde. Wahrscheinlich haben beide geglaubt, der andere sei tot, und sich neue Partner gesucht. Nachdem ich Mickis Briefe gelesen habe, ist mir klar geworden, dass Mutter ihr ganzes Leben lang nur diesen Mann geliebt hat. Sie hat Mickis Tod nie verwunden und Vater wohl nur deshalb geheiratet, weil sie dadurch den Ehenamen behalten und so die Illusion aufrecht erhalten konnte, dass Micki auch weiterhin mit von der Partie war. Du musst ihr wie ein Gottesgeschenk ihrer späten Jahre vorgekommen sein, quasi als Mickis Wiedergeburt in Gestalt seines Enkels. Mein armer armer Vater. Er muss ja auch um Micki getrauert haben. Aber diese Ehe war die Hölle für ihn."

Simon nickte. „Schicki Micki Flip-Flops", sagte er und erinnerte sie an die Szene, die sich seinerzeit im Garten abgespielt hatte. Seine Mutter hatte Opapas Bemerkung gehört, doch was es damit auf sich hatte, verstanden beide jetzt erst. Lange rätselten sie daran herum, welche Vereinbarungen Matthias und Laura Kelterborn vor ihrer Heirat getroffen hatten.

„Ich habe Mutter immer für eine sehr kalte Person gehalten", sagte Iris. „Aber nachdem ich die wenigen von ihr erhaltenen Briefe an Micki gelesen habe, glaube ich, dass all die Wärme, die man daraus herauslesen kann, mit Micki gestorben ist. Sie ist innerlich vereist und erst nach deiner Geburt ein bisschen aufgetaut, aber Vater und ich sind unser Leben lang von ihr auf Distanz gehalten worden. Vater sagte man hin und wieder ein Verhältnis mit einer Kollegin oder einer Assistentin nach, aber Mutter hat das nie interessiert, und ich glaube das auch eigentlich nicht. Er hatte einen Pakt mit der Frau seines Bruders geschlossen, wohl schon im Voraus für den Fall aller Fälle mit Micki abgesprochen, und hielt sich an die Spielregeln, obwohl ihn das emotional unendlich frustriert haben muss."

„Sie hatten ein gemeinsames Schlafzimmer", warf Simon ein.

„Ja sicher. Sex war für Mutter so selbstverständlich wie Essen und Stuhlgang. Ich vermute, dass sie sich auf das bestmögliche Funktionieren ihres Unterleibs konzentrieren konnte, unter Ausschaltung ihrer anderen Sinnesorgane. Wenn sie sich wirklich auch im Intimen so spürbar lieblos verhielt wie bei allem, was sie tat, kann Vater einem nur leid tun. Sie kochte vorzüglich, machte fesselnden Kunstunterricht, putzte die Fenster auf Hochglanz, äußerte gut begründete Meinungen zu wirtschaftlichen und politischen Themen und so weiter, aber alles eben ohne Herz. Deswegen war man auch immer so irritiert, wenn man ihr zusah oder zuhörte, weil etwas Wesentliches zu fehlen schien trotz ihrer unbestreitbaren Exzellenz in allem, womit sie sich befasste. Ich jedenfalls habe immer so etwas wie Empathie und Sympathie bei ihr vermisst. Und ich werde ihr ewig vorwerfen, dass sie mir verschwiegen hat, wer mein Erzeuger war. Sie hat mich rücksichtslos in ihre Lebenslüge eingesponnen und damit einen nicht wieder gut zu machenden Schaden angerichtet. Aber darauf will ich jetzt nicht weiter eingehen. Ich schließe dieses Kapitel einstweilen für mich ab und fliege morgen nach Westerland zurück. Irgendwann, wenn es mir besser geht, erzähle ich dir Hedwigs Geschichte. Sie berührt sich an den Rändern mit unserer Familienchronik. Mit all diesen Unterlagen solltest du machen, was du für richtig hältst." Sie deutete mit einer abwehrenden Geste auf den Tisch mit den Dokumenten. „Vielleicht schreibst du eines Tages ein Buch über Schicki und Micki?"

Simon blickte unschlüssig auf das Briefpäckchen. In einer seiner Gehirnwindungen hatte sich schon eine Zeit lang eine vage Idee eingenistet, die einen stärker werdenden Sog auf ihn ausübte. Er würde ihm nachgeben müssen, um das Kapitel auch für seine Person abschließen zu können. Plötzlich fiel ihm der eigentliche Grund für die Anwesenheit seiner Mutter in Düsseldorf ein und er erkundigte sich schuldbewusst nach den ärztlichen Untersuchungsergebnissen. Seine Mutter winkte resigniert ab. „Es hat immer noch Metastasen im ganzen Körper verstreut. Wahrscheinlich ist noch einmal eine Chemo fällig. Aber damit warte ich erst einmal."

Simon verkniff sich die schon so oft gestellte Frage, warum man diesen verdammten Primärtumor nicht finden konnte. Er kannte ja die Antwort der Fachärzte, dass es winzige, besonders bösartige Tumoren gäbe, die aufzuspüren schwer möglich sei. Er verdrängte die Erkenntnis, dass dies im Grunde ein Todesurteil war, und tröstete sich mit den Möglichkeiten der modernen Medizin im Kampf gegen den Krebs. Auf seine Frage, wer sich denn auf der Insel um ihre Gesundheit kümmere, erzählte sie ihm, dass sie von einer Ärztin behandelt wurde, die Schulmedizin und Alternativmedizin studiert hatte. Akupunktur in Verbindung mit der Verabreichung spezieller Vitamine und Spurenelemente hätten sie fast schmerzfrei gemacht. „Und stell dir vor, die Frau Doktor Witzig ist sogar eine Verwandte von uns. Ich habe sie allerdings nicht auf Anhieb erkannt, weil ich sie so lange nicht gesehen habe. Erinnerst du dich noch an Tante Wally?"

Simon lächelte unwillkürlich. Tante Wally, eine immer gut gelaunte, weiche und gemütliche Version von Omama. Die beiden Schwestern glichen sich äußerlich sehr stark, aber Simon hatte immer das Gefühl gehabt, dass Tante Wally lustig und pfiffig war, ein Herz auf zwei tollpatschigen Beinen, während Omama sich ungemein graziös bewegte. Bei ihr hatte man den Eindruck, dass ein frei schwebender Kopf einen marionettenhaft agierenden Körper steuerte, nicht mit ruckhaften, sondern fließenden Bewegungen. „Ihr seid wie Pat und Patachon", hatte Opapa einmal grinsend gesagt. „Solange du nicht behauptest, wir seien wie Dick und Doof, lasse ich das durchgehen", hatte Omama bissig erwidert.

„Was ist mit Tante Wally?"

„Tante Wallys Mann ist ebenfalls im Krieg gefallen. Als wir, also Mutter, Tante Wally und wir Kinder, ihr Sohn Gerhard und ich nach einer Odyssee per Lastwagen von Berlin nach Düsseldorf zurückkehrten, fand sie in ihrer Wohnung eine Vermisstenmeldung vor. Die Todesnachricht kam dann etwas später, kurz nach Kriegsende. Wahrscheinlich hat der Verlust ihrer Männer die beiden Schwestern zusammengeschweißt, trotz ihrer unterschiedlichen Mentalitäten. Oder vielleicht war Mutter in jungen Jahren ja genau so lebenslustig wie Tante Wally, und erst Mickis Tod hat sie dann so verändert."

Simon konnte sich das gut vorstellen. Er hatte beobachtet, wie sich die kontrollierte Härte in Omamas Gesicht in den letzten Jahren ihres Lebens mehr und mehr auflöste, wodurch sie ihm wesentlich zugänglicher erschienen war. Nur ihre Stimme klang bis zuletzt spröde, was bei ihren Gesprächspartnern den Eindruck von Gefühllosigkeit erweckte. Zwar war ihr Ton nicht direkt beleidigend oder gehässig, sondern immer gleichbleibend neutral, egal ob sie über banale Dinge wie das Wetter redete oder ein Kunstwerk besprach. Omama war, so schien es Simon, wie ein Orakel, das emotionslos mitteilte, was der Fall ist oder sein wird, unterschwellig aber ein Todesurteil verkündete: Ihr seid alle schuldig. Deshalb müsst ihr sterben.

„Jedenfalls", fuhr Iris fort, „hat Tante Wally nicht lange um ihren Mann getrauert, sondern sich einen neuen geangelt, einen zehn Jahre jüngeren, einen Studenten, der gerade mit dem Jus-Studium begonnen hatte und sie pausenlos betrog. Onkel Sascha war ein Charmebolzen, der all die männerlos zurückgebliebenen Frauen in seinem Umfeld mit Hingabe bediente. Komischerweise mochten wir ihn alle, vermutlich weil er weder skrupellos noch zynisch, sondern einfach nur mitfühlend war und sich als echter Seelentröster erwies. Und er verstand sich gut mit Gerhard, meinem kleinen Cousin, der ihn anbetete."

„Gerhard", erkundigte sich Simon, „ist das der, der sich an der Oberkasseler Brücke erhängt hat?"

Seine Mutter starrte ihn entgeistert an. „Woher weißt du das denn? Da warst du doch noch gar nicht lange auf der Welt."

„Opapa hat es mir erzählt, damals nach Tante Wallys Beerdigung. Er sagte, Gerhards Selbstmord hätte ihr das Herz gebrochen. Ich habe das, wie alt war ich da, etwa zwölf, wortwörtlich verstanden, dass ihr Herz einen Sprung bekommen hatte und sie deshalb sterben musste."

Iris lächelte gequält. „Ja, das stimmt, Gerhards Tod hat sie endlose Tränenströme gekostet. Irgendwie hatte sie nicht gemerkt, dass er immer tiefer in eine Depression gerutscht war, und hier kommt jetzt meine Ärztin ins Spiel. Sina.

Sascha Janek, du weißt schon, der zweite Mann von Tante Wally, der notorische Fremdgänger, kam eines Tages mit einem etwa vierjährigen Mädchen nach Hause und behauptete, dies sei seine Tochter. Die Mutter sei leider verstorben, und er als ihr Vater müsste nun für sie sorgen. Tante Wally soll das Kind nur kurz beäugt und dann gesagt haben: Gut, die nehmen wir. Gerhard war etwa achtzehn und anfangs nicht sehr erbaut über die plötzlich aufgetauchte kleine Schwester."

„Du lieber Gott, was für eine Zumutung", sagte Simon. „Vor allem für Tante Wally. Es hätte doch sein können, dass das gar nicht stimmte."

„Dass Sascha Sinas Vater war, ließ sich schon rein optisch nicht leugnen. Jedenfalls hat Tante Wally sie dann adoptiert. Du musst wissen, dass sie durch ihren ersten Mann gut versorgt war. Sie hat sein Wuppertaler Juweliergeschäft weitergeführt, sehr erfolgreich, was sich nicht zuletzt ihrer Liebenswürdigkeit verdankt, die ihr Verkaufsgeschick noch potenzierte. Ach, Tante Wally", seufzte Iris, „sie war wie ein Blitzableiter. Wenn sie bei uns aus dem Haus ging, war die Luft rein. Die Eltern wirkten dann immer irgendwie versöhnt."

„Und wie ging die Janek-Geschichte weiter?"

Tante Wally hat das Studium ihres zweiten Mannes finanziert. Nach dem Staatsexamen trat er in eine Anwaltskanzlei ein, und kurz danach trabte er dann mit Sina an. Als das Kind eingeschult wurde, verschwand er auf einmal. Und wurde nie wieder gesehen."

„Das gibt es doch nicht. Wie der Mann, der mal eben Zigaretten holen geht und spurlos verschwindet?" Simon schüttelte verwundert den Kopf. „Hat man denn nicht nach ihm gesucht?"

„Jahrelang. Tante Wally hat sehr viel Geld ausgegeben für Privatdetektive, nachdem die Polizei die Suche eingestellt hatte. Aber es fanden sich keinerlei Anhaltspunkte, weder für einen Unfall noch für ein Verbrechen. Er muss sich irgendwohin weit weg abgesetzt und unter einem anderen Namen ein neues Leben begonnen haben."

„Und Sina?"

„Tante Wally hat Sina wie ein eigenes Kind aufgezogen und ihr später das Medizinstudium ermöglicht. Gerhard war längst aus dem Haus und betrieb eine kleine exklusive Möbelschreinerei. Wir haben uns hin und wieder getroffen, aber wenig miteinander geredet. Er war ein sehr verschlossener Mensch, und nach deiner Geburt ist der Kontakt fast ganz abgebrochen. Einmal ist er in der Buchhandlung erschienen und bestellte ein Buch über Fischerknoten. Da er manchmal zum Angeln ging, habe ich mir dabei nichts gedacht. Bei der Gelegenheit fiel sein Blick auch auf dich in deinem Körbchen. Ihr habt euch minutenlang angestarrt, und er war der erste, der wegschaute. ‚Was für ein seltsames kleines Wesen', hat er gemurmelt."

Simon lachte laut los, stoppte aber sofort, als seine Mutter sagte: „Wenige Monate später hat er sich erhängt, mit einem komplizierten Knoten, den er nach Anleitung des Buches geübt haben muss. Tante Wally hat die Vorlage später auf seinem Schreibtisch entdeckt."

„Aber warum wollte er nicht mehr leben? Ich habe ihn doch hoffentlich nicht verhext?", fragte Simon betreten.

„Ganz bestimmt nicht. Gerhard machte auf mich von Kind an einen resignierten Eindruck. Wie jemand, der von vornherein davon überzeugt ist, dass alles scheitern wird, was immer er anpackt. Dabei war er als Möbelspezialist sehr tüchtig und erfolgreich. Aber er hatte kaum soziale Kontakte. Seine Ehe ging schon nach einem Jahr in die Brüche, nach einer Fehlgeburt seiner Frau, die sich heftig darüber beklagte, dass er kein Mitgefühl hätte. Ich glaube schon, dass er empathiefähig war, dies aber nicht zeigen konnte. Außer gegenüber seiner Mutter. Bei Tante Wally ging ihm das Herz auf, und er konnte richtig gesprächig werden. Meine Vermutung ist, dass er sich in Sina verliebt hatte, als sie größer war, aus seiner Sicht ein hoffnungsloses Unterfangen, da keine Aussicht bestand, dass die Adoptivschwester ihm je mehr entgegenbringen würde als Sympathie."

„Wie traurig", sagte Simon. „Was sind wir doch für eine verrückte Familie. Komische Adoptionen, missglückte Liebesbeziehungen, Missverständnisse, ein Suizid und und und."

„Ich glaube nicht, dass unsere Familienverhältnisse verrückter sind als bei anderen Leuten", meinte Iris. „Wo gibt es denn schon eitel Sonnenschein? Kämpfen wir nicht alle mit Schicksalsschlägen und Zufallskonstellationen, deren Sprengstoff uns aus der Bahn wirft, ohne dass wir daran schuld sind? Die einen gewinnen dadurch an Stärke, die anderen zerbrechen daran. Gerhard war ein solches bedauernswertes Opfer von Umständen, mit denen er nicht zurechtkam."

Simon zuckte mit den Schultern. „Aus meiner Sicht läuft so vieles aus dem Ruder, weil nicht oder zu wenig miteinander geredet wird. Das Wichtigste wird verschwiegen, und das erzeugt, wie alles Unausgesprochene, entweder diffuse Ängste oder eine falsche Sicherheit. In beiden Fällen wird einem der Boden unter den Füßen weggezogen, wenn das Verheimlichte dann doch einmal zur Sprache kommt und man entdeckt, dass der eigene Lebensentwurf missglückt ist, weil er auf völlig falschen Voraussetzungen beruht."

Seine Mutter lächelte. „Dabei wird doch so unendlich viel gequasselt. Die Menschen waren noch nie so geschwätzig wie heute, sie reden pausenlos, beruflich wie privat. Mobiltelefone und das Internet sind zu Nabelschnüren geworden, die zum ständigen Plärren anhalten. Die Medien scheißen uns zu mit Unmengen an Datenmüll. All die Talk-Shows, in denen immer die gleichen Gesichter den immer gleichen Mist absondern, täuschen nur darüber hinweg, dass wir uns eigentlich nichts zu sagen haben, lauter Wichtigtuer, die sich aufblähen und so tun, als hätten sie alle Weisheit für sich gepachtet."

„Aber Mama, im Grunde gehst du noch einen Schritt weiter, wenn du sagst, dass das ganze Blabla nur noch dazu dient, von einer kompletten inneren Leere abzulenken. Während ich meinte, dass ganz normale Leute wie die Großeltern tote Hunde im Keller haben, deren Existenz sie aller Beredtheit zum Trotz verschweigen. Das ist eine Form von Sprachlosigkeit, die sich durch Verschleierungstaktiken aufrechterhält und am Ende dazu führt, dass die Fiktion die eigentliche, wesentliche Wahrheit verleugnet."

„Ach, Simon, ich weiß nicht. Manchmal brechen einem einfach die Leitplanken weg und man tappt in seinem Schmerz ohne Orientierung weiter durchs Leben. Da hilft auch das Reden nicht weiter. Ich verschwinde jetzt wieder für eine Weile und lasse mich von Sina in einen Erträglichkeitsmodus versetzen, der alle meine Sinne für das Meer, den Wind und den Sand öffnet. Eine bessere Therapie kann ich mir für mich nicht vorstellen."

Sie verabschiedeten sich liebevoll voneinander und ermahnten sich gegenseitig, auf ihre Gesundheit zu achten.

In den folgenden Tagen räumte Simon das Haus weiter auf, immer noch unschlüssig, ob er es verkaufen oder vermieten sollte. Erfreut stellte er fest, dass die Flecken auf seinem Körper immer mehr verblassten und darunter eine neue, robustere Haut zum Vorschein kam. Der Juckreiz war verschwunden, und ihm schien, dass er weniger berührungsempfindlich war als vor den Windpocken. Kurz entschlossen rief er Florian an und fragte ihn, ob sie nicht mal wieder zusammen einen längeren Spaziergang am Rhein entlang machen könnten. Florian schlug stattdessen eine Schifffahrt nach Kaiserswerth vor: „Heidewitzka, Herr Kapitän. Wir nehmen zwar nicht das Müllemer Böötche, sondern eine etwas größere Düsseldorfer Schaluppe, aber bei dem schönen Wetter können wir uns an Deck den Wind um die Nase wehen lassen und dabei ein Altbier zischen."

Simon war einverstanden, und sie trafen sich im Hafen an der Schiffsanlegestelle. Florian beäugte seinen Kumpel ausgiebig und sagte: „Gut siehst du aus. Hoffentlich war das deine letzte Kinderkrankheit", fügte er etwas anzüglich hinzu.

Simon verschwieg, dass er die getönte Creme aus Omamas Kosmetikschrank großzügig über Gesicht, Hals und Hände aufgetragen hatte, so dass er nun mit einem halbwegs ebenmäßigen Teint aufwarten konnte. Aufgeräumt ließen sie sich oben vor der Kapitänskajüte auf zwei Stühlen nieder und bestellten zum Bier ein Stück Pizza. Simon genoss das geschmeidige Dahingleiten des Schiffs und den Blick auf das vorüberziehende Ufer, während er mit Florian ihr übliches Blödel-Ping-Pong spielte. Als Florian verkündete, er habe nun endlich der Weisheit letzten Schluss gefunden und sei damit in die hehre Schar der Philosophen aufgestiegen, wartete Simon auf die Pointe. Aber die bestand lediglich darin, dass Florian das Missing-Link zu seinen beiden Devisen gefunden hatte. „*Et is, wie et is* bezieht sich auf die Gegenwart. *Et kütt, wie et kütt* auf die Zukunft. Fehlt noch der Rückblick auf die Vergangenheit: *Wat fott is, is fott.*"

Simon wiederholte: „*Wat fott is, is fott.* Ja stimmt. Eine Binsenweisheit. Aber deine Geschichtsphilosophie ist der reinste Fatalismus. Wo bleibt denn da noch ein Spielraum für Freiheit, wenn das Vergangene unveränderlich ist, die Gegenwart feststeht und die Zukunft deinem Einfluss entzogen ist?"

„Oh, die Freiheit steckt in allen drei Geschichtsmodi drin. Was gewesen ist, ist zwar vorbei, aber es ist ein Resultat meiner Freiheit. Was jetzt der Fall ist, ist so, wie es ist, ebenfalls Produkt meiner Freiheit. Und was kommt, ist wesentlich bestimmt durch meine Zielsetzungen. Ob in allen drei Fällen eins zu eins herausgekommen ist oder herauskommen wird, was ich gewollt habe, ist damit nicht behauptet, aber meine Freiheit war und ist wesentlich beteiligt am jeweiligen Ergebnis. Also ist nicht alles Fatum."

Simon blickte skeptisch, ließ sich jedoch widerstandslos in einen erneuten Sprüchewettbewerb verstricken und verschob die Formulierung seiner Einwände auf später.

Ihr ständiges Gelächter wirkte ansteckend auf die anderen Fahrgäste, und die sich ausbreitende gute Laune lockte immer mehr Leute aus dem Schiffsbauch nach oben. Florian stellte sich schließlich mit dem Rücken zur Bugspitze und dirigierte mit herumfuchtelnden Armen ein überwiegend älteres Publikum, das er vorweg lautstark mit großartig imitierter Will-Höhne-Stimme auf *Nimm mich mit, Kapitän, auf die Reise* eingestimmt hatte. Es folgten noch andere begeistert mitgesungene Lieder, und als *Ich hab' den Vater Rhein in seinem Bett geseh'n, ja der hat's wunderschön, der braucht nie aufzusteh'n* ertönte, ließ sich sogar Simon zum Mitbrummen anstiften. Er fühlte sich zum Platzen wohl. Die Melodien zwitscherten in seinem Kopf wie kleine Vögelchen, wohingegen Florian, dessen weite Jackenärmel beim Dirigieren wild durch die Luft flatterten, eher einem Albatros glich, der sich erfolglos zum Fliegen anschickte.

Das Mobiltelefon in Simons Hosentasche musste schon eine Weile vibriert haben, bevor er merkte, dass es gar nicht der Schiffsmotor war, der das Beben an seiner Hüfte verursachte. Er sah die Nummer seiner Mutter auf dem Display, aber es war nicht ihre Stimme, als er das Gespräch annahm. Da der Chor inzwischen bei einem inbrünstig geschluchzten *My Bonnie was over the ocean* angekommen war und er kein Wort verstehen konnte, sagte er kurz, er werde gleich zurückrufen und begab sich unter Deck. Sina meldete sich sofort auf seinen Rückruf, und noch bevor Simon fragen konnte, wie sie an das Handy seiner Mutter gekommen war, ahnte er die Antwort bereits. Er hörte der warmen dunklen Stimme an seinem Ohr ruhig zu, während er das Anlegen des Schiffs in Kaiserswerth beobachtete und zusah, wie die muntere Schar, *La Paloma* singend, aus den Eingeweiden des schwimmenden Gefährts quoll und sich über den Landesteg ergoss, angeführt von Florian, der, eine Bierflasche als Taktstock schwenkend, für einen einigermaßen geordneten Abgang sorgte.

„Ja“, sagte Simon, „ich werde versuchen, morgen einen Flug nach Westerland zu buchen. Sonst nehme ich den Zug. Und Sie brauchen mich nicht abzuholen. Ich habe einen Wohnungsschlüssel. Ich melde mich dann bei Ihnen.“ Er schaltete das Handy aus und verließ das Schiff.

Florian erwartete ihn oben am Kai. „He Alter, was ist los? War dir unsere Gesangseinlage zu sentimental? Oder zu laut?“

„Mama ist tot“, sagte Simon.

Florians Gesicht verlor schlagartig seine Heiterkeit und verwandelte sich in eine Maske der Trauer. „Ach“, sagte er. In dem Wehlaut aus schwerem Herzen kondensierte sich der ganze Schmerz, den auch Simon empfand. Sie steuerten auf eine Bank zu, und Simon war dem Freund dankbar, dass er keine Fragen stellte, sondern nur seinen Unterarm fest gepackt hielt, bis sie sich gesetzt hatten. Lange starrten sie auf den Rhein, bis Simon schließlich murmelte „*Wat fott is, is fott.*“ Florian nickte, und Simon ergänzte: „Es war ein Akt der Freiheit.“

Wieder nickte Florian, als hätte er nichts anderes erwartet. „Ist sie auf Sylt gestorben?“, erkundigte er sich vorsichtig.

„Ja, in ihrer Westerländer Wohnung, und sie möchte in der Nordsee bestattet werden.“

„Darf ich zur Beerdigung kommen? Oder wie sagt man da, zur Bewässerung? Oder eher zur Einwässerung?“

„Zur Einwässerung?“, wiederholte Simon stirnrunzelnd. Sie schauten sich an und begannen hemmungslos zu lachen, während ihnen Rotz und Wasser über das Gesicht liefen.

Sie vereinbarten, dass Simon Bescheid geben würde, sobald er die Formalitäten erledigt hatte und der Termin für die Seebestattung feststand.

Glitzerwasser

Am nächsten Morgen nahm Simon das Flugzeug nach Sylt, nachdem er zutiefst beklommen eine schlaflose Nacht verbracht hatte. Der Elefant funktionierte nicht mehr. Er hockte nun auf seinem Brustkorb und presste ihm den Atem ab. Schwerfällig bestieg er die kleine Propellermaschine. Als sie das Festland verließen, flogen sie hoch über dem Meer durch einen strahlend blauen, fast wolkenlosen Himmel. Simon konnte den Schatten des Flugzeugs über die Nordseewellen huschen sehen. Es schien Ebbe zu sein, den vielen Sandbänken nach, die aus ihrer maritimen Versunkenheit aufgetaucht waren und sich der Sonne entgegen reckten. Dass sich seine Mutter dieses ständig seine Haut verändernde Gewässer als ihr Seemannsgrab ausgesucht hatte, konnte er gut nachvollziehen. Er hätte es lieber, wenn seine Asche im Rhein verstreut würde. Schon hörte er Mama lachen: „Mach das Simon. Der Rhein mündet ja in die Nordsee, und dort werden wir uns dann wieder treffen."

Beim Landeanflug leuchtete ihm die schimmernde Wasseroberfläche auf der Westseite der Insel entgegen, deren Anblick ihn an Omama erinnerte. „Glitzerwasser" hatte sie ihm ins Ohr geraunt, als er noch ein Kind war und vom Strand aus gebannt auf das funkelnde Wasser starrte. „Da unten, tief im Meer fangen die Muscheln an zu blinzeln, wenn die Sonne scheint. Sie öffnen sich und ihre perlmutterfarbene Innenseite spiegelt sich oben auf dem Wasser." Er hatte das geglaubt und sich gewünscht, einmal hinabzutauchen zu den Muschelfeldern, um zuzuschauen, wie sich all die wunderschön geriffelten elfenbeinernen Gebilde im Licht der Sonnenstrahlen auseinanderklappten und ihr Innerstes preisgaben. Er nahm an, dass sie in sich auch Perlen und glänzendes Geschmeide bargen, mit dem sie sich bei der Sonne dafür bedanken wollten, dass sie die Unterwasserwelt erleuchtete. Nach Sonnenuntergang verschlossen sie sich wieder lautlos, um sich in der dunklen Stille auf die Pflege ihrer Kostbarkeiten zu konzentrieren.

Simon lächelte vor sich hin. Omama war eine grandiose Geschichtenerzählerin gewesen, die seine kindliche Fantasie mit immer neuer Nahrung versah. Fast wäre er beim Verlassen des kleinen Flughafengebäudes in eine Frau hineingerannt, die sich ihm in den Weg stellte. Er wollte sich entschuldigen und blickte in zwei bernsteinfarbene Augen, die einen überraschenden Kontrast zu dem kastanienbraunen, mit Silberfäden durchsetzten Haar bildeten. „Muscheln produzieren wohl keinen Bernstein, oder?“, entfuhr es ihm.

Sie lachte. „Oh nein. Die stellen Perlen her. Bernstein ist versteinertes Harz, das aus den Nadelbäumen längst vergangener Zeiten stammt.“ Sie reichte ihm die Hand. „Ich bin Sina. Du wolltest zwar nicht, dass ich dich abhole, aber ich dachte mir, dass du mit dem Flieger kommst. Und da ich nicht wusste, ob du deine Mutter noch einmal sehen möchtest, bin ich jetzt hier. Der Sarg muss nämlich im Lauf des Nachmittags aufs Festland. Das Krematorium in Flensburg ist für die Einäscherung zuständig.“

Simon war verwirrt. Diese schöne Frau mit dem dicken Zopf, der ihr bis zur Taille über den Rücken hing, war Sina? Wenn sie etwa vierzehn Jahre jünger war als ihr Stiefbruder Gerhard, der wiederum ein Jahr jünger war als Mama, musste sie Anfang fünfzig sein. Aber die Frau, die vor ihm stand, kam ihm wie höchstens vierzig vor. „Du bist die reinste Augenweide“, sagte er aufrichtig.

Wieder lachte Sina, nicht geschmeichelt, sondern wie eine Frau, die an Komplimente gewöhnt ist und dabei unterstellt, dass man etwas von ihr will. Doch sie begriff, dass Simon meinte, was er sagte. „Weißt du, mein Mann war da anderer Ansicht. Als wir uns vor fünf Jahren trennten, sagte er, er könne meinen Anblick einfach nicht mehr ertragen." Sie sah Simons betretene Miene und hakte rasch nach: „Was ist, möchtest du Iris noch einmal sehen?"

Simon schüttelte den Kopf. „Ich denke lieber an sie, wie sie lebendig war. Und als sie letzte Woche hierher aufbrach, wirkte sie ganz zuversichtlich, auch wenn sie über eine zweite Chemo alles andere als begeistert war."

„Da wusste sie eben noch nicht, dass sie bestenfalls ein paar Monate mehr haben, aber nicht geheilt würde. Für diesen kurzen Gewinn an Lebenszeit noch einmal die ganze Quälerei auf sich zu nehmen, schien ihr unverhältnismäßig. Ich habe übrigens ein Foto von ihrem Gesicht gemacht nach ihrem Tod. Wenn du willst, schenke ich es dir. Sie wirkt sehr gelöst, fast glücklich."

Sina verständigte kurz das Bestattungsunternehmen, dass der Leichnam überführt werden könnte und sie den Sohn für die notwenigen Unterschriften rasch vorbeibrächte.

Nachdem dies erledigt war, fuhren sie in Sinas kleinem Suzuki zu dem Appartement, in dem Iris in den vergangenen Jahren oft gewohnt hatte.

Sina zeigte auf den Couchtisch, der mit Dokumenten bedeckt war und Simon ein wenig an den Esszimmertisch daheim mit den darauf ausgebreiteten Briefen Mickis erinnerte. Sie wies auf die einzelnen Schriftstücke hin: Testament, Verfügung über ihr „Seemannsgrab", ein mit der Hand geschriebenes Blatt, dass sie freiwillig aus dem Leben scheide. Dazwischen eine Menge Fotos von Möwen, Strand, Sonnenuntergängen und „Glitzerwasser". Simon vermisste einen an ihn persönlich adressierten Brief. Sina ging ins Schlafzimmer und holte einen Kassetten-Rekorder, den sie Simon übergab. „Iris wollte dir einen Abschiedsbrief schreiben, aber sie sagte, es ginge einfach nicht. Längere Texte mit der Hand zu schreiben, sei eine Qual für ihre Finger. Und mit dem Computer fand sie es zu unpersönlich. Da habe ich ihr den uralten Rekorder aus meiner Praxis mitgegeben, und ich glaube, sie hat davon Gebrauch gemacht.“

Simon drückte das Gerät an sich und begleitete Sina zur Tür. Über alles weitere würden sie telefonieren. Er kehrte ins Wohnzimmer zurück und öffnete die Balkontür. Der Wind fuhr ihm kräftig in die Haare, und er fühlte seine Mutter fast hautnah. Der Druck in seinem Inneren ließ nach. Als er sich umdrehte, fiel sein Blick auf die Wand gegenüber, die zum größten Teil von einem Popgemälde eingenommen wurde, das Marlene Dietrich im Profil zeigte. Der Kopf schien über dem Brandenburger Tor zu schweben, die Augen weit geöffnet in die Ferne gerichtet, der Blick fixiert durch unsichtbare Heimwehfäden. Das Bild erstrahlte in einem warmen Rotton. Was Simon immer besonders fasziniert hatte, war der ständige Farbwechsel zwischen Rosa und Blutrot, den das Bild abhängig von den äußeren Lichtverhältnissen vollzog. Zum ersten Mal fiel ihm auf, dass das klare Antlitz der Diva eine erstaunliche Ähnlichkeit mit dem Gesicht der Großmutter hatte, die gleichfalls mit einem so unsentimentalen und doch zugleich sehnsüchtigen Blick in die Ferne schaute, wenn sie sich unbeobachtet wähnte. Ob Mama das gemerkt hatte? An den übrigen Wänden hingen in beiden Zimmern gerahmte Drucke von Chagall, den die Mutter besonders liebte. Überall tauchte das Jerusalem-Motiv auf und zwei Liebende, eng miteinander verschlungen auf einem Boot ruhend, in einem Blumenstrauß versteckt, zwischen Zirkusakrobaten schlummernd. Und natürlich immer mit dabei: ein Esel. Mama war eine Romantikerin mit Leib und Seele.

Simon stellte auf dem Balkon den Liegestuhl auf und holte sich eine Decke.

Warm eingepackt steckte er sich die Kopfhörer in die Ohren und lauschte, den Blick auf die Dünen gerichtet, der vertrauten Stimme seiner Mutter.

Hallo Simon. Wenn du mich jetzt hörst, bin ich nicht mehr physisch anwesend und doch bei dir. Du wirst mich begleiten auf meiner letzten Schiffsreise, und vielleicht ist Florian mit von der Partie. Er war für mich immer wie ein zweiter Sohn, und ich hoffe, dass ihr Freunde bleibt. Ich weiß, dass du dir manchmal Sorgen gemacht hast über unsere Beziehung, aber sie sind völlig unbegründet. Florian ist schwul, und es war sehr schwierig, dies seinen Eltern beizubringen. Das habe ich vor ein paar Jahren für ihn übernommen. Sein Vater hat nur mit den Schultern gezuckt und lapidar gemeint, das sei doch heutzutage in unseren Breiten keine Sache mehr. Aber seine hysterische Mutter hat ein wahnsinniges Affentheater aufgeführt, von wegen fehlender Enkelkinder und überhaupt, dass Sex zwischen Männern ungehörig sei, blablabla. Aber dann hat sie es doch erstaunlich rasch akzeptiert. Wahrscheinlich fand sie es irgendwie aufregend, Mutter eines Homosexuellen zu sein. Jedenfalls würde keine Frau ihr den Sohn wegnehmen können. Wie auch immer.

Florian war schwul? Simon unterbrach den Redefluss seiner Mutter und starrte in den Himmel, wo passenderweise ein paar rosa angehauchte Wölkchen in weit vorauseilendem Eifer den Sonnenuntergang ankündigten. Wieso war ihm dieser Gedanke nie gekommen, obwohl er sich jetzt im Nachhinein an Vorkommnisse erinnerte, die er sich nicht erklären konnte? Zum Beispiel was das Verhalten der Mitschüler betraf oder die versteckten Annäherungsversuche des Mathelehrers. Simon seufzte. Wenn er doch nicht so schrecklich ignorant in Bezug auf geschlechtliche Dinge gewesen wäre. Dabei war er vorzüglich aufgeklärt worden. Seine Mutter hatte ihm als Fünf- oder Sechsjährigem anhand von Bildern des Geburtskanals genau gezeigt, wie ein Kind geboren wird.

Etwa ein Jahr danach war es dem Großvater zugefallen, Simons Frage zu beantworten, wie besagtes Kind überhaupt in die Gebärmutter gekommen war, wenn es doch nicht vom Klapperstorch dort hinein transportiert worden sei. Gewissenhaft hatte Opapa ihm ohne jede Peinlichkeit den Geschlechtsakt und seine möglichen Folgen erläutert. Umstandslos kam er auch auf die Tatsache zu sprechen, dass manchmal Männer oder Frauen sich jeweils unter sich, also mit ihresgleichen paarten. Das gäbe es unter Tieren ebenso wie unter den Menschen und wäre nicht weniger natürlich als eine gemischtgeschlechtliche Vereinigung, die ja ohnehin nicht nur wegen der Fortpflanzung, sondern auch wegen der Lustempfindungen stattfände.

Simon war bass erstaunt und wollte wissen, woran es denn lag, dass die einen Interesse am anderen Geschlecht hatten, die anderen nicht. Opapa hatte eine Weile nachgedacht und dann gesagt, das läge wohl daran, dass die Natur jedem Menschen einen inwendigen Magneten mitgegeben hätte, der über die Art seiner Anziehungskraft entscheide. „Wie du weißt, ziehen sich bei zwei Magneten die entgegengesetzten Pole an, während die gleichen sich abstoßen. Nun sind diese Magneten in den Menschen beweglich. Mal dreht sich die eine, mal die andere Seite seinem Gegenüber zu, ohne dass man das beeinflussen kann. Die meisten männlichen und weiblichen Magneten richten ihre Pole automatisch auf die des anderen Geschlechts, wobei die Anziehungskraft graduell variiert. Die einen fliegen geradezu aufeinander, die anderen empfinden zwar Sympathie füreinander, halten aber Abstand. Nun gibt es Männer, deren Magnet sich sofort umdreht, sobald sie auf eine Frau treffen."

Als Simon sich erkundigte, wie die Männer das denn unter sich machten, hatte der Großvater gelacht und gesagt: „Ganz einfach. Männer haben bis auf eine genau so viele Körperöffnungen wie Frauen, und ihre Haut bietet ebenso viele Reibeflächen."

„Ja, und die Frauen?"

„Frauen haben genau so viele Finger und Reibeflächen wie die Männer. Außerdem gibt es jede Menge Spielzeug als Ersatz für den Phallus.“

Simon, der das Wort „Phallus“ nicht kannte, hatte „Fallobst“ verstanden und wunderte sich über diese ihn seltsam dünkende Praxis. Was war denn erotisch an matschigen, vielfach sogar wurmstichigen Äpfeln und Birnen? Zwar hatte er eine Vorstellung von der Dehnfähigkeit des Geburtskanals, aber Fallobst? Dann sah er eines Tages Omama im Garten die im Gras liegenden Äpfel auflesen. Argwöhnisch beobachtete er, wie sie Apfel für Apfel eingehend begutachtete, einige für die Vögel wieder unter den Baum warf, die anderen mit in die Küche nahm. „Das gibt ein ausgezeichnetes Kompott“, meinte sie zu Simon, der sie entgeistert anstarrte. Doch dann fiel der Groschen. So wie die Cowboys ihr Steak weich ritten, bevor sie es brieten, machten die Frauen offenbar etwas Ähnliches, indem sie die Äpfel in ihrem Unterleib verarbeiteten, bevor sie in den Kochtopf wanderten. Er fand das immer noch grenzwertig, und seitdem rührte er kein Apfelmus mehr an, aber es war immerhin eine plausible Erklärung. Erst viel später begriff er seinen Irrtum, als im Griechischunterricht von der Potenz des Göttervaters Zeus die Rede war und der Lehrer das Wort „phallos“ mit Gemächt übersetzte. Simon hatte so lachen müssen, dass er die ganze Klasse ansteckte, die ohne den tieferen Grund zu kennen in sein Gelächter einstimmte und nicht mehr zu bändigen war. All die im Alltagsjargon gebräuchlichen Synonyme für das eher ungewohnte Wort „Gemächt“ schwirrten durch den Raum und erzeugten immer neue Lachsalven. Erst als sich die Klassenbeste erhob und mit einem kalten Blick in die Runde sagte: „Hört endlich auf mit diesen pubertären Albernheiten“, kehrte wieder Ruhe ein. In die Stille hinein tönte aus Florians Ecke ein „Gemach, gemach“, doch bevor erneutes Gelächter aufbranden konnte, fuhr der Lehrer mit einem drohenden „Basta!“ dazwischen.

Was war er doch für ein Greenhorn gewesen, dachte Simon. Und im Grunde war er es immer noch. Er hatte Florian immer als Frauenheld betrachtet und nicht geahnt, dass er auf Männer stand. Aber im Grunde machte es keinen Unterschied. Er schaltete den Rekorder wieder ein, und als hätte Mama ihm beim Denken zugehört, fuhr sie fort:

Florian ist ein Schatz, Simon. Du bist nicht sein Typ, in erotischer Hinsicht, meine ich, aber er liebt dich heiß und innig als dein bester Freund, und diese Freundschaft solltest du pflegen, auch um ihn zu schützen, wenn es mal nötig sein sollte. Und jetzt erzähle ich dir, wer dein Vater war. Es ist wichtig, gerade nach den Enthüllungen, die Mickis Briefe heraufbeschworen haben. Ich hätte dir bis zu einem gewissen Grad schon längst das Wichtigste über ihn gesagt. Aber ich war doch froh, dass du nie insistiert hast, wohl deshalb, weil du, wie ich glaube, gemerkt hast, dass mir die Wahrheit wehtat, und nicht weil es dich nicht interessierte. Ich habe Jakob Wernli, so hieß er, 1987 bei der Frankfurter Buchmesse kennengelernt. Er war wie ich Buchhändler, und wir kamen über einige Neuerscheinungen ins Gespräch. Von Anfang an waren wir uns sehr sympathisch und so haben wir uns im Lauf der Zeit in immer kürzeren Abständen getroffen.

Iris machte eine Pause. Simon hörte einen Löffel in der Tasse klingeln, aus der sie vorsichtig schlürfte. Als sie weitersprach, klang ihre Stimme belegt, und Simon spürte die Anstrengung, die es sie kostete.

Unsere Beziehung wurde im Verlauf eines Jahres immer enger. Schließlich wollten wir uns unseren Familien als Liebespaar vorstellen, zuerst Jakobs, dann meiner. Jakob war Schweizer, aber er sprach ein lupenreines Hochdeutsch. Er hatte eine deutsche Mutter, wie er mir erklärte, und sie hätte immer Wert darauf gelegt, dass er und seine beiden Schwestern außer Schweizer Dialekt auch die Schriftsprache gut beherrschten. Während Jakob in Winterthur lebte, wo er nach einer früh gescheiterten Ehe seine Buchhandlung betrieb, wohnten seine Eltern in Luzern, wo der Vater bis zu seiner Pensionierung als Bankdirektor tätig war. Kaum war er im Ruhestand, raffte ihn ein Herzinfarkt dahin. Das war kurz bevor Jakob und ich uns kennenlernten. Wir besuchten also seine Mutter, die mit der jüngsten Tochter Bernadette in der Familienvilla residierte. Die andere Tochter Madeleine war ins Tessin gezogen, wo sie mit ihrem Mann, einem gebürtigen Italiener, ein Viersternehotel führte.

Wieder unterbrach Iris ihren Bericht. Simon hatte an ihrem schleppenden Tonfall gehört, wie schwer es ihr fiel, weiterzuerzählen. Warum quälte sie sich bloß so? Eigentlich war es ihm egal, wer nun wirklich sein Erzeuger war. Immerhin war er nicht das Ergebnis eines One-Night-Stands. Aber selbst das hätte ihn nicht aus den Schuhen gehauen. Warum also wollte sie ihr Wissen nicht mit ins Grab nehmen?

Ach, Simon, stell dir meinen Schock vor, als ich in Jakobs Elternhaus nach der Begrüßung seiner Mutter im Wohnzimmer auf eine Bildergalerie stieß und noch bevor ich die einzelnen Fotos durchgehen konnte ganz zuoberst ein Foto von Vater entdeckte, Vater in jungen Jahren, aber unverkennbar Matthias Kelterborn. „Das ist mein Vater", sagte Jakob, „er ist im Krieg gefallen."

„Das gibt es doch nicht", schrie Simon. „Mama, du musst dich versehen haben."

Ich war zu Tode erschrocken und wäre fast in Panik aus dem Haus gestürzt. Jakobs Mutter war Hedwig, jene Hedwig, deren Bild du mir gezeigt hast. Sie ist kurz vor Kriegsende aus Deutschland in die Schweiz geflohen, gerade noch rechtzeitig, bevor ihr Dorf dem Erdboden gleich gemacht wurde. Sie hatte eine Brieffreundin in Luzern, bei der sie Unterschlupf fand. Dass sie schwanger war, hat sie erst später gemerkt. Sie hat dann nach Jakobs Geburt den Mann kennengelernt, der sie geheiratet und den Sohn adoptiert hat. Hedwig war davon überzeugt, dass Matthias im Krieg umgekommen war. Er ist ja auch tatsächlich erst spät aus England zurückgekehrt und war wohl seinerseits davon ausgegangen, dass Hedwig das Bombardement nicht überlebt hatte.

Simon stellte das Gerät ab, um Ordnung in seine aufgewühlten Gedanken zu bringen. Er hielt es nicht mehr aus auf dem Balkon und zog sich ins Wohnzimmer zurück. All die Liebenden auf den Chagall-Bildern schienen ihm auf einmal wie ein Hohn. Im wirklichen Leben waren die meisten Beziehungen, die so romantisch begonnen hatten, zum Scheitern verurteilt. Und doch war diese Sehnsucht nicht totzukriegen, die Sehnsucht nach ewiger, absoluter Erfüllung. Aber er musste Omama Recht geben: Die Welt war nicht so beschaffen, dass diese Sehnsucht gestillt wurde, höchstens ab und zu in einer momentweisen Ekstase, aus der man aber rasch wieder auf den Boden der Tatsachen zurückgeschleudert wurde. Einfach absurd diese Diskrepanz zwischen maßlosem Verlangen und ausbleibender Befriedigung. Albert Camus hatte die Ausweglosigkeit dieser Situation großartig dargestellt. Im Leistungskurs Philosophie waren sie in einer hitzigen Diskussion seiner Interpretation des Sisyphos-Mythos nachgegangen und konnten sich am Ende nicht einigen, ob der Selbstmord nicht doch die einzige konsequente Lösung war, um der unaufhebbar absurden Befindlichkeit des Daseins zu entfliehen. Simon jedenfalls vermochte nicht einzusehen, worin das Glück des Sisyphos bestand, da er doch keinerlei Aussicht hatte, seinen Felsbrocken je wieder loszuwerden. Wenn es ein ewiges Unglück gab, dann doch wohl dieses.

Er wandte sich dem Porträt von Marlene zu, das ihm glutrot von der weißen Wand entgegen strahlte. Opapa hatte also einen Sohn, Jakob Wernli, der wiederum sein, Simons Vater war. Und so war Opapa doch sein richtiger Großvater, genau wie Micki. Und Hedwig war seine andere Großmutter. Aber wie konnte das passieren? Gab es solche Zufälle überhaupt? Er spürte einen Stachel in der Brust, der ihm angesichts des Unglaublichen die Absurdität des Daseins bewusst machte, die, so schien es ihm jetzt, mit dem Prinzip des Zufalls zusammenhing. Eine so abwegige Koinzidenz verführte geradewegs zu der Idee, dass ein böser Geist seinen Hang zur Grausamkeit an den Menschen ausließ, um sich an ihren Qualen zu weiden. Simon stellte den Rekorder wieder an.

Hedwig war glücklich, endlich einmal mit jemandem reden zu können, der ihre ursprüngliche Heimat kannte. Je länger ich ihr zuhörte, desto mehr ging ich innerlich auf Abwehr. Sie erzählte von ihrer Familie, von ihrem Verlobten Matthias und dessen Bruder Michael, Matze und Micki, die wie Zwillinge aneinander klebten, bis Michael sich verliebte. Da gab es plötzlich nur noch Schicki und Micki, und Matthias wandte seine ganze Aufmerksamkeit Hedwig zu. In meinem Kopf brannte nur der eine Gedanke, Jakob ist mein Bruder, und ich muss unser Verhältnis beenden. Woher sollte ich wissen, dass Vater gar nicht mein biologischer Vater ist? Verstehst du, Simon, deshalb bin ich so ausgerastet, als du mir die Dokumente gezeigt hast. Die Eltern haben durch ihr Verschweigen dieser Tatsache mein spätes Lebensglück zerstört. Jakob und ich wollten heiraten, wir passten so wunderbar zusammen, dass es gar keinen Zweifel an einer gemeinsamen Zukunft gab. Jakob war etwas verwundert, dass ich so ungewohnt still war, schob dies aber auf die Situation, zumal seine Mutter in heller Freude ununterbrochen über vergangene Zeiten redete. Noch am selben Tag habe ich Jakob erzählt, was ich entdeckt hatte. Er war wie vor den Kopf geschlagen, und wir fanden beide in der Nacht keine Ruhe. Am nächsten Tag machten wir wie geplant eine Schiffsrundfahrt über den Vierwaldstädter See, auf der Jakob vorschlug, wir sollten einfach alles für uns behalten, schließlich seien wir doch nur Halbgeschwister, noch dazu in einem Alter, in dem keine Kinder mehr zu erwarten wären, für die das aus genetischer Sicht eventuell schädlich sei. Und stell dir vor, Simon, genau in dem Moment hast du mich kräftig in den Bauch getreten.

Simon zuckte zusammen. Ihm war, als ob der Schreck seiner Mutter durch ihn hindurchgegangen sei. Sie musste doch im fünften oder sechsten Monat gewesen sein und hatte nicht bemerkt, dass sie schwanger war?

Simon, ich war fast achtundvierzig und wähnte mich bereits in der Menopause. Ich habe nicht im Traum damit gerechnet, noch ein Kind zu bekommen. Zwar war mir schon aufgefallen, dass ich etwas zugelegt hatte, aber ich hatte in den vergangenen Monaten auch tüchtig gegessen, jedenfalls mehr als früher, und die paar zusätzlichen Kilos darauf zurückgeführt, dass ich mich so richtig rundum wohlfühlte mit diesem Mann. Jakob habe ich nichts gesagt, weil ich erst einmal selbst damit klarkommen wollte. Vielleicht hatte ich mich ja auch geirrt. Wir haben dann nicht mehr viel geredet während der Fahrt über den See, aber die ganze Zeit eng umschlungen dagesessen, als hätten wir gewusst, dass es das letzte Mal war. Im Grunde war uns beiden klar, dass wir unsere Familien nicht zusammenbringen konnten, was bei einer Hochzeit unvermeidbar war. Wir hatten also nur die Alternative, uns zu trennen oder uns weiter wie bisher im Geheimen zu treffen.

Simon unterbrach den mütterlichen Wortfluss erneut, um nachzudenken, was für Konsequenzen es gehabt hätte, wenn den Angehörigen beiderseits reiner Wein eingeschenkt worden wäre. Seine Großmutter wäre sicher „not amused" gewesen. Es hätte ihr nicht gefallen, nur als die zweite Wahl dazustehen, ganz davon abgesehen, dass auch der ganze Schwindel hinsichtlich der Herkunft von Tochter Iris aufgeflogen wäre. Aber wie hätten Großvater und Hedwig reagiert?

In der darauffolgenden Woche habe ich einen Gynäkologen konsultiert, alle Untersuchungen absolviert und auf dem Ultraschallbild gesehen, dass ich einen Jungen erwartete. Und ich freute mich wahnsinnig. So ein unerwartetes Geschenk in späten Jahren, das war pures Glück, egal wie die Vorgeschichte aussah. Noch bevor ich einen Entschluss fassen konnte, wie ich Jakob die Nachricht beibringen sollte, ob überhaupt oder besser nicht, bekam ich einen Anruf seiner jüngeren Schwester, dass Jakob verunglückt war. Auf Schweizer Autobahnen darf man nicht so schnell fahren wie auf den deutschen. Jakob war unterwegs zu einem Verlegertreffen auf der Autobahn nach München von einem Lastwagenfahrer, dem er wohl zu langsam fuhr, überholt und bei dessen zu frühem Einscheren touchiert worden. Sein Auto wurde über die Leitplanken katapultiert und stürzte einen Abhang hinab. Er wurde in dem Wrack eingeklemmt und starb noch an der Unfallstelle. In der Zeit danach war ich wie eingemauert. Von Jakobs Beerdigung ist mir nur Hedwigs vereistes Gesicht in Erinnerung. Ich war ständig versucht, ihr von meiner Schwangerschaft zu erzählen, um ihr ein bisschen Trost zu spenden, den ich selbst bitter nötig hatte, fürchtete aber, dass sie vielleicht hin und wieder nach Düsseldorf kommen wollte, um ihren Enkel zu besuchen, und dabei auf Vater oder Mutter treffen würde.

Was für ein Jammer, dachte Simon. Er empfand tiefes Mitgefühl für seine Mutter, die offensichtlich keinen Augenblick lang eine Abtreibung erwogen hatte. Dafür war es wohl auch zu spät, es sei denn, der Arzt hätte einen gravierenden Schaden an dem Fötus festgestellt. Das Schlimmste für Mama war wohl, dass sie niemanden hatte, dem sie sich anvertrauen konnte. Manchmal tut es ja schon gut, wenigstens jemanden zum Reden zu haben, auch wenn sich dadurch an der Situation nichts ändern ließ.

Mutter, und das rechne ich ihr hoch an, war mir unter den gegebenen Umständen die größte Hilfe. Ohne zu fragen, kümmerte sie sich während der letzten Schwangerschaftsmonate um mich, zog zu mir in die Gerresheimer Wohnung und brachte mich, als es so weit war, ins Krankenhaus. Sie war bei der Geburt, die sich lange hinzog, die ganze Zeit dabei, als wäre sie der Kindsvater, munterte mich immer wieder auf, wenn ich vor Schmerzen schlappmachte, und nahm dich, als du endlich da warst, mit einem Enthusiasmus entgegen, als hätte man ihr gerade einen echten Picasso überreicht.

Simon lachte lauthals. Was er an Omama so geschätzt hatte, war die Art ihrer Zuwendung. Sie hatte ihn stets wie einen Erwachsenen behandelt, ohne das affige Getue und Gerede, mit dem Kleinkinder meistens überschüttet werden. Und doch war es immer altersgerecht, wie sie auf ihn einging. Selbst jetzt im Nachhinein fand er, dass sie ihn nicht als Ersatz für

Micki missbraucht hatte, obwohl ihr sicher schon früh die große Ähnlichkeit aufgefallen war. Sie hatte ihn als er selbst ernst und wahrgenommen, so dass er sich immer auf Augenhöhe mit ihr fühlte.

Die ersten Lebensjahre hast du ja teils bei mir in der Buchhandlung, teils bei den Eltern verbracht. Anfangs habe ich dich mit Argusaugen beobachtet, immer voller Sorge, du könntest Vater, also Opapa, gleichen. Aber dann sahst so du völlig anders aus, hattest keinerlei Ähnlichkeit weder mit mir noch mit deinem toten Vater noch mit den Großeltern. Heute wissen wir, auf wen du äußerlich gekommen bist. Was für meine Eltern natürlich unübersehbar war. Im Nachhinein ist es schwer zu sagen, mit welchen Gefühlen sie diese Wiederauferstehung von Micki erlebt haben. Für Mutter warst du ein Geschenk, ohne Zweifel. Und ich bin fest davon überzeugt, dass Vater dich ebenso geliebt hat, obwohl er keine Ahnung hatte, dass du sein echter Enkel bist. Übrigens habe ich ihm kurz vor seinem Tod gesagt, dass Hedwig den Krieg überlebt und er einen Sohn mit ihr hatte. Erinnerst du dich an die letzten Tage, als er nicht mehr sprechen konnte, aber geistig noch voll da war? Ich habe ihm alles erzählt, was ich über die beiden wusste, weil ich fand, dass er ein Recht auf diese Geschichte hatte, die ja zu einem Teil auch die seine war. Verschwiegen habe ich ihm nur, dass sein Sohn auch dein Vater war. Ich konnte ja nicht ahnen, dass er und ich gar nicht miteinander verwandt sind, und wollte ihn mit meinen Inzestvorwürfen nicht noch am Ende seines Lebens belasten.

Was für ein Jammer, dachte Simon erneut, zutiefst bekümmert, dass die Großeltern die Verwandtschaftsverhältnisse nicht rechtzeitig geklärt hatten. So musste Mama mit einem Schuldgefühl fertig werden, das völlig unbegründet war. Es stimmte, Opapa hatte an den Tagen vor seinem Tod immer ein solches Strahlen in den Augen gehabt, dass Omama pikiert meinte, das Sterben schiene für ihn ja eine fantastische Angelegenheit zu sein, als ob er geradewegs auf den Weg ins Paradies sei. „Vielleicht ist er in alte glückliche Zeiten zurückgekehrt", hatte Simon arglos gemeint, was die Großmutter mit einem Schnauben quittierte.

Ach, Simon, mein Schatz, ich könnte noch endlos weiter reden, aber im Grunde ist alles gesagt. Verzeih mir, dass ich etwas früher gehe, als die Natur es für mich vorgesehen hat. Ein paar Monate mehr wären kein Gewinn, denn sie müssten mit einer erneuten Tortur erkauft werden, die ich mir ersparen möchte. Noch etwas ganz Wichtiges! Sina leistet mir keine aktive Sterbehilfe. Sie weiß zwar Bescheid über meine Absicht, hat aber nicht versucht, mich umzustimmen. Und das Heroin habe ich mir selber in Düsseldorf bei einem Dealer in der Altstadt besorgt. Er hat mir auch gezeigt, wie man das Zeug am besten spritzt. Das war mein letztes Abenteuer, und die Szene, in der es stattfand, habe ich ziemlich makaber gefunden. Lass bloß die Hände von Drogen, Simon, die kaputten Gestalten, die ich gesehen habe, schienen mir bereits in jungen Jahren keine Zukunft mehr zu haben.

Simon dachte schuldbewusst an seinen kurzen Haschkonsum. Doch er war sicher, dass ihm das Kiffen nicht zur Gewohnheit werden würde. Es gab andere, verheißungsvollere Möglichkeiten, sich mit Fortuna gut zu stellen. Er musste nur herausfinden, was er aus seinem Leben machen wollte.

Ich werde auf die Dünen schauen, morgen, wenn ich gehe, und mir vorstellen, dass dahinter das Meer auf mich wartet, in dem ich bis ans Ende aller Zeiten gut aufgehoben sein werde. Du weißt, dass ich zwar durch unsere westliche Kultur christlich infiziert bin, aber nicht an ein Jenseits glaube, in dem es ein Wiedersehen mit geliebten Menschen gibt. Der Tod ist für mich ein absolutes Ende, doch dass danach nichts mehr kommt, macht mir keine Angst. Ein erfülltes Leben gehabt zu haben, setzt nicht voraus, dass alles gelungen ist, dass man keine Chance verpasst hat und nie gescheitert ist. Es geht doch allein darum, wie man mit allem fertig geworden ist, welche Mühen man aufgewendet hat, um aus verfahrenen Situationen einen gangbaren Ausweg zu finden. Das, so hoffe ich, ist mir einigermaßen geglückt, so dass ich ohne Wehmut zurückblicke. Leb wohl, mein Lieber. Schon allein um deinetwillen hat sich mein Leben gelohnt.

Simon hörte das Klicken, mit dem seine Mutter das Gerät ausschaltete. Um das Einsamkeitsgefühl, das ihn abrupt überfiel, loszuwerden, spielte er ihre Abschiedsrede noch einmal ohne Unterbrechung ab. Er fand nun, dass Mamas Stimme zuversichtlich klang, vielleicht ein wenig resigniert an den Stellen, wo sie die Unfähigkeit ihrer Eltern beklagte, mit ihr über ihre Herkunft zu reden. Aber insgesamt hatte sie mit ihrem Leben in Frieden abgeschlossen. Und das respektierte er, doch er spürte, dass eine seltsam pelzige Traurigkeit in ihm hoch kroch, die seine Kehle beengte. Er räusperte sich, und obwohl die Sonne bereits untergegangen war, entschloss er sich noch zu einem kurzen Dauerlauf am Meeressaum entlang. Aber die grollend herandräuenden und mit einem schmatzenden Geräusch an seine Beine klatschenden Wellen fühlten sich in der zunehmenden Dunkelheit so bedrohlich an, dass er umkehrte und sich in die Wohnung flüchtete, wo er sämtliche Lichtquellen einschaltete, um seine Betrübtheit zu erhellen. Schließlich kuschelte er sich ins Bett, doch der Schmerz in seiner Brust wurde immer intensiver. Er begann so erbärmlich zu frieren, dass er seine Zähne klappern hörte.

Sina

Er stand auf und rief Sina an. Ihre Stimme klang müde, so dass er sich nicht zu melden traute. „Simon? Was ist los? Sprich mit mir."

„Mir ist so kalt", sagte er leise.

„Leg dich ins Bett. Ich bin in einer halben Stunde bei dir. Du brauchst mir nicht zu öffnen. Ich habe noch Iris' Schlüssel."

Simon tat, wie sie ihm geheißen hatte. Er war todmüde und zugleich hellwach. Als Sina neben ihm unter die Decke kroch, zog er sie an sich und begann wortlos ihre nackte Haut zu streicheln. Sie erwiderte seine Zärtlichkeiten, und zum ersten Mal in seinem Leben empfand er die Berührung seines Körpers als angenehm. Als ihre Lippen über seinen Bauch glitten, musste er unwillkürlich lachen. „Was ist?", fragte Sina irritiert. „Bist du kitzlig?" Wieder lachte Simon. „Als Kind hörte ich Mama einmal zu Opapa sagen, als er irgendeinen Orden verliehen bekommen hatte, ‚Da hast du dich aber mächtig gebauchpinselt gefühlt.' Ich fand das Wort so lustig, dass ich meine Großmutter wochenlang mit der Frage nervte: ‚Fühlst du dich jetzt am Bauch gepinselt?' Daran musste ich eben denken."

„Und? Fühlst du dich am Bauch gepinselt?", erkundigte sich Sina und fuhr mit dem offenen Haarbüschel am Ende ihres Zopfes über seine Brust. Er lächelte, was sie nicht sehen konnte. Sie umkreiste mit ihrer Zunge seinen Bauchnabel und umfasste mit einer Hand sanft sein Gemächt. Er hatte sich eine solche Situation immer entsetzlich peinlich vorgestellt. Aber es geschah alles so selbstverständlich, mit einer behutsamen Lässigkeit und ohne jede Hast, dass auch er von seinen Händen und seinem Mund Gebrauch zu machen wusste, ohne irgendwelcher Anweisungen zu bedürfen. Er überließ sich ganz Sinas Bewegungen, dem leichten Druck ihrer Arme und Beine, auf den er geschmeidig reagierte. Einen Moment lang schoss ihm das Wort „Sophia-Komplex“ durch den Kopf, und er hätte beinahe wieder gelacht, vergaß es aber gleich wieder. Sina war keine Großmutter. Sie zog ihn mit einem festen Griff über sich und öffnete ihre Schenkel. Sie fanden schnell ihren Rhythmus, als wären sie ein schon lange eingespieltes Paar. Als Sina heftig zu atmen begann und das Tempo beschleunigte, ließ er sich von ihr mitreißen, bis alle seine Sinne im Brennpunkt seiner Lenden zusammenschossen und sich in einer grellen Stichflamme entluden. Völlig ausgebrannt wälzte er sich mit letzter Kraft auf den Rücken und schlief übergangslos ein.

Als er aufwachte, war das Zimmer überflutet von einer Helligkeit, die ihn rasch wieder die Augen schließen ließ. Er spürte, dass Sina verschwunden war, aber sie hatte ihm ihre Wärme zurückgelassen, die in seinem Körper gespeichert war und ihn mit einer starken Freude erfüllte. Sie verdrängte nicht die Trauer um seine Mutter, aber sie sorgte für ein Gleichgewicht in seinem durch ihren Tod aus den Fugen geratenen Seelenhaushalt. Träge blinzelte er ins Licht und rollte sich gemächlich auf die Seite des Bettes, auf der Sina gelegen hatte. Er meinte noch, den sie umschmeichelnden schwachen Duft von Verbene wahrzunehmen, dessen zitronenähnliches Aroma ihm sehr angenehm war. Auf dem Fußboden entdeckte er einen Zettel, den sie von einem Rezeptblock abgerissen hatte. Auf der Rückseite las er:

Ich muss in die Praxis. Du verstehst, dass wir das nicht wiederholen können. Aber es hat uns beiden gutgetan.

So long. S.

Simon spürte ein leises Bedauern wie eine Art Heimweh in der Herzgegend. Aber sein Kopf nickte inwendig. Ihm war klar, dass der Altersunterschied von dreißig Jahren Sina zu schaffen machte, ganz davon abgesehen, dass in ihrer Lebensplanung wohl kaum ein verwöhnter Nichtsnutz aus gutem Haus vorgesehen war. Vielleicht erinnerte sie die Konstellation auch an ihren Vater und Tante Wally, obwohl die beiden nur etwa zwei Jahrzehnte auseinander gewesen waren. Komisch, dass die Verbindung älterer oder gar alter Männer mit einer jungen Frau gesellschaftlich zwar belächelt, aber nicht mit Hohn übergossen wurde. „Die alten Böcke, egal wie verdorrt sie aussehen, sind halt immer noch zeugungsfähig, und wenn nicht, lassen sie sich ein Kuckuckskind unterschieben, um sich ihrer Potenz rühmen zu können", hörte er Florian flüstern. „Alte Frauen dagegen sind verwelkt, ihr Verfallsdatum ist abgelaufen. Sie erinnern die Mummelgreise daran, dass auch sie bereits auf der Abschussliste des Todes stehen." Aber Sina kam Simon überhaupt nicht alt vor, reifer als er, das ja, aber nicht alt. Also doch das Sophia-Syndrom? Nein, dachte er resolut, nicht mal Ödipuskomplex. Er begab sich lächelnd unter die Dusche und nahm im Café auf der anderen Straßenseite ein gewaltiges Frühstück zu sich.

Da sich die Einäscherung seiner Mutter aufgrund eines Sargstaus im Flensburger Krematorium hinzog, nutzte Simon die Zeit zu ausgedehnten Radtouren. Er holte Mamas knallgrünes Fahrrad mit den molligen weißen Ballonreifen aus dem Keller und fuhr kreuz und quer über die Insel. Vor allem die Wattseite hatte es ihm angetan, weil ihn dort das Farbenspiel des Wassers faszinierte, das von tiefblau über türkis bis hellgrün wechselte und einen herrlichen Kontrast zu den mit hell- und dunkelviolettem Heidekraut überwachsenen Hängen bildete. Auf der gegenüberliegenden, dem offenen Meer zugewandten Seite der Insel machte er hin und wieder lange Strandspaziergänge, manchmal begleitet von Sina. Sie gingen völlig unbefangen miteinander um, erzählten sich viel und lachten oft so sehr, dass sie den Leuten, denen sie begegneten, ebenfalls ein Lachen ins Gesicht zauberten.

Er wunderte sich, dass er so gar keine Erinnerung an Sina hatte, obwohl er doch Tante Wally, ihr „Mammeli", an dem sie sehr gehangen hatte, öfter im Haus der Großeltern angetroffen hatte. „Deine Oma", sagte sie, „kam hin und wieder zu uns, aber ich war selten bei euch zu Hause. Auch deine Mutter habe ich kaum gesehen, dich nur einmal als Kleinkind in ihrer Buchhandlung, als ich zu Gerhards Beerdigung nach Düsseldorf kam. Da warst du so vertieft in irgendwelche alten Schriften, dass du nicht einmal zur Begrüßung aufgeblickt hast. Ich bin ja früh von daheim ausgezogen, habe studiert, später geheiratet und mit meinem Mann lange in den USA gelebt. Erst seit ein paar Jahren praktiziere ich hier auf Sylt und bin per Zufall Iris wieder begegnet." Sie schaute ihn nachdenklich an und fügte hinzu: „Vergiss nicht, ich bin ja ein eher irreguläres Mitglied der Familie, dazu etwa dreißig Jahre älter als du. Du warst also noch gar nicht geboren, als ich Düsseldorf verlassen habe und nur bei seltenen Gelegenheiten zurückgekommen bin."

Er streifte Sina mit einem abschätzenden Blick. „Das sieht man aber nicht", meinte er sachlich. Sie schaute an sich herab und erwiderte nüchtern: „Es ist aber leider eine Tatsache, auch wenn ich mich dem Verfall nach Kräften entgegenstemme."

Er lachte lauthals. „Du tust ja gerade so, als ob du eine Ruine wärst, die kurz vor dem Zusammenbruch steht. Hast du eigentlich Kinder?"

„Mein Mann wollte keinen Nachwuchs. Er war wie ich Mediziner, praktizierte aber nicht, sondern war in der Forschung tätig. Wir waren also beide sehr beschäftigt, und ich muss gestehen, dass ich an Kinder keinen Gedanken verschwendet habe. Unser Leben war so ausgefüllt, dass dafür der Platz gefehlt hätte. Und dann tauchte vor vier Jahren eine junge Frau mit drei Kindern in meiner Praxis auf, einem dreijährigen Mädchen und zwei knapp einjährigen Zwillingsjungen. Sie erklärte mir, sie sei seit langem die Geliebte meines Mannes, und das seien seine Kinder. Im ersten Moment hielt ich das für einen Witz, aber die Augen, mit denen mich das kleine Mädchen feindselig anstarrte, waren so eindeutig die meines Mannes, dass ich keinen Zweifel hatte. Bernhard bestritt den Sachverhalt auch gar nicht, er meinte nur lapidar, er hätte auf einmal das dringende Bedürfnis gehabt, sich fortzupflanzen, ohne ständig eine Familie um sich herum zu haben. Von ihm aus könnte gern alles so bleiben, wie es war. Unser Verhältnis wäre doch ideal, und um die Zweitfrau mitsamt den Kindern bräuchte ich mich überhaupt nicht zu kümmern."

Simon war perplex. „Er hat das wirklich so gesagt, dass er ein dringendes Bedürfnis verspürte, sich fortzupflanzen?"

„Genau so." Sinas Stimme schwankte zwischen Erbitterung und Erheiterung. „Ich war viel zu verdattert, um wütend zu sein. Die Wut kam erst ein paar Tage später. Ich bin regelrecht explodiert und habe im Haus alles zerdeppert, was mir an Zerbrechlichem in die Finger geriet. Dann habe ich den riesigen Scherbenhaufen zusammengekehrt, meine Koffer gepackt und bin nach einigen Umwegen hier auf Sylt gestrandet. Bernhard hat immerhin kein großes Getue ums Geld gemacht und mir nach der Scheidung anstandslos die Hälfte unseres Vermögens zukommen lassen. Davon habe ich mir hier ein kleines Haus gekauft und mit dem Geld, das mir Mammeli hinterlassen hat, darin eine Praxis eingerichtet. Schon in Amerika habe ich verschiedene Weiterbildungskurse in Alternativmedizin absolviert, vor allem in Akupunktur, und damit habe ich hier viel Erfolg, besonders in der Schmerztherapie, die auch deiner Mutter geholfen hat."

Simon versuchte sich vorzustellen, wie ein Mann ticken mochte, der im fortgeschrittenen Alter Nachwuchs zeugen wollte, nachdem er vorher nicht das geringste Interesse an Kindern bekundet hatte. Andererseits verstand er, dass die Interessen eines Menschen sich im Verlauf der Zeit ändern können und er urplötzlich von Gelüsten überfallen wurde, von denen er vorher keine Ahnung gehabt hatte. „Hat er die Frau dann geheiratet?"

„Das glaube ich kaum. Und wenn doch, dann wird er auf jeden Fall von der Familie getrennt leben. Er ist ein Mensch, der in seinen Forschungsprojekten aufgeht. Vermutlich erhofft er sich dadurch Nachruhm. Falls der ersehnte Nobelpreis ausbleibt, wird er wenigstens durch seine Kinder weiterleben. Ist dir noch nie aufgefallen, dass vor allem Männer im mittleren Alter mit der Vergänglichkeit des Fleisches hadern und es als einen Skandal empfinden, sterblich zu sein? Bernhard forschte meiner Meinung nach nur vordergründig an Mitteln zur Behandlung von Altersgebrechen. In Wirklichkeit suchte er nach Wegen, das Leben in eine bisher unerreichte Zukunft hinein zu verlängern, bei gesteigerter Lebensqualität versteht sich."

Simon hatte in der Tat auch schon öfter festgestellt, dass viele klassische Philosophen den Tod als ein unzumutbares Übel auffassten. Die Ohnmacht angesichts der Tatsache, dass ausnahmslos jeder Mensch sterben musste, war für große Denker ein Affront und ihnen nur erträglich aufgrund des Glaubens, dass etwas in ihnen unsterblich war und den Untergang des Körpers überdauern würde, die Seele, die keine physischen Anhaftungen aufwies und als völlig durchgeistigtes Wesen den Tod überlebte.

„Apropos Tod", wandte er sich wieder Sina zu, „dass Mama sich für den Suizid entschieden hat, ist für mich immer noch unfassbar, obwohl ich verstehen kann, dass es nicht sinnvoll ist, sich an eine Therapie zu klammern, die dem Leben nur eine kurze Gnadenfrist gibt und überdies entweder große Qualen oder als Nebenfolge starker Medikamente ein bloßes Dahindämmern im Gepäck hat. Aber ich hätte mir gewünscht, dass wir darüber reden." „Hättest du nicht versucht, sie umzustimmen", fragte Sina. „Letztlich geht es doch immer darum, die eigene Perspektive als die bessere durchzusetzen.

Und dabei schenkt man der anderen Perspektive nicht die gebührende Achtung."

„Und das hast du getan? Du hast Mama nicht abzuhalten versucht?"

„Glaub mir, Simon, mir ist es nicht leicht gefallen, mich zurückzunehmen. Schließlich bin ich Ärztin und optiere für das Leben. Aber nicht um jeden Preis. Iris war ganz sicher, dass sie jetzt gehen wollte. Es gab bei ihr kein Zögern und kein Zaudern. Sie wollte auch nicht, dass ich dabei bin, um zu verhindern, dass ich doch im letzten Moment Rettungsmaßnahmen einleite. Das waren die schlimmsten zwei Stunden, die ich je erlebt habe, während ich ziellos am Strand entlanglief und wusste, dass sie starb. Als ich endlich zur vereinbarten Zeit in die Wohnung stürmte, lag sie draußen auf dem Balkon im Liegestuhl, völlig entspannt und mit einem so heiteren Gesichtsausdruck, als wäre sie in einem schönen Traum befangen."

Simon unterdrückte sein Verlangen zu weinen und starrte aufs Meer. Glitzerwasser weit und breit. Die Muscheln hatten offensichtlich all ihr kostbares Geschmeide aufgeboten, um diese funkelnde Pracht auf der Wasseroberfläche zu erzeugen.

„Ich habe das Heroin überprüft," fuhr Sina fort, „um sicherzugehen, dass ihr kein schlechter Stoff angedreht worden war. Aber das Zeug war rein und mehr als genug, um sich erfolgreich ins Jenseits zu befördern. Man nennt eine solche finale Injektion in der Szene ja den goldenen Schuss, und ich glaube, wenn es überhaupt so etwas wie einen guten Tod gibt, dann wohl diesen."

Simon nickte. „Jedenfalls stelle ich mir ein Ende durch Heroin wesentlich angenehmer vor als einen Tod durch den Strick."

„Du meinst meinen Stiefbruder, Gerhard, der sich erhängt hat?"

Wieder nickte Simon. „Hast du eine Ahnung, warum er das getan hat? Er war doch erst um die Fünfzig."

Sina überlegte lange, und Simon hatte das ungemütliche Gefühl, dass sie nur widerwillig etwas lange Verdrängtes wieder ins Bewusstsein holte. „Ja", sagte sie schließlich, „sein Abschiedsbrief, den mir Mammeli zu lesen gab, als ich zur Beerdigung aus den USA anreiste, bestätigte einen Verdacht, den ich als Kind hatte, als mein Vater so plötzlich verschwand."

Simon wurde es kalt. Um seine Füße, mit denen er durch die auslaufenden Wellen gewatet war, zu erwärmen, bewegte er sich auf den durch die Sonne erhitzten Sand zu, und erleichtert spürte er das von den Fußsohlen aufsteigende Wärmegefühl. „Was für einen Verdacht?"

„Ich war etwa acht Jahre alt, als mein Vater das Weite suchte, wie es hieß. Ich habe das nie geglaubt. Es passte überhaupt nicht zu ihm, sich einfach abzusetzen, ohne uns ein Lebenszeichen zu schicken. Es stimmt, er hatte Zigeunerblut in seinen Adern, und Zigeuner galten ja als nicht sesshaft. Ich weiß, das Wort ist heute nicht mehr politisch korrekt, aber Papa bezeichnete sich selbst gern als Zigeuner, doch er beschränkte sein Streunen auf den Umkreis seines Lebensbereichs, in dessen Zentrum Mammeli und ich standen." Sina grinste. „Schau mich an, Simon. Ich habe Saschas schwarze Augen und sein dichtes dunkles Haar geerbt. Es ist genau so widerspenstig wie seine schon früh von silbernen Spinnenfäden durchzogenen wilden Locken es waren. Deshalb bändige ich meine Haare in einem Zopf, damit sie mich hier in diesem ewigen Wind nicht verrückt machen. Weißt du, ich verrate dir ein Geheimnis, Simon. Eigentlich heiße ich Melusine. Jedenfalls ist dies mein Taufname. Aber Gott sei Dank hat mich niemand so gerufen." Sie drehte sich mit ein paar Tanzschritten um eine große gelb-orange-farbige Qualle, deren schlierige Tentakel sich sternförmig über den Sand ausbreiteten.

Simon war entzückt. Die schöne Melusine. Er sah die kleine Sina vor sich, wie sie, mit den Händen ein wehendes Röckchen fassend, jauchzend um ihren Vater herumtanzte.

„Und auf meinem Grabstein soll Sina Witzig, geborene Janek stehen. Versprichst du mir, dich darum zu kümmern, Simon?" Als er lächelnd nickte, fügte sie hinzu: „Außerdem möchte ich, dass du eine schwarze Messe für mich organisierst."

Simon dachte, sie meine dies scherzhaft. „So mit dem Höllenfürsten persönlich und dem ganzen Hexenzauber?"

„Genau so. Der Himmel ist kein Sehnsuchtsort für mich. Lieber ab in die Hölle. Da ist es wenigstens warm, und man trifft interessantere Leute als all die Gutmenschen da oben."

Nach einem Moment des Zögerns versprach er auch dies. Als sie abrupt stehenblieb, fiel ihm wieder Onkel Gerhard ein, Sinas Stiefbruder. „Was stand in dem Abschiedsbrief?"

Sina zögerte lange und murmelte schließlich: „Okay, wir sind ja doch Mitglieder ein und derselben Familie. Als Papa verschwand, war ich fest davon überzeugt, dass er nicht mehr am Leben war. An einen Unfall glaubte ich nicht. Dann hätte die Polizei irgendetwas finden müssen. Ich war sicher, dass er einem Verbrechen zum Opfer gefallen war. Ja, und dass Gerhard ihn umgebracht hatte."

„Aber warum sollte er das denn getan haben?", warf Simon ein. „Gab es irgendeinen Grund dafür?"

„Gerhard hat Sascha eben nie, wie alle unterstellten, abgöttisch geliebt, sondern nie akzeptiert und ihm dies auch immer wieder zu verstehen gegeben. Er war eifersüchtig, dass er seine Mutter, die er so lange für sich allein gehabt hatte, mit einem anderen Mann teilen sollte. Als ich dazu kam, wurde es besser, auch weil Gerhard auszog und eine Schreinerlehre begann. Mir gegenüber war Gerhard immer ausgesprochen nett und fürsorglich. Aber mit Papa geriet er dauernd aneinander wegen nichts. Mammeli wollte nicht wahrhaben, dass Sascha tot war. Aber sobald irgendwo eine Leiche gefunden wurde, die in etwa Saschas Alter hatte, ließ sie sich von der Polizei dorthin eskortieren, um ihn gegebenenfalls zu identifizieren. Die Privatdetektei, die sie mit der Suche nach Sascha beauftragt hatte, hat sich eine goldene Nase an ihr verdient."

„Was ist denn nun mit dem Abschiedsbrief?", beharrte Simon.

„Gerhard hat einen Brief hinterlassen, den ich im Nachlass von Mammeli gefunden habe. Er schrieb darin ziemlich weitschweifend und umständlich, dass sein Leben keinen Sinn mehr hätte. Selbst wenn er noch lange lebte, würde dadurch seine Schuld nicht geringer, und er bitte seine Mutter um Verzeihung, dass er ihr so großen Kummer bereitet habe. Es muss noch eine zweite Seite gegeben haben, aber die scheint Mammeli vernichtet zu haben. Meine Vermutung ist, dass er darauf das Verbrechen an Sascha gestanden und vielleicht auch die Stelle angegeben hat, wo er ihn verscharrt hat. Aber das weiß ich natürlich nicht. Wenn ich mich richtig erinnere, arbeitete er damals als Werkstudent auf einer riesigen Baustelle. Da hätte er die Leiche im Beton oder sonstwie entsorgen können. Auffällig ist jedenfalls, dass Mammeli verfügt hat, sie wolle anonym in einem Gemeinschaftsgrab bestattet werden, und dass Gerhards Grab nach Ablauf der dreißigjährigen Ruhefrist aufgehoben werden sollte. Ich habe das kurz nach der Beerdigung veranlasst."

Simon fand, dass dies in der Tat starke Indizien waren, die für einen Mord sprachen oder für einen Unfall, vielleicht einen unglücklichen Sturz infolge eines Gerangels. Bei Tante Wallys Beerdigung hatte Simon gefehlt, weil er sich auf einer Klassenfahrt befand und Omama der Meinung gewesen war, dass es nicht nötig sei, ihn wegen des Todesfalls nach Hause zu beordern. Sie hatte ohnehin Anstoß daran genommen, dass ihre Schwester ein Massengrab als ihre letzte Ruhestätte dem Platz neben ihrem geliebten Sohn vorzog, dem dann „die Tochter des Zigeuners" auch noch eine Verlängerung der Liegephase verweigerte.

Sinas Handy meldete sich mit dem Radetzky-Marsch. „Ein Notfall", sagte sie hastig. „Ich muss weg. Wir sehen uns."

Simon schaute ihr nach, wie sie anmutig über den Sand davon hüpfte und federleicht über die Stufen der Dünentreppe davoneilte. Der Radetzky-Marsch erinnerte ihn an den 80. Geburtstag der Großeltern, den sie gemeinsam gefeiert hatten, obwohl ihre Geburtsdaten ein paar Monate auseinander lagen. Mama hatte lange überlegt, womit sie den Eltern eine Freude machen konnte. Simon, damals elfjährig, hatte den rettenden Einfall, nämlich eine Blaskapelle zu organisieren, die klassische Märsche spielen sollte. Mama war alles andere als begeistert, weil sie Marschmusik überhaupt nichts abgewinnen konnte und nicht begriff, was ihre Eltern daran so faszinierte. Aber sie engagierte ein fünfzigköpfiges Polizeikorps und erklärte den Eltern, die an ihrem Geburtstag erstaunt auf die vielen halbkreisförmig angeordneten Stuhlreihen in ihrem Garten schauten, dass zu ihren Ehren ein Theaterstück aufgeführt würde, zu dem zahlreiche Gäste erwartet würden. Bevor die Musiker anrückten, lotste Simon die Großeltern in die Bibliothek und lenkte sie so lange ab, bis Mama kam und sagte, es sei nun alles vorbereitet. Man möge bitte auf dem Balkon Platz nehmen. Als die beiden Geburtstagskinder sprachlos auf die schmucken Uniformen und die blitzenden Instrumente blickten, wussten sie, was auf sie zukam.

Und dann ging es los, eine Stunde lang ein Marsch nach dem anderen. *Preußens Gloria, Des Großen Kurfürsten Reitermarsch, Die Kreuzritter-Fanfare, Der Alte Dessauer* und wie sie noch alle hießen wurden zackig und schmissig dargeboten, dirigiert von einem auf der Terrasse stehenden noch jungen Offizier, einem Energiebündel, das mit kraftvollen, die Uniformjacke fast sprengenden Armbewegungen das Zusammenspiel der Instrumente koordinierte und so das große Orchester zu bändigen wusste. Übertroffen wurde er jedoch von Opapa, den es schon nach den ersten schmetternden Takten vom Stuhl riss. Auf der Stelle marschierend dirigierte er mit Hilfe eines Bambusstocks, der eigentlich als Kletterhilfe für die Pflanzen in den Blumentrögen vorgesehen war, das ganze Programm mit, nicht wild herumfuchtelnd, sondern indem er mit knappen und doch gefühlvollen Gesten den Einsatz der Blechbläser, Hörner, Flöten und des Schellenbaums steuerte. Simon hatte den Eindruck, dass die Musiker mehr auf den zweiten Dirigenten oberhalb ihres Kameraden achteten als auf ihren eigenen Mann. Simon erinnerte sich noch gut, wie erstaunt er darüber war, dass viele Märsche „lyrische Einschübe" enthielten, wie Opapa damals die sanften, melodiösen Partien bezeichnete.

Vor dem Garten versammelten sich immer mehr Zaungäste, angelockt durch die mitreißende Musik, die ihnen Beine machte. Mama hatte überdies im Vorfeld von Simon Flugblätter im umliegenden Quartier verteilen lassen, auf denen sie das Ereignis ankündigte, sich für die zu erwartende Lautstärke bereits vorab entschuldigte und alle zum Zuhören samt anschließendem Umtrunk in der Engel-Gaststätte zwei Straßen weiter einlud. Es war ein vorwiegend älteres Publikum, das sich mit strahlenden Gesichtern und ruckartigen Körperbewegungen von der Musik vereinnahmen ließ. Omama hingegen saß die ganze Zeit fast regungslos auf ihrem Stuhl, nur ihr Gesicht zuckte ununterbrochen im Rhythmus der gespielten Stücke. Am Schluss durften sich beide noch einen Lieblingsmarsch wünschen. Opapa entschied sich für *Stars and Stripes*. Stramm stehend, die Hände an der Hosennaht, lauschte er den Klängen erhobenen Hauptes, und als die Pikkoloflöten sich jubelnd über die Blechinstrumente erhoben, breitete sich ein wehmütiges Lächeln über sein Gesicht aus. Omama, die sich *Alte Kameraden* gewünscht hatte, war ebenfalls aufgestanden. Gestützt auf die Balustrade richtete sie ihren Blick über die Köpfe der Musiker hinweg in weite Fernen und weinte, ganz still und unauffällig. Simon, der Omama noch nie hatte weinen sehen, war erschüttert. Ihm war intuitiv klar, dass es keine Freudentränen waren, die sie vergoss.

Simon blickte aufs Meer. Unwillkürlich hielt er Ausschau nach dem Glitzerwasser, das sich zum Horizont hin zurückgezogen hatte. Dieser 80. Geburtstag hatte sich seinem Gedächtnis eingeprägt. Im Nachhinein schien ihm, dass die Großeltern danach eine Spur nachsichtiger miteinander umgingen. Omama begleitete ihren Mann tatsächlich zu dem zweitägigen Symposium, das die Universität zu seinen Ehren veranstaltete, hörte sich sämtliche Vorträge an und studierte eingehend das Inhaltsverzeichnis der umfangreichen Festschrift, zu der zahlreiche ehemalige Kollegen und Schüler einen Beitrag geleistet hatten. Am Ende der Feierlichkeiten hielt sie sachlich fest: „Du warst wirklich ein bedeutender Historiker."

„Schon möglich", hatte Opapa lapidar erwidert, woraufhin Tochter und Enkel in lautes Gelächter ausbrachen und Mama ausrief: „Das ist ja wohl die Untertreibung des Jahres."

Den 90. Geburtstag hatten sie dann zu viert nur im privaten Rahmen gefeiert. Beide Großeltern waren mittlerweile ziemlich gebrechlich und wollten kein großes Fest mehr. Anders als Omama, die das Haus nur noch verließ, um sich von Simon zum Friseur oder zur Fußpflegerin chauffieren zu lassen, genierte Opapa sich kein bisschen, mit dem Rollator seine Runden durchs Quartier zu drehen, Kleinigkeiten einzukaufen und in seiner Stammkneipe einen kurzen Schwatz mit den jeweils gerade Anwesenden zu halten. Manchmal saß er auch nur auf dem Sitz seines Rollators und beobachtete stillvergnügt, was sich an den belebten Straßenkreuzungen abspielte. Er musste einen speziellen Magneten für Hunde und Kleinkinder in sich haben, denn wo immer er auftauchte, dauerte es nicht lange, bis eine bellende und quietschende Meute um ihn herumwuselte. Er streichelte genüsslich die je nach Rasse drahtigen oder seidenweichen Felle, kraulte sanft spärlich behaarte Kinderköpfe und passte auf schlafende Säuglinge auf, die eine gestresste junge Mutter im Kinderwagen bei ihm abstellte, um in Ruhe ihre Besorgungen erledigen zu können. Seine guten alten Tuchhosen kamen schon lange nicht mehr zum Einsatz, weil die Sabber- und Spuckflecken, die sich auf den Hosenbeinen breitmachten, zur Patina abgewetzter Jeans besser passten.

Hin und wieder nahm Opapa seine Gitarre mit und betätigte sich als Bänkelsänger. Da sich jedoch die Hunde manchmal mit herzzerreißendem Gejaule in seinen Gesang einmischten, ging er mehr und mehr zum Erzählen über. Da lauschte alles, was Ohren hatte, mit stiller Aufmerksamkeit. Simon hatte einmal in dem kleinen Park, der sich als Ruhepol zwischen zwei stark befahrene Straßen quetschte und nur durch eine Unterführung zugänglich war, hinter Opapas Rücken zugehört, wie er einer Handvoll Dreikäsehochs vom kleinen Prinzen erzählte, der sich liebevoll um seinen Planeten kümmerte, die drei Vulkane, darunter auch ein erloschener, peinlich sauber hielt und stets um das Wohlergehen der schönen Rose bemüht war, obwohl sie sich dafür nicht erkenntlich zeigte. Opapas Stimme, die nicht laut, aber eindringlich war, vermochte den durch die Büsche und Sträucher nur wenig verminderten Verkehrslärm mühelos zu übertönen. Die Kinder lauschten gebannt, hingerissen von der Verführungskraft der in zahllosen Hörsälen rhetorisch erprobten Stimme, die ihnen sagte, dass man nur mit dem Herzen gut sehen könne und dass daraus Verpflichtungen erwüchsen gegenüber denjenigen, für die man verantwortlich ist.

Simon wurde bewusst, dass sein Gedächtnis genau diese Szene ausgrub, weil sie etwas mit seiner Hitler-Lektüre zu tun hatte. Es war nicht an sich verwerflich, dass jemand sein Redegeschick zur Beeinflussung seiner Mitmenschen einsetzte. Entscheidend war die Absicht. Opapa wollte den Kindern, die seine Botschaft begierig aufsogen, vermitteln, dass sie den Dingen durch beharrliches Fragen auf den Grund gehen sollten, wie der kleine Prinz, der sich nicht mit Banalitäten und Vorurteilen abspeisen ließ, sondern hartnäckig immer wieder nachfragte, bis ihm eine Antwort plausibel schien. Opapa ermunterte die Kinder dazu, ihre nervigen Warum-Fragen an die Erwachsenen so lange weiterzutreiben, bis ihnen eine Antwort wirklich einleuchtete. Das war eine Anleitung zum Selbstdenken und zur Schulung der Urteilskraft. Wer sich im Durchgang durch unterschiedliche Perspektiven selbst ein Urteil bildet, ist weniger anfällig für demagogische Propaganda.

Kurz nach ihrem 90. Geburtstag wurde ein letzter erbitterter Streit zwischen den Großeltern ausgefochten. Es ging um ihre letzte Ruhestätte. Opapa wollte auf dem Gerresheimer Waldfriedhof beerdigt werden, wogegen Omama heftig protestierte. Als sie schrie „Nur über meine Leiche", musste sie selbst, wenn auch widerwillig, lachen. Aber sie sträubte sich gegen diesen Friedhof, zu dem sie überhaupt keine Beziehung hätte. Und überhaupt müssten sie ja nicht unbedingt nebeneinander begraben werden. Sie zöge es für sich vor, dass ihre Asche über Russland verstreut würde. Simon und seine Mutter hatten dies für einen Scherz gehalten, aber Opapa lenkte erstaunlicherweise sofort ein. Das wäre ja wohl keine praktikable Lösung. Mama war es schließlich, die einen für beide Elternteile annehmbaren Kompromiss fand. Sie hatte in der Nähe des Dorfes, aus dem die Eltern stammten, einen kleinen Friedhof entdeckt, der allerdings inzwischen geschlossen war und keine neuen Gräber mehr vorsah. Mama lief von Pontius zu Pilatus, bis sie auf einen alten Pfarrer stieß, der sich noch an die Kelterborn-Familie erinnerte. Zwar redete er, für Iris unverständlich, dauernd von den unzertrennlichen Kelterborn-Zwillingen Micki und Matze, so dass sie glaubte, aufgrund eines bereits getrübten Gedächtnisses werfe er verschiedene Zweige der Kelterborn-Familie durcheinander. Aber er versprach ihr, sich um ihr Anliegen zu kümmern, und als sie die offizielle Mitteilung erhielt, man gestatte im Sinne einer Ausnahme, dass Matthias Kelterborn, ehemals wohnhaft in der näheren Umgebung, die seit Längerem aufgehobene Grabstätte F 24 auf dem alten Friedhof für sich und seine Frau erwerbe. Die maximale Ruhezeit betrage 30 Jahre. Simon fuhr seine Großeltern in Opapas uraltem Mercedes dorthin, und die Besichtigung der mit Streublumen übersäten Stelle dicht an der Friedhofsmauer, die genügend Platz für zwei Urnen bot, fiel zur Zufriedenheit der beiden künftigen Erdbewohner aus. Omama ging, gestützt auf ihren Regenschirm, die Reihen der Gräber entlang, die durchwegs gepflegt wirkten, obwohl viele Grabsteine stark verwittert und von Ranken überwuchert waren, so dass sich die Inschriften nur mühsam entziffern ließen. „Das sind lauter Opfer des Bombenangriffs kurz vor Kriegsende. Matthias, hier sind wir genau richtig." Und dort wurden sie beide bestattet, zuerst Opapa, dann zwei Jahre später Omama. Auf einer kleinen rötlich gemaserten Marmortafel mit gezackten Rändern, die Omama noch selbst ausgesucht hatte, waren in silberner Schrift nur ihre Namen und das jeweilige Sterbedatum eingraviert. Simon, der die Grabpflege übernommen hatte, besuchte sie dort regelmäßig und hielt lange Zwiesprachen mit ihnen. Beim nächsten Mal würde er sie so lange mit Fragen nach Micki und allem, was damit zusammenhing, bombardieren, bis er einigermaßen Klarheit über ihre Beweggründe hatte.

Die Seebestattung

Simon verließ den Strand, den Kopf voller Erinnerungen an die dahin gegangenen Mitglieder seiner Familie. Das soziale Netzwerk war nun zerrissen, aber in ihm würde es intakt bleiben, wenn er die Fäden zusammenhielt. Zwei Tage später kam endlich die Nachricht, dass die Urne mit der Asche seiner Mutter auf dem Weg nach Sylt sei. Er rief sofort Florian an, um ihn zu fragen, wann er kommen könne. Es fügte sich gut, dass der Freund, in Erwartung der bald bevorstehenden „Einwässerung", einen Auftrag in Hamburg übernommen hatte und am Tag zuvor in Fuhlsbüttel gelandet war. Simon vereinbarte mit dem Bestattungsunternehmen den späten Vormittag des übernächsten Tages für Mamas letzte Schiffsreise. Er verständigte Sina, die jedoch ihre Teilnahme absagte, nachdem sie gehört hatte, dass Florian mit von der Partie sei. „Ich hätte dich nicht allein da rausfahren lassen, aber so ist es gut, richtig gut."

Am Tag der Seebestattung holte Simon Florian am Westerländer Bahnhof ab, und sie stiegen in den Bus zum südlichen Hafen der Insel. Florian, der seine Gitarre mitgebracht hatte, schwieg während der halbstündigen Fahrt und schaute aus dem Fenster. Simon hatte jedoch den Eindruck, dass sein Freund nicht nach außen, sondern in sich hineinblickte. In Hörnum angekommen marschierten sie geradewegs zum Ende des Hafenbeckens, wo das Schiff an der Anlegestelle des Seebestattungsinstituts vertäut war. „Immerhin ist es beträchtlich größer, als ein Fischkutter", meinte Florian. „Und noch viel größer als der Kahn auf Böcklins feierlichem Gemälde, jener Kahn, mit dem die Verstorbenen zur ‚Toteninsel' übergesetzt werden." Simon nickte, er fühlte sich ein bisschen beklommen angesichts des auf dem Wasser schaukelnden Schiffs, aus dessen Kajüte jetzt der Kapitän hervortrat, eine hünenhafte Gestalt im besten Mannesalter, bekleidet mit einer dunkelblauen Marineuniform, an deren Ärmeln goldene Tressen schimmerten. Auf der Kapitänsmütze blitzten goldene Sterne, die sich um einen Anker gruppierten. Das bärtige, wettergegerbte Gesicht vervollständigte den Eindruck eines stolzen Seemanns. „Nur ihr beide?“, fragte er und musterte sie kurz. „Kapitän Hansen“, stellte er sich vor und machte eine einladende Handbewegung Richtung Schiff. „Passt“, murmelte Florian beeindruckt, während er als erster über den schwankenden Brettersteg an Bord turnte. „Guten Tag, Herr Passt“, begrüßte ihn der Kapitän verschmitzt mit einem Händedruck, der Florian fast in die Knie zwang. „Und Sie sind der Sohn der lieben Verstorbenen, Herr Kelterborn“, wandte er sich an Simon, dem er nur lose die Hand schüttelte. In der Kajüte war auf einer langen Bank entlang der Steuerbordseite Platz für ein halbes Dutzend Personen. Auf der Backbordseite gegenüber stand auf einem mit blauem Tuch bedeckten Tisch die Urne. Sie war wesentlich größer als Simon erwartet hatte, und wirkte noch wuchtiger durch den leuchtenden Blumenkranz, der auf ihr thronte. Simon hatte sich gelbe Rosen, Jasmin und natürlich Iris gewünscht, aber nur mit einem kleinen Gebinde gerechnet, nicht jedoch mit einer so prächtigen gelb-weiß-blauen Fülle kunstvoll ineinander gesteckter Blumen. Florian kommentierte das Gebilde mit den Worten „lauter Frauen“. Simon lächelte. „Ja schon, aber unter ihnen befindet sich ein Kranz, mit dem sie fest verbunden sind, und der ist männlich.“

„Können wir?“, fragte der Kapitän. Er verschwand aus der Kajüte und warf den Motor an. Florian ließ sich direkt gegenüber der Urne auf der Bank nieder und packte seine Gitarre aus. Simon schnürte es die Kehle zu. Er riss die Tür auf und stieg die kleine Treppe hinauf aufs Deck. Langsam glitt das Schiff aus dem Hafen heraus und nahm Kurs aufs offene Meer. Er presste sich fest an die Reling und ließ sich den frischen Wind um die Ohren brausen. Aus der offenen Kajütentür wehten Tangotöne heraus, für einmal nicht von einem Bandoneon, sondern von einer Gitarre zum Klingen gebracht. Als er sich besser fühlte, holte er seine Kamera, sich vorsichtig zwischen dem völlig versunken vor sich hin spielenden Florian und der Urne hindurch lavierend. Er stellte sich in den Bug und begann die nach dem Verlassen des Hafens Geschwindigkeit aufnehmende Fahrt des Schiffes durch die hoch aufspritzende Gischt und die im Rückblick immer kleiner werdende Südspitze der Insel einzufangen. Die Nachbarinsel Föhr ebenfalls an der Backbordseite hinter sich lassend, steuerten sie an Amrum vorbei auf endlose Wassermassen zu, in deren Fluten die Asche der Mutter sich auflösen würde.

Sie passierten eine Reihe von Sandbänken an der Steuerbordseite. Auf einer davon wimmelte es von Seehunden. Träge lümmelten sich die einen auf dem Sand, während die anderen mit ruckartigen Bewegungen ihre massigen Körper über den Strand robbten und sich schließlich auf den Rücken rollten. Simon holte mit dem Zoom ihre kugelrunden Augen heran, mit denen die Kolosse aus ihren schnurrbärtigen Babygesichtern arglos in die Welt blickten. Bei einigen schien ihm, dass sie ihn anlächelten und ihm mit der lässig gehobenen Flosse zuwinkten. Der Kapitän hatte die Ruderpinne fixiert und gesellte sich zu ihm. Sie würden eine knappe Stunde bis zum Seefriedhof brauchen. Zurück ginge es dann nach der Zeremonie mit auflaufendem Wasser etwas schneller. Er deutete auf den Horizont und zum Himmel: „Wenn wir da sind, kommt die Sonne heraus, das wird ein schöner Abschied. Kopf hoch, min Jung, deine Mutter wird da unten gute Gesellschaft vorfinden." Simon blinzelte die Tränen weg, die bei der Vorstellung, Mama würde bei ihrer Ankunft auf dem Meeresgrund von den dort bereits Versenkten wohlwollend begrüßt, in Lachtränen übergegangen waren. Er begab sich wieder nach unten zu Florian, der aufgehört hatte zu spielen und mit geschlossenen Augen vor sich hin döste, aber sofort seine Aufmerksamkeit auf Simon richtete. „Was hast du eigentlich mit all den Wohnungen vor, die dir jetzt, nachdem auch Iris tot ist, zugefallen sind?"

„Gute Frage", meinte Simon. „Ich werde wohl in Mamas Gerresheimer Wohnung bleiben. Da bin ich ja größtenteils aufgewachsen, und da fühle ich mich am meisten zu Hause. Die Villa der Großeltern ist für mich allein zu groß. Wenn sie bis auf die Bibliothek ausgeräumt ist, werde ich sie wohl vermieten, genau wie Mamas Appartement hier auf der Insel. Verkaufen möchte ich weder das eine noch das andere. Zu viele Erinnerungen hängen daran. Und wenn ich das Sylter Appartement in die Ferienvermietung gebe, kann ich es zwischenzeitlich auch selber nutzen, immer wenn es mich hierherzieht an Mamas Grab. Nur die Bilder nehme ich mit. Die Möbel lasse ich drin, die sind gerade richtig für Feriengäste."

„Und die Villa?", hakte Florian noch einmal nach.

Simon wurde hellhörig. „Du würdest dort gern wohnen, stimmt's?"

Florian wand sich ein bisschen verlegen. „Ja, liebend gern. Für mich ist es ein Zuhause, wie ich es mir immer gewünscht habe." Er gab sich einen Ruck. „Ich würde dort gern mit einem Freund leben. Einem engen Freund."

„Ich weiß, dass du schwul bist, Florian. Entschuldige, dass mir das nicht schon viel früher aufgefallen ist und Mama mir auf die Sprünge helfen musste. Was Sexualität betrifft, stecke ich einfach noch in den Kinderschuhen, jedenfalls was die Praxis anbelangt."

Auf Florians Gesicht wechselten Überraschung und Erleichterung sich ab. „Du bist genau richtig, Simon, so wie du bist. Und du warst immer mein bester Freund. Das wird auch in Zukunft so bleiben, wenn es dir recht ist." Auf Simons heftiges Nicken fuhr er fort: „Es ist so. Ich möchte mich beruflich selbstständig machen, Werbung in einem anderen, seriöseren

Stil für eine größere Firma machen, also nicht mehr für Lebensmittel und Kosmetika und das andere Kleinklein, über das wir immer gespottet haben. In Hamburg bin ich gerade in Kontakt mit einer Reederei getreten, die neben Reisen für die Massen auch solche für ein spezielles Publikum vermarkten möchte, eine Art Bildungsreisen für schon Gebildete, aber einseitig Verbildete, wenn ich das richtig verstanden habe."

„Und du kannst einfach raus aus deiner alten Stelle?"

„Ich habe bisher ohne festen Vertrag gearbeitet und mich prozentual am Erfolg beteiligen lassen. Dass ich heute oder morgen wieder gehen würde, wussten alle und nehmen es mir auch nicht übel, wenn ich jetzt verschwinde. Wir sind ja im Grunde ein wilder Haufen von mehr oder weniger originellen Köpfen, von denen sich die meisten mit Teamarbeit schwertun. Wie bei einer Diebesbande wird die Beute einfach durch alle geteilt, egal wie groß der Anteil des Einzelnen am Aufwand war. Ich fand das immer sympathisch, aber jetzt ist der Zeitpunkt gekommen, an dem ich ein etwas bürgerlicheres Leben führen möchte, und da brauche ich eine dauerhaft stabile ökonomische Basis."

Simon lachte. „Du hörst sich ja fast schon wie jemand an, der die Gründung einer großen Familie im Auge hat."

„Nein, das wohl eher nicht. Aber mein Partner ist Architekt und braucht viel Platz. Das zum Atelier umgerüstete Erdgeschoss wäre für ihn deshalb ideal. Ich würde mich im ersten Stock einrichten. Das größere Schlafzimmer reicht als Büro für meine Bedürfnisse, und die Bibliothek deines Großvaters könnte bleiben. Sollten wir später zusätzlichen Platz benötigen, für ein Sekretariat zum Beispiel, kann Patrick die beiden Zimmer im Dachgeschoss ausbauen. Was meinst du?"

Simon brauchte nicht lange zu überlegen. Das Wort „Architekt" hatte ihn elektrisiert. Mickis Geist würde dort eine Heimat finden und Florians Freund beflügeln. „Okay, abgemacht", sagte er. „Wann wollt ihr einziehen?"

Florian war begeistert. „Ich habe die ganze Zeit Zwiesprache mit Iris gehalten." Er deutete auf die Urne, als sähe er in ihr die überdimensionierte Kugel einer Wahrsagerin. „Sie hat mir zugeredet, dich ins Vertrauen zu ziehen. Es gibt allerdings zwei Probleme. Das eine ist der Preis. Ich fürchte, dass wir nicht sofort die ortsübliche Miete bezahlen können. Vielleicht ergänzen wir den fehlenden Betrag einstweilen dadurch, dass wir Haus und Garten auf Vordermann bringen beziehungsweise in Schuss halten. Mit der Zeit steigern wir dann den Mietzins, sobald unsere Einkünfte das zulassen, bis wir die reguläre Höhe erreicht haben. Das kann allerdings etwas dauern."

Simon nickte. „Wenn du willst, vereinbaren wir für das erste Jahr, dass ich auf die Miete ganz verzichte, vorausgesetzt dass ihr euch dafür um das Haus kümmert und ich jederzeit Zugang zur Bibliothek habe. Später sehen wir dann weiter. Und was ist das zweite Problem?"

Florian sagte schlicht: „Patrick ist dunkelhäutig."

„Wo ist das Problem?", wollte Simon wissen.

„Ach, Simon, du bist wirklich ein Schatz. Meine Mutter hat fast der Schlag getroffen, als sie mich in der Stadt mit Patrick gesehen hat. ‚Wage bloß nicht, mit diesem Bastard mein Haus zu betreten', hat sie mich angefaucht. Dabei ist Patrick eine Schönheit, ein schlanker, hochgewachsener, eleganter Äthiopier, hier in Deutschland geboren und aufgewachsen, spricht perfekt Düsseldorfer Platt."

Simon grinste: „Der wäre für Omama der ideale Begleiter gewesen. Sie schwärmte mal für einen englischen Leichtathleten, auch äthiopischer Herkunft, samthäutig, milchkaffeefarbig, sphinxähnliches, ebenmäßiges Gesicht und gazellenhafte Bewegungen, alles O-Ton meiner Großmutter. Omama hatte mit Sport bekanntlich nichts am Hut, der war für sie bestenfalls als Mittel zur Triebabfuhr und zur Kanalisierung überschüssiger Kräfte tauglich. Aber bei Leichtathletikmeisterschaften hockte sie vor der Glotze, nur um diesen Läufer zu sehen. Sie wäre entzückt, wenn ein solcher ‚Kerl wie Samt und Seide' ihre Gemächer bewohnte."

„Hört sich sehr nach einer älteren Ausgabe von Patrick an", sagte Florian. „Komm, lass uns den Pakt mit dem Segen von Iris besiegeln."

Sie standen auf und legten ihre Hände auf die grobkörnige Außenhaut der Urne. Wortlos verharrten sie eine Weile, bis Florian das Schweigen brach. „Ich habe vorhin mal versucht, die Urne hochzuheben, aber sie ist schwer wie Zement."

„Ich weiß. Der Kapitän hat mir erklärt, dass sie so schwer sein muss, damit sie untergeht. Sie besteht aus einem wasserlöslichen Granulat, das sich mit der Zeit zersetzt und die Asche frei gibt. Am besten lassen wir ihn die Einwässerung machen, du musizierst, und ich filme den Vorgang."

Sie setzten sich wieder hin und studierten die auf dem Tisch ausgebreitete Seekarte. Florian deutete auf die Nordspitze von Amrum, die sie schon vor einer Weile hinter sich gelassen hatten. „Wir werden wohl bald da sein. Siehst du, hier ist das Vortrapptief, auf das wir zusteuern. Dort irgendwo befindet sich der Seefriedhof."

Sie versanken wieder in Schweigen und fuhren hoch, als sie hörten, dass der Motor ausgeschaltet wurde. Der Kapitän kam in die Kajüte und nahm seine Mütze ab. Er bedeutete ihnen, sich zu erheben und um die Urne zu versammeln. Simon hatte erwartet, dass vielleicht ein kurzes Gebet gesprochen würde oder etwas der Art. Doch Kapitän Hansen holte aus einem Seitenfach an der Wand ein Blatt Papier hervor, räusperte sich kurz und hielt einen kurzen Vortrag über Entstehen und Vergehen, die Natur und das Wasser, aus dem laut dem Philosophen Thales alles Lebendige hervorgegangen sei und in das wir alle wieder zurückkehrten. Es finde ein ewiger Kreislauf des Werdens statt, in dem jedes Lebewesen seinen Platz einnehme, der nach seinem Verschwinden durch ein anderes Lebewesen ersetzt werde. Darin liege der Sinn alles Vergänglichen, dass es Raum schaffe für Neues unter Bewahrung der Würde für das Alte.

Simon blickte Florian an, auf dessen Gesicht sich ein Erstaunen ausdrückte, das auch er selbst empfand. Wenn, so vermutete er, bei der Abschiedszeremonie kein Geistlicher anwesend war, übernahm der Kapitän dessen Rolle und bediente sich in seiner Ansprache philosophischer Überlegungen, die auf religiöse Floskeln verzichteten und ohne den sonst üblichen Bezug auf den Willen eines allmächtigen Gottes den Tod als etwas Sinnvolles behaupteten. Das Sterben erschien so als ein durch und durch natürlicher Vorgang, dessen Akzeptanz keiner übernatürlichen Spekulationen bedurfte. Die Vorstellung, dass alles Organische in unvordenklichen Zeiten aus dem Wasser entstanden sei und in regelmäßigen Zyklen wieder in seinen Ursprung zurückkehre, hatte für Simon etwas sehr Tröstliches. Er dankte dem Kapitän, der seine Mütze wieder aufsetzte und sich an der Urne zu schaffen machte, ein paar Schnüre löste, um dann die Urne mitsamt dem darauf ruhenden Kranz fest in seine Arme zu schließen. Auf Simon wirkte es wie eine zärtliche Umarmung, und Florian, der hinter dem Kapitän stand, deutete mit einer kurzen Bewegung ein innig verschlungenes Tanzpaar an. Das hätte Mama gefallen, von einem so gestandenen Mannsbild in die geheimnisvolle Tiefe der menschlichen Urheimat geleitet zu werden.

Als Florian die Kajütentür öffnete, fiel strahlender Sonnenschein herein, ganz wie vom Kapitän vorhergesagt. Die Wolken hatten sich zum Festland hin verzogen. Simon folgte dem Kapitän mit seiner schweren Last aufs Deck und schloss geblendet die Augen. Rundum Glitzerwasser, dessen Strahlkraft kleine Blitze verschleuderte. Omama hatte als Willkommensgruß für die Heimkehr ihrer einzigen Tochter sämtliche im Meer verfügbaren Perlen aufgeboten, die um die Wette zu funkeln schienen. Der Kapitän hob die Urne vorsichtig über die Reling auf ein flaschenzugähnliches Gestell, das er bis zur

Wasseroberfläche absenkte. Er wartete, bis Simon und Florian neben ihm standen, bevor er die Urne sanft ins Wasser gleiten ließ, wo sie sofort unterging, während der Kranz auf den Wellen tanzte. Florian nahm die Gitarre und stimmte ein Lied an, das Simon, der tief ergriffen die Kamera betätigte, kannte, obwohl ihm der Titel nicht einfiel. Revolutionäres, fast wütendes Aufbegehren wechselte sich mit einem wehmütigen, alle Worte vereinnahmenden „Aaaahaahaha" ab, in dem sich die menschliche Ohnmacht angesichts unüberwindlicher Schwierigkeiten widerspiegelte. Mit einem heftigen Schlag auf den Gitarrenkörper beendete Florian sein Abschiedslied. Der Kapitän ging zurück in seine Kabine und warf den Motor wieder an. Unter grellem Geläut der Schiffsglocke umkreisten sie mehrmals den auf dem Wasser schwimmenden Kranz, dessen Farbenpracht durch das Glitzerwasser verstärkt wurde, und drehten dann ab zur Rückfahrt. Der Kranz wurde immer kleiner, während das Nebelhorn einen dumpfen Abschiedsgruß ausstieß, gleichsam als Nachhall einer durch nichts zu beschwichtigenden Klage.

Simon und Florian zogen sich wieder in die Kajüte zurück, die ohne die Urne eigenartig seelenlos wirkte, wie eine Hütte, deren Bewohner das Weite gesucht hatte. Sie bedienten sich aus der bereit gestellten Kaffeekanne, den mit einer Plastikhaube abgedeckten Kuchen ließen sie unberührt. Auch der Kapitän schaute kurz herein, um einen Kaffee zu trinken. Zu Florian gewandt sagte er: „Ich habe mich riesig über Ihr Lied gefreut. Dass jemand Ihrer Altersklasse noch Uriah Heep kennt, hätte ich nicht erwartet." Florian nickte. „Das war einer ihrer Lieblingssänger", er deutete auf das Tischtuch, das noch die Abdrücke der Urne erkennen ließ. „Bob Dylan, Elvis, die Beatles, Joan Baez und eben Uriah Heep. Ohne Simons Mutter wäre ich wohl kaum mit deren Musik in Berührung gekommen. Ich habe davon unheimlich profitiert, und das wird mich ewig an sie erinnern."

Uriah Heep, schoss es Simon durch den Kopf, *Lady in Black, Gipsy,* Sina. Urplötzlich leuchtete ihm mit überwältigender Klarheit ein, dass alles mit allem zusammenhing. Dazu brauchte es keine sozialen Netzwerke. Es reichte jenes Assoziationsgeflechts, das ein menschliches Gehirn aus den Versatzstücken persönlicher Erlebnisse zusammenstrickt und dabei auf den Bodensatz der im Stammhirn gespeicherten Erfahrungen der Menschheit als Ferment zurückgreift.

„Sag mal", begann er schüchtern, „kommst du eigentlich gut zurecht mit deiner sexuellen Orientierung? Oder tust du dich nur schwer mit den Vorurteilen deines Umfeldes?"

Florian hatte die Augen geschlossen, und Simon wusste nicht, ob eine Antwort ausblieb, weil er eingeschlafen war oder weil er nichts dazu sagen wollte. Erst nach einer Weile, als Simon seinerseits kurz vor dem Einschlafen war, räusperte sich Florian und sagte: „Ich habe mich am Anfang wahnsinnig gequält, weil ich überhaupt nicht verstand, warum ich mit Mädchen nicht klarkam, sobald es zur Sache ging. In der Pubertät war ich genauso geil wie wir alle in unserer Klasse. Ich hörte mir die Prahlereien der anderen an, wie oft sie bei der und der gekommen waren. Du warst bei diesen Potenzangebereien doch selbst dabei und hast dich darüber lustig gemacht. Ich wurde immer unsicherer und wollte es den anderen auf Biegen und Brechen gleichtun, aber nichts ging, auch nicht mit massiver weiblicher Nachhilfe. Tote Hose, verstehst du?"

Simon verstand sehr gut. Er war ja in einer ähnlichen Situation wie Florian gewesen, wenn auch aus anderen Gründen. Nur hatte man seine Zurückhaltung seltsamerweise respektiert, obwohl das ihm zugetragene Getuschel über Fehlzünder oder Testosteronmangel auch ihn keineswegs kalt gelassen hatte. Florian grinste plötzlich. „Und dann sagt Iris, deine Mutter also, eines Tages, da war ich etwa fünfzehn, tatsächlich zu mir, ich sollte es doch einfach mal mit einem

Mann versuchen. Ich dachte erst, sie wollte mich auf den Arm nehmen. Aber irgendwas in mir hat ganz laut pling gemacht, ein metallischer Ton wie bei einer zersprungenen Saite, der mir durch und durch ging."

„Das war dein Magnet", stellte Simon fest.

„Mein was?" Simon lachte über Florians verdutztes Gesicht und erläuterte ihm die großväterliche Theorie der geschlechtlichen Anziehungskraft. Jetzt lachten sie beide.

Florian fand den Vergleich gar nicht so abwegig. „Ein Magnet zieht doch Eisen an, oder? Frauen reagieren auf meinen Magneten wie Eisen. Sie fliegen auf mich, aber mein Magnet ist so gepolt, dass er sich schnell umdreht, wenn Eisenspäne im Anflug sind, und stößt sie ab. Er selber fühlt sich nur angezogen von Magneten, die wie er funktionieren. Diese ganze Theorie erinnert mich ein bisschen an Platons Mythos von den halbierten Menschen, die auf der Suche nach ihrer jeweils anderen Hälfte sind. Erinnerst du dich? Unser Leistungskurs Philosophie war für mich noch das Beste in der Schule."

Simon stimmte zu. „Den Göttern waren die ursprünglich vierbeinigen, kugelförmigen Menschen zu mächtig geworden. Deshalb schnitten sie diese auseinander, um sie zu schwächen. Je nachdem ob die Kugel männlich, weiblich oder gemischtgeschlechtlich war, suchte jede Hälfte ihr Gegenstück entweder in einem gleichgeschlechtlichen Pendant oder eben in einem Exemplar des anderen Geschlechts."

Sie sinnierten noch eine Weile darüber, wie es den Menschen wohl ergangen wäre, wenn die Götter ihre Drohung wahrgemacht hätten, die Hälften noch einmal zu teilen, sollten sie sich weiterhin unbotmäßig verhalten. „Vielleicht gibt es ja tatsächlich solche gevierteilten Menschen", meinte Florian. „Das würde die Sehnsucht nach Mehrfachpaarungen erklären, wie sie zum Beispiel in Swinger-Clubs bedient wird."

„Wie hatten die Kugelmenschen eigentlich Sex?", wollte Simon wissen.

Florian grinste. „Die waren doch inwendig so konstruiert, dass sie ständig mit sich selber Sex hatten, sich also in einer Art Dauerorgasmus befanden."

„Aber ist das wünschenswert? Da stumpft man doch ab, wenn man pausenlos erregt ist", warf Simon ein.

„Das scheint mir auch so", pflichtete Florian ihm bei. „Aber wahrscheinlich bedient der Mythos und die Vorstellung eines dauerpotenten Phallus eine uralte Männerfantasie. Denk an Nietzsche: ‚Denn alle Lust will Ewigkeit. Will tiefe, tiefe Ewigkeit.'"

Sie versanken wieder in Schweigen und schauten müßig aus den kleinen Kajütenfenstern zu, wie Sylt immer näherkam. Simon stellte sich Menschen vor, deren Körper noch einmal geteilt wurde, so dass sie nur noch einbeinig unterwegs waren, hüpfend und den verbliebenen Arm zur Austarierung des Gleichgewichts schwenkend. Was hatten die antiken Götter doch für Foltermethoden im Sinn, wenn sie die von den Irdischen erwartete Unterwürfigkeit vermissten. Dabei saßen sie doch aufgrund ihrer Unsterblichkeit und ihrer Allmacht ohnehin am längeren Hebel. Warum kratzte es sie dann überhaupt, wenn einige der ihnen von Natur aus Unterlegenen ihrer Gehorsamspflicht nicht nachkamen? Die würden doch sowieso über kurz oder lang wieder vom Erdboden verschwinden, und aufgrund ihrer Lebensführung hätten ihre Seelen ohnehin keine Chance, in den Olymp aufzusteigen und die Götter vor Ort zu belästigen.

Florian nickte, als könnte er Simons Gedanken lesen und meinte: „Die Götter der Griechen waren genau so rachsüchtig und neidisch wie die Menschen. Aber was den Umgang der Geschlechter betrifft, waren unsere alten Vorfahren doch sehr viel liberaler als unsere ach so tolerante Gesellschaft. Iris vertrat die These, dass tradierte Rollenbilder so fest auf die Biologie gegründet waren, dass Männer, die den Weg zu Gebärmüttern mieden und sich deshalb nicht fortpflanzten, eine

Gefahr für das Volk darstellten. Wenn es zu viele von dieser Sorte gäbe, würde es aussterben, deshalb musste Homosexualität geächtet werden."

Simon enthielt sich eines Kommentars. Wieder war er erstaunt, was für Gespräche zwischen seiner Mutter und Florian stattgefunden hatten. Zwar hatte sie auch mit ihm immer auf Augenhöhe diskutiert, aber er konnte sich nicht erinnern, dass sie je über Formen des Geschlechtsverkehrs geredet hätten. Fragen hierzu hätte er wahrscheinlich eher an Opapa gerichtet und wohl kaum an eine weibliche Person.

Nach ihrer Ankunft im Hörnumer Hafen bedankten sie sich bei Kapitän Hansen für die würdevolle Abschiedszeremonie und zogen auf etwas wackligen Beinen davon, nachdem Simon ihrem Charon noch rasch einen Briefumschlag mit einem ordentlichen Obolus zugesteckt hatte. „Ich muss etwas essen", stöhnte Florian, „etwas Mächtiges, Salziges, extrem Fettiges. Und dazu ein anständiges Bier. Sonst kippe ich aus den Latschen." Sie wankten in ein schön gelegenes Restaurant mit Blick auf das Meer und stellten ein opulentes Vier-Gänge-Menü zusammen, das dem Totenschmaus für eine hochmögende Persönlichkeit alle Ehre einlegte. Vor dem Hauptgang rief Simon Sina an, ob sie ihnen nicht Gesellschaft leisten wolle. Sie hatte jedoch noch Patienten zu versorgen, versprach aber, in ein zwei Stunden zu ihnen zu stoßen und in einem fröhlichen Umtrunk der Verstorbenen zu gedenken. Als sie eintraf, waren die beiden Burschen nur noch bedingt gesprächsfähig. Sie lud sie kommentarlos auf die Rückbank ihres Autos und fuhr ihre stumme Fracht vor Simons Domizil. Florian erwachte, griff nach seiner Gitarre und sang mit erstaunlich klarer, volltönender Stimme *Bridge over troubled waters*. Simon starrte auf Sinas Hinterkopf und hatte Mühe, seine Finger in Zaum zu halten, die gern den Zopf aufgelöst und durch die langen Haare geglitten wären. Ihr Gesicht im Rückspiegel wirkte traumverloren, doch das hatte nichts mit ihm zu tun.

Florian hatte gesagt, dass er am nächsten Morgen zeitig nach Hamburg zurückfahren müsste. Simon bugsierte ihn deshalb in die Wohnung und ließ ihn vor dem Marlene-Porträt stehen, während er sich selbst auf sein Bett schleppte. Durch die geöffnete Tür beobachtete er, wie Florian sich allmählich aus seiner Erstarrtheit löste und ohne den Blick von dem Bild zu lassen nach seiner Gitarre griff. „*Sag mir, wo die Blumen sind. Wo sind sie geblieben?*“ klang es leise herüber. Simon ließ sich aufs Bett fallen und murmelte „*Frag nicht, wo die Blumen sind*“. Er glitt hinüber in einen Tiefschlaf, aus dem er ruckartig erwachte, als kreischende Möwen vor seinem Fenster vorbeiflogen und eine schrille Kakophonie von Tönen erzeugten, die ihm in den Ohren wehtaten. Es war heller Tag, und Florian, der auf dem Sofa übernachtet zu haben schien, hatte sich bereits davongemacht unter Hinterlassung eines Zettels, auf dem er sich mit hastig hingekritzelten Krakeln „für alles“ bedankte und mit einem „so long, Alter, wir sehen uns“ verabschiedete. In einem Nachsatz stand: „Deine Tante Sina ist eine Hexe. Vorsicht!!!“

Simon duschte ausgiebig, bevor er sich auf den Weg machte, um ein hochkarätig koffeingetränktes Frühstück zu sich zu nehmen. Er hatte das Gefühl, dass die Verbindungen zwischen seinen körperlich-seelisch-geistigen Bestandteilen gekappt waren und er nur noch aus einem chaotischen Haufen durcheinanderwirbelnder Atome bestünde. Große Mengen Kaffee würden nötig sein, um die Kommunikationsstörung zwischen seinen Antriebskräften zu beheben. Als er wieder einigermaßen klar denken konnte, fertigte er eine Liste der noch zu erledigenden Dinge an. Zuerst versuchte er Sina zu erreichen, wurde aber an die Mailbox verwiesen. Er entschuldigte sich für sein und Florians gestriges Verhalten. Das Seebegräbnis hätte sie beide ziemlich mitgenommen.

Dann radelte er beim Bestattungsunternehmen vorbei und holte die Urkunde ab, die in Form eines datierten Auszugs aus dem Schiffstagebuch des Motorschiffes „Ariadne“ bestätigte, dass die Urne mit der Asche von Iris Kelterborn „mit Seemannswürde und nach den gesetzlichen Bestimmungen in der Nordsee“ beigesetzt wurde. Die genaue Position war auf der beigefügten Seekarte mit einem Kreuz vermerkt. Simon starrte auf das Geburtsdatum seiner Mutter. Ihm war entfallen, dass sie in drei Tagen siebzig Jahre alt geworden wäre. Nun brauchte sie um diese Zahl, die ihr nie geheuer gewesen war, keinen Bogen mehr zu machen. Schon vor ein paar Jahren hatte sie verkündet, dass sie ihren 69. Geburtstag Jahr für Jahr von neuem feiern würde, bis sie 80 wäre. Dann spielte es eh keine Rolle mehr.

Sina meldete sich auf dem Mobiltelefon. Sie klang aufgeräumt und beruhigte ihn, dass es keinen Grund für eine Entschuldigung gäbe. „Ihr ward köstlich, ihr beide. Total besoffen und zugleich so ernsthaft um Haltung bemüht. Das hat mich beeindruckt. Ich mag deinen singenden Freund. Was für ein Verlust für das weibliche Geschlecht. Es ist wirklich ein Jammer, dass manche schwulen Männer eine solche Ausstrahlung haben, der man sich als Frau nur mit Mühe entziehen kann. Das gilt auch für einen meiner liebsten Patienten, der mir immer versichert, er sei halt leider ein Fehlschlag der Evolution.“

Sie mussten beide lachen. Simon verkniff es sich, erneut Opapas Magnet-Version zur Erklärung der unterschiedlichen Muster menschlichen Begehrens zum Besten zu geben, und versprach ihr, sie bis zu seiner Abreise weiter auf dem Laufenden zu halten. Den Rest des Tages verbrachte er teils auf dem Fahrrad, teils in den Wellen. Zwar wusste er, dass es besser war, sich an den bewachten Badestränden ins Meer zu stürzen, weil die Strömungen oft tückisch waren und man rasch hinausgetrieben werden konnte. Aber er zog es trotzdem vor, an menschenleeren Strandabschnitten völlig unbekleidet zu baden. Er ging nur so weit ins Wasser, bis es ihm zur Hüfte reichte, und schoss im Schaum der sich brechenden Wellen ans Ufer zurück. Das klebrige Salzgemisch auf der Haut ließ er in der Sonne antrocknen, um die letzten Reste der Windpocken zu vertreiben.

Eine innere Unruhe trieb ihn auch während der nächsten Tage um. Anfangs dachte er, sie hinge damit zusammen, dass er nicht so recht wusste, wie es mit ihm weitergehen sollte. Mit zweiundzwanzig Jahren müsste man eigentlich eine Vorstellung von der eigenen Zukunft haben. Doch es war etwas anderes, das in ihm rumorte und das er nicht zu packen wusste. Er radelte wie ein Wilder gegen den starken Nordostwind an und vertilgte Unmengen an Krabben und Scampis. An einem Mittag im Rantumer Becken, als er Richtung Hörnum blickte und seiner Mutter weit übers Meer einen Luftkuss zuschickte, fiel bei ihm endlich der Groschen. Inmitten einer Schar blökender Schafe, die sich rund um ihn herum im Gras niedergelassen hatten und zufrieden vor sich hin kauten, tauchte aus seinem Gedächtnis der Name „Hedwig“ auf. Ob sie wohl noch lebte, diese seine andere Großmutter, die nicht wusste, dass sie einen Enkel hatte? Hedwig war etwas jünger als Omama, und vielleicht hatte sie ja das Zeitliche noch nicht gesegnet. Er kramte sein Telefon aus dem Rucksack und besorgte sich über die Fernauskunft die Telefonnummer der Familie Wernli in Luzern. Zwar kannte er deren Adresse nicht, aber die Vornamen Bernadette und Hedwig stimmten. Hedwig war demnach noch am Leben. Er speicherte die Nummer und schaute wieder übers Wattenmeer. Es war ein wenig dunstig, die Konturen von Amrum und Föhr verschwammen in einem wabernden Brodem über dem Wasser. Wenn sich Glitzerwasser einstellen sollte, würde er anrufen, andernfalls das Gespräch verschieben. Nach einer halben Stunde war es immer noch bedeckt, und er stieg über die Schafköttel hinwegbalancierend wieder aufs Rad. Der Deich verlief in einem lang gezogenen Bogen auf Keitum zu. Er überlegte, ob er weiter nach Morsum fahren sollte, als die Sonne hervorkam, erst zaghaft, dann immer wieder kräftig zwischen weißen Wolkenungetümen hervorblitzend und Glitzerwasser zaubernd.

Simon nahm dies als positives Zeichen. Er setzte sich wieder ins Gras und wappnete sich für die Knüpfung neuer Familienbande. Kaum hatte er die Nummer eingetippt, als ihm auch schon eine barsche Stimme etwas ins Ohr brüllte, das er nicht verstand. Vorsichtig erkundigte er sich, mit wem er spreche und ob er wohl bitte mit Hedwig Wernli verbunden werden könnte. „Was wollen Sie denn von meiner Mutter?", krachte es ihm diesmal in einem halbwegs verständlichen Hochdeutsch ins Ohr. Simon war kurz davor, den Aus-Knopf zu drücken. Das war also Bernadette, seine Tante. Seine Tante? Mit diesem schrecklichen Organ?

„Hallo, was wollen Sie, und wer sind Sie überhaupt?"

Simon antwortete langsam, jedes Wort einzeln betonend: „Ich komme aus der Heimat Ihrer Mutter und würde ihr gern etwas über gemeinsame Bekannte erzählen. Ich heiße Simon Kelterborn."

Er hatte kaum ausgeredet, als ein höllisches Gelächter ihn zusammenfahren ließ. Dann begann diese Person derart brodelnd zu husten, dass er das Gefühl hatte, gleich würde der Schleim aus seinem Telefon herausquellen. „Mami", hörte er sie rufen, „do isch…" Das einzige Wort, das er verstehen konnte, war „Enkeltrickbetrüger". Er, ein Enkeltrickbetrüger? Er musste so lachen, dass er fast die leise ruhige Stimme überhört hätte, die sich aus dem Hintergrund vernehmen ließ: „Frag ihn doch einfach nach dem Namen seines Großvaters."

„Haben Sie gehört, meine Mutter möchte wissen, wie Ihr Großvater heißt."

„Ich habe wie jeder Mensch zwei Großväter", korrigierte Simon sie sanft. „Sie heißen Michael und Matthias Kelterborn, Micki und Matze."

Wieder knallte das Höllengelächter an sein Trommelfell. Er hörte, wie sie die Namen prustend und schnaufend weiter gab. Dann wurde es still. Es folgte ein besorgtes „Mami?“ Und aus hastigen Atemzügen schloss er, dass endlich Hedwig am Telefon war. Sie fragte ihn nach dem Namen seiner Mutter. Er nannte ihn und sagte, dass sie letzte Woche gestorben sei. Erst seitdem wisse er, dass ihr, Hedwigs Sohn Jakob, sein Vater war, und dass dessen Vater wiederum Matthias Kelterborn sei, sein Großvater, ihr ehemaliger Verlobter. „Ich verstehe“, sagte sie gedehnt, „aber was ich nicht verstehe: Wie kann Iris eine Tochter von Matthias sein? Matthias ist doch im Krieg gefallen.“

„Nein, nein“, beteuerte Simon. „Meine Mutter ist die Tochter von Michael und Laura Kelterborn. Michael ist 1942 in Russland gefallen. Matthias kehrte 1946 aus englischer Kriegsgefangenschaft zurück und hat die Frau seines Stiefbruders geheiratet. Er wird davon ausgegangen sein, dass Sie wie Ihre ganze Familie den Bomben zum Opfer gefallen sind.“

„Matze hat den Krieg überlebt und dann Schicki geheiratet? Das gibt es doch nicht. Die beiden waren immer wie Hund und Katze.“

Die alte Dame war fassungslos. Aus Simon sprudelte jetzt alles heraus, was sich in den letzten Wochen in ihm angestaut hatte, angefangen vom Tod der Großeltern, über Mickis Briefe und das Hitler-Buch bis hin zu Mamas Seebestattung. Er redete wie ein Wasserfall, mal weit zurückspringend in der Zeit, dann wieder auf die jüngsten Ereignisse Bezug nehmend.

„Was für ein Verhau“, kommentierte Großmutter Hedwig trocken. „An diesem Durcheinander, das man wohl kaum erfinden kann, scheint mir vor allem deine andere Großmutter schuld zu sein. Weißt du, Schicki war schon immer ein Biest, ein kokettes Biest. Dass Matze ein berühmter Professor geworden ist, erstaunt mich nicht. Er war schon als Kind der Intellektuelle und Micki der Macher. Schade, dass ich nie etwas von ihm gehört habe. In meinem Schweizer Umfeld gab es keine Akademiker im engeren Sinn, sondern ausschließlich Bankspezialisten. Die haben zwar auch mal eine Uni besucht, aber sicher keine geisteswissenschaftlichen Fächer belegt. Ich hatte ja auch gar keinen Grund, irgendwelche Nachforschungen anzustellen. Für mich gab es damals nicht den geringsten Zweifel, dass Matze tot war. Er war eines Tages von heute auf morgen weg, und es kam nie ein Brief von ihm in den letzten Kriegsjahren. Ich wusste nicht einmal, wo er stationiert war. Nach meiner Flucht in die Schweiz kurz vor dem schrecklichen Bombardement meiner Heimatstadt habe ich alle Zelte in Deutschland hinter mir abgebrochen, heilfroh, dass man mich hier freundlich aufnahm und mein Sohn nicht in einer kaputten Welt aufwachsen musste."

Simon konnte wieder ein paar Puzzleteilchen in die Lücken seiner Familienchronik einfügen. Es hatte ihn schon ein wenig verwundert, dass Hedwig und Matthias in all den Jahrzehnten nichts voneinander wussten. In Luzern, das hatte er recherchiert, gab es zwar eine Universität, die aber nur aus einer Theologischen Fakultät bestand. Dass Opapa dort einmal einen Vortrag gehalten hatte, war eher unwahrscheinlich. Und wenn der Zufall doch eine Begegnung zwischen ihm und seiner Jugendliebe ermöglicht hätte, was wäre dann passiert? Hätten sich beide von ihrem jeweiligen Ehepartner getrennt? Und Omama, wie hätte sie reagiert? War sie wirklich ein kokettes Biest gewesen? Dass Mickis Tod sie ihr Leben lang erbittert hatte, stand außer Frage. Vielleicht war sie durch die Beziehung zu ihrem Enkel etwas weicher geworden, aber Simon musste zugeben, dass er die ständige Spannung zwischen den Großeltern, und auch zwischen Mutter und Tochter, manchmal unerträglich gefunden hatte. Hätte Omama um ihren Mann, der ohnehin nur ein Ersatzmann gewesen war, gekämpft? Vermutlich nur, weil sie auf ihn Gebietsansprüche erhob, die abzutreten sie unter keinen Umständen bereit war. Aber das hätte Opapa nicht angefochten, da war er sicher. Für Hedwig und seinen Sohn hätte er seine Frau verlassen. Jedenfalls wenn er in jüngeren Jahren entdeckt hätte, dass Hedwig noch am Leben war. In späteren Jahren hätten sie sich vielleicht zu viert oder dann zu dritt miteinander arrangiert oder eben alles beim Alten gelassen. Tempi passati, wie Opapa oft sagte, wenn es um vergangene Dinge ging, die ihn einmal sehr beschäftigt hatten.

„Simon, was ist mit dir? Du kannst ruhig Du zu mir sagen, bist ja mein Enkel. Kommst du mich bitte besuchen? Und all die Unterlagen mitbringen, über die du berichtet hast? Ich möchte dich und das alles mit eigenen Augen sehen. Es ist mir eine große Freude, am Ende meines Lebens unverhofft noch um einen Enkel bereichert zu werden. Ich habe zwei Enkelinnen und eine Urenkelin. Wird Zeit, dass ein Mannsbild die Weiberfront ein bisschen aufmischt."

Simon hörte im Hintergrund seine Tante Bernadette geräuschvoll husten, begleitet von einem grollenden Gerassel ihrer Lungen. Er versprach, Kopien sämtlicher Dokumente mitzubringen. „Aber bitte erschrick nicht, wenn du mich zu Gesicht bekommst. Ich sehe nämlich aus wie Micki."

Ein helles, heiteres Lachen ertönte. Simon verband es sofort mit der Fotografie des kecken jungen Mädchens, die er in Opapas Stammbuch gefunden hatte. „Das ist keine schlechte Mitgift, mein Junge, ganz und gar nicht. Aber ich werde bestimmt auch Eigenschaften an dir finden, die du mit Matze und Jakob teilst. Und auch Iris wird wohl einiges zu deinem Genpool beigetragen haben, Schicki hoffentlich nur ihre natürliche Liebenswürdigkeit, die sich dann irgendwie verloren hat. Bitte komm bald. Ich weiß nicht, wie viel Lebenszeit mir noch beschieden ist."

„Bin schon unterwegs", rief Simon vergnügt und schwang sich auf sein Rad.

Nachwort

Sämtliche im Buch namentlich vorkommenden Personen und ihre Geschichten sind fiktiv. Erzählt habe ich diese Geschichten unter Einbeziehung authentischer Dokumente, die aus einem Nachlass stammen, der mir für meine schriftstellerische Tätigkeit zur Verfügung gestellt wurde. Durch Textauszüge aus der Korrespondenz eines Ehepaares während des Zweiten Weltkriegs wollte ich meiner Erzählung eine Bodenhaftung geben, wie sie nur durch Augenzeugen hergestellt werden kann. Gleichwohl sind „Micki" und „Schicki" nicht identisch mit den Verfassern der Originalbriefe. Wie das übrige Romanpersonal haben sie keine reale Existenz außerhalb des Buchs. Die von mir geschilderte, drei Generationen übergreifende Familiengeschichte speist sich aus den Besonderheiten von Einzelschicksalen, die jedoch geprägt sind durch die im kollektiven Gedächtnis gespeicherten Erlebnisse jener Millionen von Menschen, deren Leben durch die Kriegsereignisse aus den Fugen geraten ist.

Annemarie Pieper

Zitatnachweise

Die Zitate aus Adolf Hitlers *Mein Kampf* stammen aus der vom Zentralverband der NSDAP herausgegebenen Ausgabe der zwei Bände in einem Band, 773.–774. Auflage, München 1942.

Zitierte Stellen in der Reihenfolge ihres Erscheinens im vorliegenden Roman: Seite: 508ff., 181f., 61, 165, 338f., 256f., 428, 268, 130, 685, 197f., 203, 506, 145, 135, 69, 439, 234, 422, 279, 446f., 327

Abkürzungen

Adju: Adjutant
Art.: Artillerie
Battl.: Bataillon
Battl.Gef.Std.: Bataillonsgefechtsstand
Division: Truppenverband aus mehreren Regimentern
EK: Eisernes Kreuz
Gren.Rgt.: Grenadier-Regiment
HKL: Hauptkampflinie
Hptm.: Hauptmann
Kdr.: Kommandeur
Komp.: Kompanie
Krad: Kraftrad (motorisiert)
MG: Maschinengewehr
NSDAP: Nationalsozialistische Deutsche Arbeiterpartei
NSV: Nationalsozialistische Volkswohlfahrt
OKW: Oberkommando der Wehrmacht
Pfd-Päckchen: Pfund (500g)Päckchen
Ratsch Bum: Russisches Feldgeschütz
Rgt.: Regiment
RM: Reichsmark
Pfg.: Pfennig
Posteinl.Scheine: Posteinlösungsscheine
SMG Bunker: Bunker für den Abschuss schwerer Maschinengewehre
Stuka: Sturzkampfflugzeug (einmotoriger Bomber Ju 87)
Sturmbombenf.: Strumbombenfeuer
Tommy: Engländer
Uffz.: Unteroffizier
U.v.D.: Unteroffizier vom Dienst

Toni Huber

Das Buch vom Stellmacher

Er ist ein Rückwärts- und Querfeldein-Denker: Lakonisch, bauernschlau und hintergründig philosophiert der Stellmacher über Gott und die Welt, das Naheliegende und Verborgene. Ein vormoderner Nonkonformist, dem die kleine Welt des Dorfes genügt, um die großen Zusammenhänge zu erkennen.

288 Seiten, ISBN 978-3-933722-57-7